Das Buch

Samarendra, Sohn eines indischen Vaters und einer Schweizer Mutter, ist ein ehrgeiziger junger Architekt, der im Auftrag eines reichen Exil-Irakers eine Oper in Bagdad entwerfen soll. Sam erwartet, mit allem Komfort empfangen zu werden. Er ist voller Idealismus und lebt für seine Entwürfe – und für die Pflege seiner behinderten Schwester Aida. Erst an dritter Stelle kommt seine Freundin Nina, für die er Liebe, aber nicht immer Leidenschaft empfindet. Sams Reise nach Bagdad verläuft von Beginn an holprig: In seinem Koffer befindet sich fremde schmutzige Kleidung, das Internet funktioniert nicht, sein Auftraggeber lässt auf sich warten. Und ganz plötzlich bricht Sam der Boden unter den Füßen weg …

»Der Mann, der nie krank war« bringt die trügerische Sicherheit, in der wir zu leben meinen, ins Wanken. Virtuos stellt Grünberg infrage, wie verlässlich unsere Wahrnehmung der Wirklichkeit ist.

Der Autor

Arnon Grünberg, geboren 1971 in Amsterdam, wohnt, wenn er nicht gerade unterwegs ist, in New York. Seine Bücher wurden schon mit allen großen niederländischen Literaturpreisen ausgezeichnet, 2002 erhielt er den NRW-Literaturpreis für sein Gesamtwerk. Neben seinen literarischen Arbeiten schreibt Arnon Grünberg einen Blog, eine tägliche Kolumne für die Titelseite von De Volkskrant, er schreibt Theaterstücke und Reportagen und war mehrfach als *embedded journalist* im Irak und in Afghanistan. Sein Werk erscheint in 27 Sprachen.

Der Übersetzer

Rainer Kersten, geboren 1964 übersetzt seit 1992 aus dem Niederländischen, sowohl Prosa (Arnon Grünberg, Dimitri Verhulst, Pieter Waterdrinker) als auch Theaterstücke (Tom Lanoye, Maria Goos, Peter Verhelst). Er lebt in Berlin.

AF178501

Verlag Kiepenheuer & Witsch GmbH & Co. KG,
Bahnhofsvorplatz 1, 50667 Köln

Kontaktadresse nach EU-Produktsicherheitsverordnung:
produktsicherheit@kiwi-verlag.de

1487

Arnon Grünberg

Der Mann, der nie krank war

Roman

Aus dem Niederländischen
von Rainer Kersten

Kiepenheuer & Witsch

Die Übersetzung dieses Werkes wurde von der
Niederländischen Stiftung für Literatur gefördert.

N ederlands
N letterenfonds
dutch foundation
for literature

Titel der Originalausgabe: De man zonder ziekte
© 2012 Arnon Grünberg
Die Originalausgabe erschien 2012 bei Nigh & van Ditmar,
Amsterdam Aus dem Niederländischen von Rainer Kersten
All rights reserved
© 2014, 2016 Verlag Kiepenheuer & Witsch, Köln
Alle Rechte vorbehalten. Kein Teil des Werkes darf in irgendeiner
Form (durch Fotografie, Mikrofilm oder ein anderes Verfahren)
ohne schriftliche Genehmigung des Verlages reproduziert oder
unter Verwendung elektronischer Systeme verarbeitet,
vervielfältigt oder verbreitet werden.
Umschlaggestaltung: Barbara Thoben, Köln
Umschlagmotiv: © plainpicture/th
Printed in Germany
ISBN 978-3-462-04911-4

I

Für seine Reise hat Samarendra Ambani mit seiner Freundin einen neuen Koffer gekauft. Einen grauen Rollkoffer. Weil Samarendras Freundin Angst hatte, er könnte seinen Koffer auf dem Gepäckband nicht wiedererkennen, hat sie ein hellgrünes Haarband um den Griff gebunden.

Auf das Haarband hätte er lieber verzichtet. Samarendra, der von den meisten Sam genannt wird, möchte wie ein professioneller Reisender wirken, ein Mensch, der schon überall gewesen ist und sich auch überall zu Hause fühlt. So ein Haarband ist eher was für den betagten, ängstlichen Touristen, der sein Heimweh nur unzureichend kaschiert. Aber er wollte seine Freundin nicht enttäuschen. »Dann musst du jedes Mal, wenn du den Koffer siehst, an mich denken«, hatte sie gesagt.

Sein Name und Aussehen lassen die meisten etwas anderes vermuten, aber das Land, in dem Samarendra Ambani geboren wurde und aufwuchs, ist die Schweiz. Bis zu seinem vierzehnten Lebensjahr war er Messdiener. Explizit abgewandt von der Kirche hat er sich eigentlich nie, vielmehr hat er sie allmählich vergessen, und niemand hat sich die Mühe gemacht, ihn an ihre Existenz zu erinnern. Nur Heiligabend geht er mit seiner Mutter und seiner Schwester zur Messe.

Seine Freundin hatte ein Taxi zum Flughafen nehmen wollen, aber das fand Samarendra Verschwendung. Er muss sparen. Deshalb stehen sie jetzt im Zug, eingeklemmt zwischen zwei amerikanischen Touristen mit fünf Koffern und einem Beautycase. »Es ist eine einmalige Chance«, sagt Sam, ohne seine Freundin anzusehen. »Sie trauen es mir zu. Sie haben Vertrauen zu mir.« Er riecht den Schweiß der Amerikaner.

Als vielversprechender junger Mann hat Samarendras Vater einst Indien verlassen; er war zu dem Schluss gekommen, dass verheißungsvolle junge Talente sich in der Schweiz besser entfalten können. Jung bleibt man nicht ewig, doch auch mit fünfzig galt Herr Ambani im Kreis der Familie noch immer als vielversprechend. Er war Angestellter bei BASF, und in seiner Freizeit machte er Erfindungen, die, davon war er fest überzeugt, seiner Frau und den Kindern einmal eine wohlhabende Existenz sichern und den Rest der Welt vor Unheil bewahren würden. Irgendwann war Samarendra zwar der Meinung, dass langsam er an der Reihe wäre, die Rolle des Vielversprechenden zu übernehmen, aber wenn sein Vater beim Abendessen von Erfindungen schwärmte, die den Lauf der Geschichte verändern würden, wagte er nie, ihm zu widersprechen.

»Hast du da auch Empfang? Kann ich dich anrufen?«, fragt Sams Freundin.

»Natürlich«, sagt er, »ich fahre doch nicht in den Dschungel.«

In Bellinzona, auf der Party eines Kollegen, hatte Samarendras Vater seine künftige Frau kennengelernt. So hat man es Samarendra erzählt. Ein Fest – der Funke war übergesprungen.

Seine Mutter stammt aus einem Vorort von Zürich. Sie hat hellbraune Locken und lange Beine. Außer ihr gibt es noch eine Schwester, Aida, fünf Jahre jünger als er und behindert. Als er sieben war, erklärten ihm seine Eltern, dass sie an einer »sehr seltenen, langsam schlimmer werdenden Muskelkrankheit« leide. Ein Muskel nach dem anderen würde die Arbeit einstellen, bis die Lähmung das Herz erreichte. Nach Meinung einiger Ärzte hätte seine Schwester längst tot sein müssen.

Mehr noch als von seinem indischen Aussehen – dieses weckt hin und wieder Verwirrung; beispielsweise redete in einer Kneipe mal ein Mann von der »gelben Gefahr« und schaute dabei vielsagend in Sams Richtung – wird seine Identität von folgender Tatsache bestimmt: Dem Mangel jedweden Gebrechens. Er braucht keinen Rollstuhl, keine ständige Pflege, er hat seinen Körper völlig im Griff. So war er als Kind, so war er als Jugendlicher, und so ist er noch immer: Er ist der Mann ohne Krankheiten. Was immer er ist oder noch aus ihm wird, er ist in erster Linie gesund, körperlich und geistig.

Von der Haltestelle »Zürich Flughafen« sind es ungefähr fünf Gehminuten zur Abflughalle. Samarendras neuer Koffer blitzt und blinkt. Auf der Rolltreppe nach oben betrachtet er seine Freundin, die eine Stufe über ihm steht, ihre Jeans, ihren kleinen Hintern, ihr langes Haar. Sie hat sich den Vormittag freigenommen, um ihn zum Flughafen zu bringen.

Wie ein Baum braucht auch die Zukunft einen festen Grund. Samarendras Vater hatte die Schweiz als das vollkommene Land betrachtet, wie manche Männer in einer Frau die vollkommene Ehefrau sehen. Ohne zu zögern hatte er die Rolle des idealen Schwiegersohns angenommen, einer katholischen Erziehung eventueller Kinder sofort zugestimmt, sich das Schweizerdeutsch recht gut zu eigen gemacht. Er hatte Skifahren gelernt und Bergsteigen, zwei seiner Meinung nach typische Schweizer Freizeitbeschäftigungen, und ein paar Monate nach der Hochzeit ein kleines Häuschen im Berner Oberland gemietet, eigentlich mehr eine Hütte, aber gut zu erreichen von seiner Wohnung in Olten, wo er an seinen Erfindungen arbeiten wollte. Alles für die Liebe und Anerkennung seiner Schweizer Frau und ihrer Familie. So hat man es Samarendra erzählt. Was für ein guter Mann sein Vater gewesen sei, wie er alles aufgegeben und alles daran gesetzt habe, ein richtiger Schweizer zu werden, der sich von anderen in nichts unterschied. Nur Samarendra hatte er einen indischen Namen gegeben, um seine Eltern in der Heimat nicht vor den Kopf zu stoßen, eine kleine Verneigung vor seiner Herkunft, mit der man sonst kurzen Prozess machen musste – ein symbolisches Opfer, ein Nichts im Vergleich zu den Erfindungen, die er zu machen gedachte.

So ging das, bis Samarendras Vater bei einer gefährlichen Kletteraktion ums Leben kam. Er war mit einem Freund in die Berge gefahren, wo sie von einem Wettersturz überrascht wurden. Der Freund überlebte, der Vater nicht.

Samarendra war sechzehn und regelrecht verblüfft, wie genau er wusste, was er angesichts der Nachricht vom Tod seines Vaters in einer Bergschlucht zu tun hatte. Als hätte er sein Leben lang für diesen Trauerfall geprobt, als hätte er geübt, den großen Schmerz mit bewundernswerter Selbstbeherrschung zu tragen. Die Leute sagten: »So jung, und schon keinen Vater mehr – und dann noch die kranke Schwester!«

Dabei hatte Familie Ambani in Erwartung des Todes der Tochter gelebt – wegen der Seltenheit der Krankheit wagten die Ärzte keine genauen Vorhersagen zu machen –, doch das Schicksal hatte etwas anderes beschlossen.

»Warum läufst du so schnell?«, fragt seine Freundin. »Wir haben noch viel Zeit.«

Er verlangsamt den Schritt. Mit der Rechten zieht er den Rollkoffer, mit der Linken fasst er den Arm seiner Freundin, als solle jetzt sie vorangehen, ihn führen. Doch eigentlich will er damit Zärtlichkeit ausdrücken. Wie lieb, will er sagen, dass du dir freigenommen hast, um mich zum Flughafen zu bringen. Schön, dass du hier bist. Er möchte es wortlos zum Ausdruck bringen, und darum schweigt er. Gefühle und Worte gehören nicht zusammen. Seiner Meinung nach tötet das Wort das Gefühl.

Auch nach dem Tod seines Vaters blieb Samarendras Schwester bei ihnen zu Haus wohnen. Diverse Fachleute, darunter der Hausarzt, hatten bei der Familie darauf gedrängt, das Mädchen einer Pflegeeinrichtung anzuvertrauen, aber davon wollte die Mutter nichts wissen. »Sie kann doch jedes Wochenende nach Hause«, hatte ein Sozialarbeiter ihr zu erklären versucht.

»Jedes Wochenende!«, hatte Frau Ambani verächtlich geschnaubt und ihren Sohn angeschaut, der verlegen vor sich hin starrte. Nach dem Tod seines Vaters war jetzt er das Oberhaupt der Familie; eine Rolle, die ihm nicht lag und die er nur widerstrebend ausfüllte. Er mochte keine Konflikte.

Herr Ambani hatte die Tochter nie aus dem Haus geben wollen, und es schien, als fühle die Mutter, nachdem der Berg ihren Mann verschlungen hatte, sich verpflichtet, für den Rest ihres Lebens bei ihr zu bleiben, um so das Andenken ihres Mannes zu ehren. Irgendwann war einmal davon die Rede gewesen, das Mädchen in den USA behandeln zu lassen, doch die Versicherung wollte die Kosten nicht übernehmen, und die Erfolgschancen waren ohnehin gering. Die Ersparnisse der Familie reichten für solch eine teure Behandlung nicht aus. Die Banken liehen einem zwar Geld, um Immobilien und Konsumgüter zu kaufen, nicht aber für einen medizinischen Eingriff mit Erfolgschancen von kaum fünfzehn Prozent. Darum hatten die Eltern beschlossen, ihre Tochter, so gut es ging, in der heimischen Schweiz am Leben zu halten.

Zwar hatten Herr Ambanis Erfindungen nie Patentreife erreicht – eine Windel aus recyceltem Zeitungspapier, ein transportables Meerwasserentsalzungssystem und ein Pflaster, das nach vierundzwanzig Stunden von selbst wieder abging –, aber seinem Wunsch, die Tochter nicht der gleichgültigen Routine einer anonymen Pflegeeinrichtung zu überlassen, wollte die Familie entsprechen. Frau Ambani umsorgte ihre Tochter mit Liebe, und Liebe konnte man nicht professionellen Pflegern überlassen, wie viel diese über langsam voranschreitende Muskellähmung auch wissen mochten.

Jahrelang hatte Frau Ambani halbtags in einer Apotheke gearbeitet. Nach dem Tod ihres Mannes gab sie die Stelle auf; dank seiner Lebensversicherung, die nun zur Auszahlung kam, konnte sie sich das gerade so leisten. Sams Vater hatte versucht, auch das Unvorhergesehene einzukalkulieren.

Vor dem Abfertigungsschalter zieht Sams Freundin plötzlich ein Geschenk aus der Tasche. Er versucht vorsichtig, den Klebestreifen herunterzufriemeln, um das Papier nicht zu beschädigen, doch ohne Erfolg. Er weiß nicht, wie er auf Geschenke reagieren soll, er fürchtet immer, seine Freude könne nicht groß genug sein. Weil er den Klebestreifen nicht abbekommt, reißt er schließlich das Papier einfach auf. Es ist ein in dunkelblaues Kunstleder gebundenes Notizbuch. »Dann kannst du deine Erlebnisse aufschreiben«, erklärt seine Freundin.

Nina heißt sie. Ein Name, der ihm schon beim ersten Hören wie ein Versprechen vorkam. So musste das Wort »Schweiz« für seinen Vater geklungen haben.

Er gibt ihr einen Kuss auf die Stirn. In der Öffentlichkeit küsst er sie nicht gern auf den Mund.

»Mach ich«, verspricht er, leicht beschämt, weil es ihm wieder so vorkommt, als würde er ihr nicht liebevoll genug danken und seine Leidenschaft zu Unrecht unterdrücken.

Wie ein verlorener Schal ist auch Samarendras Leidenschaft für seine Freundin manchmal unauffindbar. Aber Sam weiß, dass sie da ist, irgendwo in ihm muss sie stecken.

Er will seine Freundin nicht enttäuschen, in solchen Fällen schnappt sie leicht ein.

Mit einer ungeschickten Bewegung küsst er sie auf den Mund, beißt ihr dabei in die Lippe und drückt sie an sich. »Was sollte das jetzt?«, fragt sie.

Nach dem Tod des Vaters war der Rest der Familie von Olten in eine kleinere, aber komfortablere Wohnung am Zürichsee gezogen. Samarendras Schwester liebt das Wasser. Bei schönem Wetter bringen sie sie auf den Balkon, damit ihr Blick über den See schweifen kann. Ist die Sonne zu grell, setzen sie ihr einen Hut auf den Kopf. Frau Ambani will nicht, dass die Haut ihrer Tochter noch dunkler wird.

Dieses Bild sieht er vor sich, wenn er an zu Hause denkt: seine Schwester im Rollstuhl auf dem Balkon ihrer Wohnung in Küsnacht, seine Mutter im Wohnzimmer auf dem Sofa, lesend, ohne ihre Tochter aus den Augen zu lassen. Und er in seinem Zimmer: der Sohn, der Fremde, der Mann, der nie krank war, der Paterfamilias wider Willen.

Besuch empfangen sie selten bis nie, die Zeit ist vorüber. Seit dem Tod ihres Mannes befürchtet die Mutter, Besucher könnten sich über Aida lustig machen oder einen mitleidigen Ton anschlagen, was Frau Ambani absolut unerträglich findet. Mitleid ist für sie nur unterdrückter Hohn. Ab und zu schaut ein Krankenpfleger vorbei oder ein Arzt, und zu Weihnachten kommt ihre Tochter mit in die Messe, an dem Abend kann Frau Ambani das Mitleid der anderen ertragen.

»Wirst du auch ganz viel an mich denken?«, fragt Nina. »Wirst du mich vermissen?«

»Natürlich«, sagt er. »Jede Stunde werde ich ein paar Minuten an dich denken.«

13

Er sieht, wie Nina die Leute vor ihnen mustert. »Bin ich froh, dass ich nicht mit ins Flugzeug muss«, erklärt sie. »Bestimmt setzen die dich neben irgend so einen fetten, stinkenden Kerl.«

Sam scheint es vernünftiger, nicht darauf einzugehen.

Sein Hindi ist rudimentär, sein Französisch passabel, sein Englisch beinahe perfekt, Schweizerdeutsch empfindet er als seine Muttersprache. In der Schule begann er, sich Sam zu nennen, obwohl er sich dabei anfangs noch wie ein Betrüger vorkam, als beginge er damit Verrat an seiner Herkunft. Doch er hatte keine Wahl, fand er, die Leute wollten sich Namen merken und aussprechen können und nicht mit etwas Exotischem konfrontiert werden, das war etwas, was in den Urlaub gehörte. Nur wenn Verwandte aus Indien kamen, was fast nie der Fall war, stellte er sich als Samarendra vor.

Er liebt seine Schwester mehr als irgendjemanden sonst auf der Welt. Obwohl Aida ein Teenager ist, muss sie gepflegt werden wie ein Säugling. Und sie ist schwer. Deshalb hilft er so oft er kann, sie zu waschen. Im Prinzip kann seine Mutter ihre Tochter allein unter die Dusche setzen, doch wirklich sauber wird Aida erst, wenn er die Sache in die Hand nimmt, findet Samarendra. Oft duscht er zusammen mit ihr, weil er ihr dann leichter die Haare shampoonieren kann. Vor den Körpern anderer Menschen ekelt er sich, nicht vor dem seiner Schwester. Vielleicht, weil der so wenig an einen normalen Körper erinnert, eine Travestie ist von allem, was irgendwie damit zu tun hat.

Er genießt die Momente, die er mit seiner Schwester unter der Dusche verbringt. Es sind Augenblicke unkomplizierter Intimität.

Als Kind wollte er sie immer gesund machen, doch eines Morgens, er war gerade zwölf, wachte er auf und war sich auf einmal nicht mehr so sicher, ob er sie gesund machen oder nicht vielmehr töten wollte. In diesem Zwiespalt meinte er die Liebe zu seiner Schwester zu erkennen – denn war es nicht Liebe, wenn man nicht mehr genau wusste, ob man deren Objekt vernichten oder retten wollte? Doch möglicherweise war es auch bloß ein Verschleierungsversuch dafür, dass er das, was ihm plötzlich als eine unerträgliche Last erschien, loswerden wollte.

Sams Liebe äußert sich nicht verbal, er spricht wenig mit Aida. Seine Zärtlichkeit beschränkt sich aufs Einseifen, das sanfte Reiben über die Haut und das Abtrocknen. Das Waschen ihres herrlichen, leicht rötlichen Haars. Ihren Haaren fehlt nichts.

Fünfmal pro Woche wird sie von einem Bus zum Förderunterricht abgeholt. Was sie dort macht, weiß keiner genau. Es wird viel gebastelt und gesungen, soweit die Schüler das können. Um vier Uhr bringt der Bus Aida wieder nach Hause.

Im letzten Jahr seines Architekturstudiums unternahm Sam eine Bildungsreise nach Rom. Im Flugzeug lernte er die Frau kennen, die seine Freundin werden sollte. Sie hatte nichts zu lesen dabei. Sie fragte: »Darf ich Ihre Zeitung haben, wenn Sie durch sind?«

Sie studierte Italienisch und war unterwegs zu einer Hochzeit. Sie war perfekt, so wie ein Architekturentwurf perfekt sein kann. Es gab nichts an ihr auszusetzen.

Das Gespräch im Flugzeug war nett gewesen, und sie machten aus, in Rom etwas trinken zu gehen und es fortzusetzen. Am Abend nach der Hochzeit sollte sie um neun Uhr an der Spanischen Treppe auf ihn warten. Sie kam zu spät, weil der Riemen ihrer rechten Sandale gerissen war. Die kaputte Sandale erinnerte Sam an seine Schwester. Früher, als sie auch nach dem Unterricht noch unter Leute durfte, ging er regelmäßig mit ihr spazieren. Er schob ihren Rollstuhl und stellte sich vor, wie er später, wenn er ein erfolgreicher Architekt wäre, ein Haus für sie bauen würde, ganz für sie allein, seine kranke Schwester, die dann nicht mehr krank wäre.

Seine zukünftige Freundin und er setzten sich vor eine Kaffeebar. Sie zeigte ihm die kaputte Sandale. Während Sam den Schaden begutachtete, sprach er leidenschaftlich von seinem Studium. Von Aida erzählte er nicht gern. Immer wieder sagte seine künftige Freundin »Ah, ja!«, ihn damit ermunternd, noch mehr zu erzählen. Ab und zu fragte er auch sie etwas.

Sie wohnte in einer WG mit zwei Freundinnen, die eine machte etwas mit Mode, die andere studierte Französisch. »Und du?«, fragte sie.

»Ich wohne in Küsnacht«, antwortete er.

»Lebst du allein?«

»Nein, mit meiner Mutter und meiner Schwester.«

»Wie schön«, sagte sie. Sie hatte eine ausgesprochen korrekte Aussprache; korrekter war womöglich nur ihre Kleidung. »Eigentlich finde ich es schade, dass ich so früh aus dem Haus gegangen bin. Ich vermisse meine Eltern.«

Kurz bevor die Bar zumachen wollte, sagte er: »Was ich tue, kann das Glück unzähliger Menschen beeinflussen.« Und er hatte nicht den geringsten Zweifel an dem, was er sagte: Der große, anonyme Beeinflusser des Lebensglücks aller Menschen war der Architekt. »Ich weiß nicht mal, was ich nach meinem Studium anfangen soll. Arbeiten vermutlich«, hatte Nina erwidert. Es klang nicht ironisch, eher abschätzig und leicht wehmütig. Wo die Arbeit begann, war die Jugend zu Ende.

Danach zog sie auch ihre andere Sandale aus, und so spazierten sie durch die Stadt: sie barfuß, er in Lederschuhen.

Als er sie irgendwo in einer ruhigen, schummrigen Gasse fragte: »Was möchtest du jetzt? Noch etwas trinken? Oder zurück zu deinem Hotel?«, antwortete sie: »Ich hätte gern einen Hund, einen Welpen.« Diese Antwort hielt ihn nicht davon ab, sie zu küssen. Sie erschien ihm als die für ihn ideal geeignete Frau. Zwar hatte sie einen kleinen Damenbart, doch das war ihr einziger Makel und wirklich zu vernachlässigen, man musste genau hinsehen, um ihn zu bemerken. Er fand ihn irgendwie süß.

In Gedanken sprach er ihre Namen zusammen: »Nina und Sam, Sam und Nina.« Sie war die kultivierteste Frau, der er jemals begegnet war, und das war es, was er vor allem in der Liebe suchte: das Kontrollierte. Verlässliche.

Einmal in der Woche rauchte sie eine Zigarette, hatte sie ihm erzählt, und nachdem er sie in der Gasse geküsst hatte, rauchten sie eine zusammen, obwohl er rauchen eigentlich widerlich fand. Aber war das nicht das Wesen der Liebe? Dass alles, was widerlich war, angenehm wurde, und was vorher ein Sakrileg, heilig?

Nina war vollkommen anders als seine Schwester. Sie sabberte nicht, sie war selbstständig, konnte allein zur Toilette und brauchte auch keine Hilfe beim Duschen. Alle Kultur beginnt mit der Kontrolle über den eigenen Körper.

Seine Eltern hätten Schulden machen und Aida in den USA behandeln lassen sollen, fand er. Sie hätten sich mit einer kranken Tochter nicht abfinden dürfen, die sie erst in Olten und später in Küsnacht versteckt hatten. Als würden die Götter Küsnacht nicht kennen. Als könnten sie Aida dort nicht genauso gut finden.

»Wohin fliegen Sie?«, fragt die Bodenstewardess.

»Arbil«, sagt er mit einem gewissen Stolz in der Stimme und wirft einen Blick auf seine Freundin, um zu sehen, ob sie auch stolz ist. Vor Nina hatte es ein paar andere Frauen gegeben. Er war ab und zu ausgegangen, hatte ein bisschen herumgeknutscht, und manchmal war es nicht beim Knutschen geblieben. Neunmal hatte er mit einer etwas älteren verheirateten Frau, die für eine große Schweizer Bank arbeitete, geschlafen, auf einem Parkplatz, in ihrem Audi. Wegen seiner Schwester wollte er keine Frauen mit nach Hause nehmen. Obwohl seine Mutter ihn immer wieder ermunterte: »Dass deine Schwester krank ist, heißt ja noch nicht, dass in diesem Haus keine Freude erlaubt ist. Amüsier dich, Samarendra, hab Spaß, soviel du willst.« Von ihrem ursprünglichen Katholizismus war ihr unter anderem die Überzeugung geblieben, dass die Menschen das Schöne, das der Schöpfer ihnen geschenkt hat, auch wirklich genießen sollten. Das sei Gottes Wille.

Doch auch über Nacht bei Frauen zu bleiben, war Sam unangenehm. Die Hygiene war immer ein heikler Punkt, selbst bei Frauen. Ein Fleck auf dem Laken konnte seine Lust töten, eine unsaubere Toilette alle Erregung auf Stunden vernichten. Noch schlimmer fand er, wenn sich in der Küche der Abwasch von Tagen auftürmte. Der Anblick schmutziger Teller blockierte bei ihm jede Erektion. Der Audi der Frau, die für die Credit Suisse mit Fremdwährungen handelte, war sauber gewesen.

Und auch Nina war sehr auf Hygiene bedacht. Jedes Mal, bevor sie sein Geschlechtsteil in den Mund nahm, rieb sie es mit einem Feuchtpflegetuch ab, von derselben Sorte, mit der Familie Ambani Aida den Po reinigte.

Noch nie hatte Sam seiner Mutter eine Freundin vorgestellt, keine Beziehung war vielversprechend genug gewesen. Bis Nina in sein Leben trat. Nina war anders als die Frau im Audi und die paar Studentinnen, die er vorher gehabt hatte. Kurze Liebschaften waren es gewesen, die bei gemeinsamen

Skiurlauben aufgeflammt waren, um ebenso schnell wieder zu erlöschen.

Sam mustert das Haarband an seinem Koffer und fragt sich, ob Nina es extra für ihn gekauft hat.

Nina liebt Kunst und glaubt an Mäßigung: nicht zu viel von diesem, nicht zu viel von jenem. Darum mag sie auch keine Politik. Aber beim Sex schreit sie trotzdem. Wahrscheinlich hat sie in einer Frauenzeitschrift gelesen, dass sich das so gehört. Doch weil sie ansonsten nie schreit, auch nicht vor Wut, stört es ihn nicht. Nur wenn er weiß, dass ihre Mitbewohnerinnen zu Hause sind, hält er ihr liebevoll den Mund zu.

Ein paar Monate nach ihrem ersten Abend auf der Terrasse in Rom wurde er noch immer nervös, wenn er sie sah.

Sie hatte vorgeschlagen, nach einem »hübschen Plätzchen für uns zwei beide« zu suchen. Er hatte ihr umständlich erklärt, dass er seine Mutter und seine Schwester nicht im Stich lassen könne und alle paar Sätze ein »Verstehst du?« eingestreut. Bisher zeigte sie großes Verständnis.

Blieb er freitags über Nacht, stand er am nächsten Morgen früh auf, putzte sorgfältig die Küche und machte anschließend ein reichhaltiges Frühstück, mit diversen Käse- und Wurstsorten, die er am Vortag in einem Delikatessengeschäft in der Innenstadt gekauft hatte. Richtig sauber war es in der Studentenbude nie, vor allem in den gemeinsamen Räumen. Aber der Schmutz war diesmal ein Preis, den er zu zahlen bereit war.

Die erste Begegnung zwischen Nina und seiner Mutter verlief gut. »Endlich bringst du mal eine Frau mit nach Hause«, hatte sie gesagt. Die Sonne schien, und Kaffee und Kuchen standen auf dem Tisch. Zusammen saßen sie auf dem Balkon, und er bemerkte, wie Nina voll Mitgefühl seine Schwester ansah.

»Könnt ihr sie verstehen?«, fragte Nina.

»Ja«, antwortete Samarendra. »Aber sie redet nicht viel.«

In dem Moment begann Aida zu brabbeln. Sie warf den Oberkörper ruckartig hin und her.

»Was sagt sie?«, fragte Nina.

Sie hatte »Ich will sterben« gestammelt, doch Sam antwortete schnell: »Sie sagt, sie will ›erben‹ – keine Ahnung, was das jetzt soll.« Eilig ging er ins Wohnzimmer und legte Musik auf, *Carmen* – nicht zu laut, wegen der Nachbarn, aber laut genug, um das Gestammel seiner Schwester zu übertönen. Dass sie sterben wollte, durfte niemand hören.

»Das Schöne an der Oper«, sagte Sams Mutter, »sind doch die Leidenschaften. Wenn man ehrlich ist, ist das immer ein bisschen unrealistisch, aber man kann es sich trotzdem so gut vorstellen!« Sie nahm die Hand ihrer Tochter und streichelte sie. »Findest du nicht auch«, fragte sie Nina, »dass Samarendra herrliches dunkles Haar hat?«

Früher waren Sams Eltern mindestens einmal pro Monat in die Oper oder ins Theater gegangen. Vor allem seine Mutter glaubte an Kultur. Die Stelle, die früher einmal Gott eingenommen hatte, nahm jetzt die Kunst ein; ein zahnloser Gott, wie Sam fand, aber mit einem liebevollen Lächeln. Kunst beißt nicht.

Die Bodenstewardess reicht ihm zwei Bordkarten. Eine für den Flug nach Wien und eine für den Anschlussflug nach Arbil. Sein Ticket ist vom World Wide Design Consortium in London bezahlt worden, abgekürzt WWDC.

In seinem Handgepäck, einer ledernen Umhängetasche, stecken sein Notebook, ein Plot seiner Bauzeichnung, zwei Zeichenstifte, ein Bleistift, eine Rolle Skizzenpapier und Ninas Geschenk.

Nach seiner Diplomarbeit – der Entwurf eines Klosters, cum laude, kein Grund zu besonderem Stolz, sein Vater hätte nichts anderes von ihm erwartet und wäre von weniger enttäuscht gewesen –, hat er zusammen mit einem Kommilitonen ein Architekturbüro gegründet, in einer umgebauten Wohnung in der Innenstadt von Zürich.

Sein Praktikum hatte er bei dem berühmten Büro Fehmer & Geverelli gemacht. Geverelli war bereits tot. Er hatte sich das Leben genommen und nur einen Zettel hinterlassen: »Meine Arbeit ist getan.« Der weltberühmte Max Fehmer aber lebte noch. Aus Pietät hatte er den Namen des Büros unverändert gelassen. Für viele junge Architekten wie Sam war Fehmer ein leuchtendes Vorbild, ein Prophet, ein Idol. Fehmer hatte gesagt: »In unserer Kultur ist Identität Fastfood. Architektur muss aber mehr sein als die Gurkenscheibe auf dem Hamburger – vielmehr die Küche, in der man die Hamburger brät. Der Architekt prägt die Identität der Nutzer seiner Gebäude, seiner Brücken, Wohn- und Bürotürme. Die Aufgabe des Architekten erschöpft sich nicht darin, den Leuten ein Dach überm Kopf zu geben, dafür genügt auch ein Zelt, dazu brauchen sie keine Architektur.«

Wer Fehmer aus der Nähe kannte, wusste, dass sein Charisma mehr war als bloß ein sorgfältig gepflegter Mythos. Er war so berühmt, dass selbst Leute außerhalb seines Fachs ihn kannten. Regelmäßig erschien sein Foto in Hochglanzmagazinen. Zweimal hatte man ihn zum Weltwirtschaftsforum nach Davos eingeladen, um vor Staatsoberhäuptern und Milliardären zu sprechen.

Fehmer vertrat die Meinung, dass nicht Philosophie oder Soziologie die Aufgabe hätten, die Welt zu verändern, sondern die Architektur. In einem Interview hatte er einmal geäußert: »Nur wenige kommen jemals mit Philosophie oder Soziologie in Berührung, aber jeder wird täglich mit Architektur konfrontiert. In gewissem Sinne ist jeder Mensch

Architekt. Das muss dem Architekten bewusst sein, diese Verantwortung darf er nie aus den Augen verlieren.«

Sam machte es nichts aus, dass sein Praktikum zunächst vor allem daraus bestand, Fehmers Anzüge in die Reinigung zu schaffen. Ein anderer Praktikant holte sie dann wieder ab. Lehrjahre sind keine Herrenjahre, das wusste er, für Max Fehmer war er bereit, vieles auf sich zu nehmen, und nach einiger Zeit bekam er zum Glück auch anspruchsvollere Aufträge.

Beim Zahnarzt hatte er einmal in einer Zeitschrift etwas über Fehmers Tochter gelesen, die mit ihrem Vater gebrochen hatte und nach Kambodscha gegangen war. Als er Fehmers Sekretärin aus Neugier einmal fragte: »Was macht seine Tochter da eigentlich?«, sagte die nur: »Über die Tochter wird hier nicht gesprochen«, und warf ihm einen Blick zu, der hätte töten können. Noch am selben Tag musste er wieder mit einem Anzug in die Reinigung, obwohl er gehofft hatte, diese Stufe des Praktikums endlich hinter sich zu haben. Die Sekretärinnen lebender Mythen waren selten angenehme Menschen.

Das kleine Architekturbüro, das Sam mit seinem ehemaligen Kommilitonen betreibt, konnte schon einige bescheidene Erfolge verbuchen, der weitaus größte davon der Entwurf eines buddhistischen Begegnungszentrums in Winterthur. Für jeden neuen Auftrag muss der Architekt das jeweilige sozio-historische Umfeld betrachten. Sam hatte eine ausführliche Studie erstellt, sowohl über das Verhältnis der buddhistischen Nutzer zum Zentrum als auch der Begegnungsstätte selbst zur Stadt Winterthur. Er hatte das sozio-historische Umfeld dabei gleichsam aus buddhistischer Perspektive analysiert. So war er: engagiert und kundenorientiert, ein Architekt, der seine Aufgabe vor allem als dienend begriff. Mühelos konnte sich Sam in die Perspektive eines jeden beliebigen Auftraggebers versetzen.

Vor ein paar Monaten hat er auf einer Architekturwebsite einen Aufruf entdeckt, Entwürfe für eine Oper in Bagdad einzureichen. Der Wettbewerb wurde ausgelobt von einem gewissen World Wide Design Consortium.

Die Website machte einen seriösen Eindruck, enthielt aber wenig konkrete Informationen, weshalb er kurzerhand bei der Organisation anrief. Sam wurde ein paarmal weiterverbunden und bekam zuletzt Hamid Shakir Mahmoud an den Apparat, einen der Gründer des WWDCs. Mahmoud war Iraker, 1983 vor Saddam geflohen und lebte seither in seinem Londoner Exil. Jetzt, nach dem Tod des Diktators, hatte Hamid Shakir Mahmoud einen Traum: Die irakische Hauptstadt sollte eine Oper bekommen.

Was das WWDC genau machte, war Sam auch nach der ausführlichen Erklärung Mahmouds nicht recht klar. Sicher war nur, dass der Mann steinreich war. Doch er war nicht nur reich, er hatte auch eine Vision: »Weißt du, Sam«, sagte er, »ich war dreimal verheiratet, ich habe fünf Kinder, zu vier davon habe ich keinen Kontakt mehr, und ich bin Kettenraucher. Ich habe nur noch einen Wunsch: Wenn die Menschen in Bagdad in die Oper gehen können, wissen wir, dass der Krieg nicht umsonst war. Puccini ist meine große Liebe, er ist kein Mozart, aber er bleibt meine große Passion. Von Wagner bekomme ich Kopfschmerzen, Mozart finde ich ergreifend, aber Puccini – Puccini rührt mich zu Tränen.« Sam hörte, wie Hamid Shakir Mahmoud sich eine Zigarette anzündete.

»Ja«, sagte Sam. »Das kann ich mir vorstellen.« Seine Mutter hörte ab und zu Puccini. Er begann sich zu fragen, ob er das Verhältnis von Opernbesucher und Gebäude nun aus Puccinis Perspektive analysieren müsse, oder ob die Perspektive des Krieges vielleicht die bessere wäre. Über Krieg hatte Sam bisher nicht allzu oft nachgedacht, doch wenn es nötig wäre, könnte er sich auch in dieses Thema vertiefen.

Hamid Shakir Mahmoud wollte den Menschen in Bagdad etwas ästhetisch Wertvolles schenken, einen Beitrag leisten zur Wiederherstellung der Einheit seines Landes. Schönheit war ein gemeinschaftsförderndes Ideal, und Oper hatte etwas Unvergängliches, das einen das Elend des Krieges, der alltäglichen Korruption und schmutzigen Machtpolitik vergessen zu lassen vermochte.

Samarendra Ambani würde diesem großherzigen Wunsch eine Gestalt geben. Unentgeltlich zunächst, was die Bewerbung anging, weil wahre Schönheit nicht mit eigennützigen Zwecken verbunden sein durfte.

Sam hatte das Kriegsgeschehen im Irak grob mitverfolgt, er las relativ pflichtbewusst Zeitung, doch er hatte sich nie der Illusion hingegeben, dort irgendetwas bewirken zu können oder mit den Geschehnissen etwas zu tun zu haben. Das Gespräch mit Hamid Shakir Mahmoud aber öffnete ihm die Augen: Zum ersten Mal kam ihm der Gedanke, tatsächlich etwas zu einer positiven Entwicklung beitragen zu können. Kriege zerstören Menschen und Häuser. Architekten bauen Häuser, ihr Verhältnis zum Krieg ist vergleichbar mit dem des Arztes zum Tod.

»Was hast du für eine Vorstellung von der Zukunft meines Landes, Samarendra?«, fragte Hamid Shakir Mahmoud.

»Gar keine«, hätte Sam ehrlichkeitshalber antworten müssen, doch als junger Architekt musste man nicht nur fachlich versiert sein, sondern auch über gewisse soziale Fähigkeiten verfügen, wenn man Aufträge bekommen wollte. Darum skizzierte er die Zukunft des Irak mithilfe von Gemeinplätzen, an die er sich noch aus dem Studium erinnerte und die sich von seinen eigenen Auffassungen glücklicherweise kaum unterschieden. Gemeinsinn und Verantwortung, Toleranz und ein funktionierendes Rechtssystem, Sicherheit und Frieden. Ein paarmal ließ er den Begriff »civil society« fallen. Dann lauschte er wieder mitfühlend und interessiert den Ausführungen Hamid Shakir Mahmouds.

»Sag einfach Hamid«, bot der ihm nach einer Weile an. Sam hörte seinen Gesprächspartner schwer atmen oder gierig inhalieren, das ließ sich so schnell nicht mit Sicherheit sagen, dann fuhr er fort: »Sam, vergiss nie, wo du herkommst, die Menschen, bei denen du deine ersten Schritte gemacht hast. Ich will ihnen endlich etwas zurückgeben.«

Es war eine harmlose Bemerkung gewesen, ein Detail, aber für Sam war es wie eine Ohrfeige. Die Abwesenheit von Krankheit und Übel in seinem Leben war also kein Segen, sondern ein heimlicher Fehler. Er hatte immer nur genommen, ohne je etwas zu geben. Und er beschloss, ein *gebender* Architekt zu werden, gebend und großzügig.

»Außerdem«, sagte Hamid, »gibt es keine Demokratie ohne Oper. Wenn wir in Bagdad eine Oper haben, wissen wir, dass wir mit den Großen am Tisch sitzen dürfen. Wenn wir Puccini nach Bagdad bringen, haben wir bewiesen, dass der neue Nahe Osten mehr ist als nur ein Traum. Schiiten, Sunniten, Kurden: spielt alles gar keine Rolle. Puccini, Sam, darum geht es. Puccini!«

»Richtig«, erwiderte Sam, »ganz Ihrer Meinung!«

Eine Oper in Bagdad – das war etwas anderes als ein buddhistisches Zentrum in Winterthur! Ein aufstrebender junger Architekt durfte bei so was nicht stehen bleiben.

Kurz nach ihrem Telefonat bekam Sam eine Freundschaftsanfrage von Hamid Shakir Mahmoud auf Facebook. Das hatte nicht viel zu bedeuten, vermutlich hatte er bei den Konkurrenten das Gleiche gemacht. Aber es nahm Sam trotzdem noch mehr für ihn ein.

David Luscombe, Sams Kompagnon, war Australier und

als Austauschstudent in die Schweiz gekommen. Ziemlich bald nach seiner Ankunft hatte er eine Einheimische geschwängert und war geblieben. Ein begabter Architekt – und ehrgeizig, wie Sam, nur etwas sprunghaft, was Sam für eine typisch australische Eigenschaft hält. Ein Enthusiasmus, der genauso schnell auflodert, wie er wieder verschwindet. Der Typ Mensch, der sich jede Woche für etwas anderes begeistert. Samarendra würde es nicht wundern, wenn er in den nächsten fünf Jahren zwei weitere Schweizerinnen schwängern würde.

Als Kompagnons ergänzen sie sich ideal. Sam ist gewissenhaft, Dave hat Charisma, Sam ist ernst, Dave von Natur aus ironisch, für Sam ist die Tradition Lehrmeisterin und Verpflichtung zugleich, manchmal auch eine Last, für Dave eine Art Supermarkt.

Zu Mittag essen sie meistens zusammen im Büro, es gibt eine kleine Küche. Sogar eine Halbtagskraft können sie sich schon leisten, Liliane, der sie den Mindestlohn zahlen. Sie hat eine operierte Hasenscharte und üppiges blondes Haar. Wenn Sam im Büro mit einem Teller Penne all'arrabbiata am Tisch sitzt – die Halbtagskraft kann gut kochen –, ist er sich sicher, dass ihre Firma eine Zukunft hat. Sie arbeiten an bedeutenden Projekten, werden Großes vollbringen, vielleicht sogar etwas, das an den legendären Fehmer heranreicht.

Zu dem Projekt im Irak aber hat David gemeint: »Was sollen wir damit? Ich plane doch nichts, was schon in die Luft gesprengt wird, bevor es überhaupt fertig ist – wenn es überhaupt je gebaut wird. Eine Oper ist nun wirklich das Letzte, was die Leute da brauchen.« Dave war gerade mit einem eigenen neuen Projekt sehr beschäftigt, einem Begegnungszentrum für Gehörlose in Bern.

»Hast du denn gar kein Vertrauen in die Zukunft?«, hatte Sam seinen Kompagnon gefragt. Wenn Hamid Shakir Mahmoud nach drei Ehen und einem halben Leben im Exil noch von Puccini in Bagdad träumte, wie konnte Dave, dieser Windhund, dann behaupten, dass in Bagdad keiner Puccini brauchte? Wenn der neue Nahe Osten gebaut würde – und dass dies der Fall war, hatte Hamid Shakir Mahmoud ihm am Telefon glaubwürdig versichert –, wollte Samarendra Ambani bei dieser Erfolgsgeschichte dabei sein.

Es beschloss, die Bewerbung alleine zu stemmen.

Monatelang arbeitete er daran. Wenn Dave längst nach Hause gegangen war, saß er noch immer am Schreibtisch. Schon in den Fünfzigerjahren hatte Frank Lloyd Wright ein Opernhaus für Bagdad entworfen, mit einem öffentlichen Freibad sogar, doch die Pläne waren niemals verwirklicht worden. Beim Staatsstreich 1958 wurde König Faisal II. ermordet, und mit dem Tod des Monarchen gingen zugleich auch die Pläne für Frank Lloyd Wrights Oper zugrunde.

Nina warf Sam vor, keine Zeit mehr für irgendwas Schönes zu haben, doch man kann nicht gleichzeitig etwas Schönes unternehmen und in die Fußstapfen von Fehmer und Lloyd Wright treten wollen. Nichtsdestotrotz fand Sam Zeit für ein paar Wanderausflüge in die Berge, und wenn sie hinterher in einer Berghütte auf einem Handtuch Sex hatten, schrie sie genauso wie früher, für ihn ein ausreichendes Zeichen, dass zwischen ihnen alles in Ordnung war.

Er bekam eine E-Mail, in der ihm mitgeteilt wurde, dass sein Entwurf es unter die ersten drei geschafft habe und dass das WWDC die drei Finalisten nach Bagdad einlud, um den Ort, wo die Oper gebaut werden sollte, mit eigenen Augen zu sehen. Von den zwei anderen Teilnehmern hatte Sam noch nie gehört: Ein Architektenbüro aus São Paulo und ein Libanese. Natürlich googelte er sie sofort, aber die Arbeiten des brasilianischen Kollegen beeindruckten ihn wenig, und der libanesische Teilnehmer erwies sich als unauffindbar.

Die Erste, der er von dieser Einladung erzählte, war seine

Mutter, die sofort meinte, dass sie für eine Weile auch gut allein auf Aida aufpassen könne. Danach flüsterte er die große Neuigkeit Aida ins Ohr, die auf ihre Art reagierte: Sie biss ihm leicht in die Hand und stieß mühsam hervor: »Nimm mich mit!«

Voll Stolz erzählte Sam es gleich darauf Nina.

Ihre erste Reaktion war: »Ist es in Bagdad auch sicher?«

Von seiner Freundin hatte er eigentlich etwas mehr Enthusiasmus erwartet, obwohl er die Frage bei näherer Betrachtung auch nicht ganz aus der Luft gegriffen fand.

»Ich werd mich mal schlau machen«, antwortete er darum.

Wie er in der Zeitung gelesen hatte, war dort das Schlimmste so ziemlich vorbei. Allerdings konnte er es nicht lassen, nach diesem Versprechen zurückzufragen: »Freust du dich denn gar nicht für mich?«

Sie erwiderte: »Soll ich in Begeisterungsstürme ausbrechen, weil mein Freund nach Bagdad geht?«

So schrieb Sam dem WWDC eine Mail, in der er sich darüber erfreut zeigte, unter die Finalisten des Wettbewerbs gekommen zu sein, und dabei die Frage einflocht, wie es um die Sicherheitslage in der irakischen Hauptstadt bestellt sei. Dabei gab er sich Mühe, die Frage so zu formulieren, dass er nicht wie ein Angsthase klänge.

Die Antwort kam innerhalb weniger Stunden. Eine gewisse Ann O'Connell, persönliche Sekretärin Hamid Shakir Mahmouds, schrieb ihm, dass Mister Mahmoud, der übrigens ein guter Freund des irakischen Staatspräsidenten sei, persönlich für seine Sicherheit garantiere.

Die Reise nach Bagdad war für Anfang Februar geplant und sollte eine Woche dauern. Nähere Informationen würden folgen. Wenn Samarendra seine persönlichen Daten wie Reisepassnummer, Geburtsort und -datum dem WWDC per E-Mail mitteile, werde man alles weitere für ihn erledigen. Zum Beantragen eines Visums müsse er dem WWDC lediglich seinen Reisepass schicken. Beides, Pass und Visum, würde er dann innerhalb einer Woche per Einschreiben zugesandt bekommen.

Fünf Tage vor Abflug schreckte Nina plötzlich mitten in der Nacht heulend aus dem Schlaf. Das war ungewöhnlich für sie, Nina weinte selten. »Bald habe ich keinen Freund mehr«, schluchzte sie.

Nach einer kurzen, heftigen Diskussion – sie hatte ihm dabei mit einem Kissen auf den Kopf geschlagen – versprach er, sich ein weiteres Mal beim WWDC zu erkundigen, wie es um die Sicherheit in Bagdad bestellt sei. Er würde es in ihrer Anwesenheit tun, so dass sie sich darauf verlassen könne, dass er ihr keine wichtigen Informationen vorenthielt.

Noch am selben Vormittag rief er in London an. Er stellte das Telefon auf »laut« und bat darum, Ann O'Connell zu sprechen, die allerdings nicht im Haus war. Stattdessen wurde er an eine Frau weiterverbunden, die sich als Assistentin von Ann O'Connell vorstellte. Sie sei, so versicherte sie ihm, über alle das Projekt betreffenden Angelegenheiten voll informiert.

»Meine Freundin«, begann Samarendra, »möchte gern wissen, ob die Sicherheit vor Ort auch gewährleistet ist.« Er sagte es so, dass sie beim WWDC erkennen konnten, dass er selbst nicht im Geringsten besorgt war. Ein junger Architekt, der es zu etwas bringen wollte, musste vermeintlichen Gefahren mit einer gewissen Gelassenheit begegnen.

»Ihre persönliche Sicherheit«, sagte die Assistentin von Ann O'Connell, »könnte nicht besser gewährleistet sein. Nichts ist dem Zufall überlassen. Sie fliegen nach Arbil, dort werden Sie abgeholt und mit dem Auto nach Bagdad gefahren, das ist der komfortabelste und sicherste Weg. Richten

Sie Ihrer Freundin aus, dass sie sich keinerlei Sorgen zu machen braucht. Sie bekommen den besten Personenschutz, den man sich nur denken kann. Mister Mahmoud freut sich darauf, Sie in Bagdad begrüßen zu dürfen.«

Sam bedankte sich ausführlich, legte auf und sah Nina triumphierend an. Die Erleichterung, die die beiden darauf ergriff, fand ihren natürlichen Ausdruck in Sex. Nina keuchte wie eine Pornodarstellerin, doch irgendwann wurde ihm das zu viel. Fester als sonst drückte er ihr die Hand auf den Mund. Als er gekommen war – er vermutete, dass auch sie einen Orgasmus gehabt hatte, doch das wagte er nicht zu fragen –, sagte sie: »Bist du aber nervös!«

Nun steht er mit seinen Bordkarten in der Abflughalle und wirft einen zufriedenen Blick auf seine Freundin. Schon dass sie so kultiviert ist, macht sie zur idealen Partnerin. Nicht ewig weitersuchen, auch das ist kultiviertes Benehmen. Ans Heiraten will er vorläufig nicht denken, aber die Vorstellung, wie er von seiner Reise zurückkommt und ihr ausführlich davon berichtet, bereitet ihm jetzt schon Vergnügen. Während des Studiums hat man Sam ab und zu Fantasielosigkeit vorgeworfen, doch über die Zukunft zu fantasieren, gelingt ihm recht gut.

»Haben wir noch Zeit, was zu trinken?«, fragt Nina.

»Ich muss los«, sagt er. »Wenn ich wieder da bin, nehme ich mir ein paar Tage frei. Dann fahren wir in die Berge.«

Er küsst seine Freundin schnell auf den Mund. Sie sagt noch einmal, dass er gut auf sich aufpassen soll. Dann dreht er sich um und geht Richtung Passkontrolle davon. Dort winkt er ihr zu, und sie winkt zurück.

Sam trägt eine beigefarbene Hose, braune Wildlederschuhe, ein blaues Oberhemd und ein schwarzes Jackett. Er hat reichlich Aftershave aufgetragen, ein Geschenk von

Nina zu Weihnachten. In seinem Koffer hat er einen Regenmantel, zwei warme Pullover – im Februar kann es in Bagdad noch kalt werden, hat er gehört – vier Oberhemden und Hosen, einen Anzug für eventuelle offizielle Anlässe – obwohl davon nichts geschrieben wurde, stellt er sich sicherheitshalber auf ein paar offizielle Begegnungen ein –, einen Kulturbeutel, sieben Paar Socken, sieben Unterhosen, eine CD mit *Madame Butterfly*, die er während der Arbeit an den Entwürfen gehört hat, und ein Buch, ein Geschenk von Nina: *Tausend strahlende Sonnen* von Khaled Hosseini.

Auf dem Wiener Flughafen muss er im Schweinsgalopp umsteigen. Trotzdem telefoniert er kurz mit seiner Mutter, um ihr und Aida Hallo zu sagen. Und wie zur Beschwörung stellt er die Frage, die er jedes Mal stellt, wenn er bei seiner Mutter anruft: »Ist mit Aida alles in Ordnung?«

Das Flugzeug in den Irak ist bis auf den letzten Platz ausgebucht. Neben ihm sitzt ein Araber, ein Iraker vermutlich. Fünf Minuten nach dem Start schläft der Mann ein. Immer wieder kippt sein Kopf auf Sams Schulter. Als das zum vierten Mal geschieht, lässt Sam ihn dort liegen. Die Iraker haben es so schwer gehabt, da kann Sam seinem Nachbarn ruhig für ein paar Stunden die Schulter leihen.

Mit dem verschwitzten Kopf in der Halsbeuge isst er mit Appetit sein Flugzeugmenü, wischt sich die Hände mit einem feuchten Tuch ab, das Austrian Airlines zu den Mahlzeiten reicht und holt seinen Entwurf für die Oper hervor, um noch einmal durchzugehen, was er sich an seinem Schreibtisch in Zürich so alles ausgedacht hat. Selbst ein Modell hat er anfertigen lassen, doch das auf die Reise mitzunehmen, wäre sinnlos gewesen. Er hat es als beeindruckende 3D-Präsentation in seinem Notebook. Mit ihr hat man den Eindruck, durch das Operngebäude zu gehen und die Wände förmlich berühren zu können.

Trotz seines Visums ziehen die Einreiseformalitäten in Arbil sich in die Länge. Der Grenzbeamte blättert durch seinen Pass. »Geschäfte?«, fragt er nach einer Weile.

»Ich baue eine Oper in Bagdad«, antwortet Sam. Ein Hauch Arroganz hat sich in seine Stimme geschlichen, eine lässige Autorität, wie sie sich für einen professionellen Architekten gehört. Er ist zwar jung, aber professionell. Schon im ersten Semester hat er versucht, Professionalität auszustrahlen.

Am Gepäckband ist bereits alles ruhig. Ein etwas schäbig gekleideter Mann und eine ältere Frau im Rollstuhl schauen verzweifelt auf die letzten vier vorbeiziehenden Koffer, sonst sind alle Passagiere gegangen.

Der Koffer mit dem hellgrünen Haarband ist nicht dabei.

Sam übt sich einen Moment in Geduld, doch als dieselben vier Koffer zum dritten Mal vorbeikommen, wird ihm klar, dass er sich einen Schalter für verlorenes Gepäck suchen muss, notfalls eine Bodenstewardess. Doch kein Schalter weit und breit und auch keine Bodenstewardess.

Die Frau im Rollstuhl könnte aus dem Irak stammen. Sam geht zu ihr und fragt freundlich: »Warten Sie auch auf Ihren Koffer aus Wien?«

Er ist sich nicht sicher, ob der schäbig gekleidete Mann zu der Dame gehört oder nicht. Jedenfalls dreht er sich nicht nach ihm um.

Die Dame antwortet ihm auf Arabisch. Ihre Lippen sind bläulich angelaufen, sie atmet schwer.

»Tut mir leid, ich spreche kein Arabisch«, sagt Sam.

Die Dame streckt die Hände nach ihm aus. Er weicht einen Schritt zurück, er will nicht, dass sie ihn berührt. »Ich spreche kein Arabisch«, wiederholt er. »Tut mir leid.« Sie redet weiter auf ihn ein, gleichzeitig wird ihre Atemnot größer.

Ein reichlich unangenehmer Beginn seines Aufenthalts hier. Er geht Richtung Ausgang, und plötzlich sieht er den Koffer mit dem grünen Haarband auf dem Boden stehen. Jemand muss ihn versehentlich vom Gepäckband genommen haben, zum Glück hat der andere seinen Irrtum rechtzeitig bemerkt.

Das Wiedersehen mit seinem Koffer rührt ihn. Er denkt an Nina, sie fehlt ihm, wie Zürich, sein täglicher Weg vom Büro zum Bahnhof, der Zug nach Küsnacht. Die Rührung verblüfft ihn. Vor ein paar Stunden noch stand er neben seiner Freundin auf dem Flughafen von Zürich und konnte es, ehrlich gesagt, gar nicht erwarten, von Zürich wegzukommen.

Er reißt sich zusammen, richtet sein Jackett und betritt die Ankunftshalle, wie es sich für jemanden mit einem wichtigen Auftrag gehört. Entschlossen, leicht mürrisch, weil man ihn an der Grenzkontrolle unnötig hat warten lassen.

Ein Mann mit hellblondem, fast milchweißem Haar kommt auf ihn zu.

»Samarendra?«, fragt er.

»Ja«, antwortet Sam. »Das bin ich.«

Sein Koffer wird ihm abgenommen. Der Mann will auch seine Schultertasche nehmen, doch Sam sagt: »Die trage ich selbst, danke.«

Eilig geht der Mann vor ihm her zum Parkplatz. Er hält ihm die Tür eines grauen Chevrolets auf.

Sam nimmt auf dem Rücksitz Platz, der Mann setzt sich neben den Fahrer, ein nahöstlicher Typ, fast kahlköpfig, kräftig gebaut, mit einem imponierenden Nacken.

»Ich bin Bill«, sagt der Blonde. Er hat sich umgedreht, schaut ihn forschend an, als sei er sich nicht ganz sicher, auch wirklich den Richtigen abgeholt zu haben. »Ich bin für deine Sicherheit verantwortlich. Am Steuer sitzt Hassan.

Wenn ich aus irgendwelchen Gründen außer Gefecht gesetzt werden sollte, übernimmt er. Neben dir auf dem Rücksitz liegt eine Tasche. Wenn irgendetwas dich zwingt, das Auto zu verlassen, nimmst du die mit. Wahrscheinlich ist dein Computer dir wichtiger, aber ein Computer kann dein Leben nicht retten, die Tasche hier schon. Jetzt ist es zu spät, noch nach Bagdad zu fahren, du bleibst eine Nacht im Sheraton in Arbil, morgen früh fahren wir in den Süden. Dann werde ich dir den Rest des Teams vorstellen. Alles klar?«

Sam kann Bills Englisch nicht einordnen. Es ist weder amerikanisch noch britisch, vermutlich auch nicht australischen Ursprungs.

Taschen, die einem das Leben retten: Er kann sich wenig darunter vorstellen. Eine Operation kann das eventuell, oder Mund-zu-Mund-Beatmung. Bills tödlicher Ernst entlockt ihm ein Lächeln. »Alles klar«, antwortet er.

Sam schaut aus dem Fenster. Der Irak sieht anders aus, als er ihn sich vorgestellt hat. Aufgeräumter. Gepflegter. Normaler.

»Sind die anderen Architekten schon da?«, fragt er.

Offenbar ist Bill eingenickt, Sam muss seine Frage wiederholen.

»Weiß ich nicht«, antwortet Bill. Er wirkt verärgert, als hätte Sam etwas gefragt, was er nicht hätte fragen dürfen. Zu guter Letzt aber sagt er doch wieder etwas: »Gut, dass du nicht direkt nach Bagdad geflogen bist, da stehlen sie einem die Koffer. Die Hälfte der Reisenden dort kriegt ihr Gepäck nie wieder oder nur leer. Am Anfang hat das niemanden gestört, die Iraker waren schon froh, dass sie noch lebten.«

Wahrscheinlich war es nicht so gemeint, aber Bills letzte Bemerkung klang irgendwie vorwurfsvoll. Als wisse Sam nicht richtig zu schätzen, dass er noch lebt.

Das Hotel strahlt protzige Eintönigkeit aus. Ob es schon unter Saddam gebaut wurde? Für Sams Geschmack sollte es so schnell wie möglich abgerissen werden.

Bevor sie das Hotel betreten dürfen, muss Sam zweimal seinen Koffer aufmachen. Ein Sicherheitsmann durchwühlt oberflächlich den Inhalt.

»Sicherheitsmaßnahmen gleich null«, flüstert Bill. »Völlig korrupt. Unprofessionell!«

Gelassen lässt Sam den Kommentar über sich ergehen. Er erinnert ihn an das Gemecker von Museumsbesuchern, denen eine Ausstellung nicht gefällt.

Bill begleitet ihn zur Rezeption. Flüsternd bespricht er etwas mit dem Portier.

Erst als Sam den Schlüssel entgegennimmt – eine Plastikkarte –, merkt er, dass das Hotel nicht »Sheraton«, sondern »Erbil International« heißt.

»Warum nennst du das Hotel ›Sheraton‹, Bill?«, fragt er. »Das hier ist nicht das Sheraton.«

»Es hieß früher so«, antwortet der Blonde. »Wir benutzen die alten Namen, alles ändert sich so schnell.« Wieder klingt er gereizt, als könne Sam etwas dafür, dass alles sich hier so schnell ändert.

»Mein Team und ich sind in einem Hotel ein paar Hundert Meter weiter untergebracht«, erklärt Bill. »Sei morgen früh um acht abfahrbereit in der Lobby.«

Sams Zimmer hat die Nummer 609. Ein Hotelangestellter bringt ihm seinen Koffer und demonstriert ihm dreimal die Funktion der Klimaanlage. Dann bleibt der Mann zögernd neben dem Bett stehen.

Er erwartet Trinkgeld, denkt Sam. In Zürich hat er bei der Bank sicherheitshalber Dollar geholt, fünfhundert, um genau zu sein, für unvorhergesehene Fälle. Er hat nur Hunderter und Fünfziger bekommen. In seinem Portemonnaie findet er noch einen Zehnfranken-Schein, doch so viel Trinkgeld zu geben, findet er übertrieben.

»Trinkgeld kommt morgen«, sagt er. »Okay? Ich muss erst noch wechseln.«

Als der Mann Anstalten macht, ihm die Funktion der Klimaanlage ein viertes Mal zu erklären, beschließt Sam, ihm die zehn Franken trotzdem zu geben. Der Mann betrachtet missmutig den Schein.

Sam stellt sich unter die Dusche. Dann sucht er einen Bademantel, aber so was gibt es hier nicht. Er zieht seine Unterhose wieder an und setzt sich im Schneidersitz auf das Bett.

Es dauert eine Weile, bis er den Lärm aus dem Nebenzimmer bemerkt. Erst meint er, dass dort jemand Sex hat oder einen Porno guckt, doch bei genauerem Hinhören klingt es eher, als ob Möbel verrückt würden. Er hört Männer schreien, als würde gekämpft. Sam geht zur Wand und horcht. Er öffnet vorsichtig die Tür, doch auf dem Flur ist niemand zu sehen. Aus 611 kommen noch immer Geräusche, die nach einem heftigen Streit klingen. Er hört Keuchen und, wie er meint, auch Schläge.

Sam setzt sich an den Schreibtisch und greift zum Telefon. Mittlerweile wird mit der Faust an die Wand geschlagen.

Es könnte auch der Kopf eines Menschen sein, schießt es Sam durch den Sinn, oder geht jetzt seine Fantasie mit ihm durch? Er beschließt, nicht länger zu warten und ruft bei der Rezeption an.

»Entschuldigung«, sagt er, »hier Zimmer 609. Ich habe den Eindruck, dass in 611 etwas nicht stimmt. Könnte mal jemand kommen?«

Was der Rezeptionist sagt, kann Sam nicht verstehen. Er versucht, ein zweites Mal zu erklären, dass jemand nachschauen müsse, ob in 611 alles in Ordnung ist, doch noch während er spricht, hört er den Portier kichern. Dann sagt der in mäßigem Englisch: »Auf Zimmer 611 jetzt Massage. Masseur! Wollen Sie auch Massage auf Zimmer?«

Sam ist sich sicher, dass die Geräusche aus 611 nicht von einer Massage herrühren, aber er sagt: »Oh, ich verstehe. Entschuldigung.«

Er legt sich aufs Bett. Zuerst denkt er an seine Schwester, dann an seine Freundin, dann an Hamid Shakir Mahmoud. Zu guter Letzt schläft er ein.

Als er wieder wach wird, ist es fast zehn. Es ist still. Er zieht Hose und Oberhemd an, schlüpft in die Hausschuhe, die er immer dabeihat, auch bei Nina, und geht auf den Flur. Er klopft an die Tür von 611. Keine Reaktion.

Wieder auf seinem Zimmer, nimmt Sam eine Flasche Mineralwasser aus der Minibar und ruft seine Mutter an.

»Mit Aida alles in Ordnung?«, fragt er.

»Ja, Samarendra, alles in Ordnung – und bei dir?«

Sie hat nie aufgehört, ihn Samarendra zu nennen, wie um ihn daran zu erinnern, dass er seinem Namen niemals entkommt.

»Alles bestens. Ich bin noch in Arbil. Sauberes Bett, hübsches Zimmer. Bloß ziemlich hässliches Hotel.«

»Sind die anderen Architekten auch schon da?«

»Nein«, erklärt Sam. »Noch nicht. Nur meine Sicherheitsleute.«

»Sind das Bodyguards?«

Er denkt an Politiker im Fernsehen, umgeben von Männern mit Sonnenbrillen und dünnen Drähten am Ohr. Die Männer findet er meist faszinierender als die Politiker selbst.

»Keine richtigen. Es sind Sicherheitsleute. Sie behalten alles im Auge. Aber hier ist es ruhig. Mach dir keine Sorgen.«

»Ich drück dir die Daumen, dass du gewinnst«, sagt seine Mutter. »Dein Vater wäre stolz auf dich. Ich hab dich lieb.«

»Ich dich auch«, sagt Sam und beendet das Gespräch.

Auf dem Bett geht er seinen Entwurf noch einmal genau durch.

Obwohl er es mit Dave noch nicht besprochen hat: Was ihm vorschwebt, ist nichts Geringeres als eine ganz neue Richtung der Architektur. Keine Architektur mehr, die sich über die Menschen erhebt, Macht ausüben will, sondern eine, die dem Menschen zur Seite steht, sich unterordnet, die *gibt*. Eine Architektur der Großzügigkeit. Er will Fehmers Werk keinesfalls verwerfen, sondern seinen Ansatz weiterentwickeln, vervollkommnen. Dem Problem des Mülls zum Beispiel hat Fehmer sich nie wirklich gestellt. *Dafür* muss der Architekt Lösungen suchen, Mensch und Müll sind nicht voneinander zu trennen. Wer für Menschen baut, muss immer auch die menschlichen Abfälle bedenken.

Die Besucher können sich auf viele Weisen durchs Operngebäude bewegen, die Gestaltung des Raums lädt dazu ein. Alles ist offen. Transparent. Großzügigkeit bedeutet auch Freiheit. Die Toiletten sind nachhaltig konstruiert, die menschlichen Exkremente werden zur Energieerzeugung benutzt.

Wieder sucht Sam nach den Schwachstellen seines Entwurfs. Doch ohne arrogant wirken zu wollen: Auch jetzt kann er keine entdecken.

Leicht euphorischer Stimmung ruft er Nina an, doch die geht nicht ran. Darum teilt er ihr per SMS mit, dass im Irak alles in Ordnung sei, er selbst bald in Bagdad und dass er sie wie versprochen jede Stunde ein paar Minuten vermisst.

Am nächsten Morgen um kurz vor acht nimmt er den Fahrstuhl hinunter zur Lobby. Er hat sich sorgfältig rasiert und ausgiebig geduscht. Weil er davon ausgeht, dass die Reise nach Bagdad lang und staubig sein wird, trägt er dieselbe Kleidung wie gestern. Das Frühstücksbüfett war in Ordnung, der Obstsalat nicht besonders frisch, aber er ließ sich essen.

Als er auschecken will, stellt sich heraus, dass die Rechnung schon bezahlt ist. Der Eifer der Organisatoren verblüfft ihn.

Während er eine Gruppe von Männern in traditioneller Kleidung betrachtet, die auf einer Couch sitzen und sich unterhalten, steht Hassan schon unbemerkt vor ihm. Sam hat ihn nicht kommen sehen.

»Wartest du schon lange?«, fragt er. Hassan nimmt den Koffer mit dem Haarband und trägt ihn nach draußen.

Sam folgt ihm. Er ist guter Dinge, kann gar nicht erwarten, Hamid Shakir Mahmoud kennenzulernen und ihm seine Pläne zu präsentieren. Auf seine bescheidene Art wird er ihn davon überzeugen, dass sein Entwurf Mahmouds Traum am besten verwirklicht: Er wird Puccinis Einzug in Bagdad ermöglichen. Wo Frank Lloyd Wright scheiterte, wird er siegen.

Beim Chevrolet stehen heute zwei andere Männer.

»Das hier ist Team«, sagt Hassan. »Deine Sicherheit unser Geschäft. Das da vorn Heavy.«

Er zeigt auf einen Mann mit Schnurrbart.

Sam fragt sich, ob er einen irakischen Namen falsch verstanden hat oder ob der Mann wirklich so heißt.

»Und das da ist Honey.« Hassan zeigt auf den anderen Mann. Mehr der gedrungene Typ. Rundlich. Das ist das erste Wort, das Sam in den Sinn kommt: Honey ist rund.

Wieder fragt sich Samarendra, ob der Mann wirklich so heißt, oder ob er auch diesen Namen falsch verstanden hat. Es erscheint ihm jedoch unhöflich zu fragen, außerdem ist es nicht wichtig.

Honey steigt in einen schwarzen BMW, der neben dem

Chevrolet steht. Das Nummernschild ist irakisch, aber am Auto klebt noch das Landeskennzeichen »D«. Einst muss der Wagen über deutsche Autobahnen gerast sein.

Hassan hält Sam die Tür des Chevrolets auf, und wieder nimmt Sam auf dem Rücksitz Platz.

Neben Hassan sitzt der Mann, der Heavy genannt wird.

Sie fahren vom Parkplatz, ein Wachmann öffnet den Schlagbaum.

Sam sieht, dass Honey im schwarzen BMW dem Chevrolet folgt.

Er fragt sich, warum Bill nicht dabei ist. Vielleicht hat er seinen freien Tag. Oder bedeutet das, dass er außer Gefecht gesetzt wurde? »Incapacitated« – das Wort hat Bill gestern benutzt.

Als Arbil hinter ihnen liegt, fragt Sam freundlich: »Ist Bill nicht da?«

»Nein«, antwortet Hassan.

Krank. Das kann »incapacitated« natürlich auch heißen. Vielleicht hat Bill Durchfall. Lebensmittelvergiftung. Kenner des Nahen Ostens haben Samarendra gewarnt: Sei vorsichtig mit Salat und Gemüse. Und jeden Tag eine Dose Cola, das erspart dir Probleme.

»Ich jetzt Bill«, sagt Hassan.

Das hat Bill tatsächlich gesagt, erinnert sich Sam: »Wenn ich außer Gefecht gesetzt« – oder eben krank – »werden sollte, übernimmt er.«

»Aber du heißt doch Hassan, nicht wahr?«, fragt Sam sicherheitshalber.

»Heiße Hassan, aber jetzt Bill«, erklärt Hassan.

Für seine Sicherheit wird tatsächlich gesorgt, die Männer machen einen hochprofessionellen Eindruck. Neben dem Fahrer unter einer Art Geschirrtuch liegt ein Maschinengewehr.

Heute Morgen hat er versucht, Nina anzurufen, bekam aber nur ihre Mailbox. Sie hat ihm schon drei liebevolle SMS geschickt. Er hat ihr auf die Box gesprochen, dass alles gut läuft und sie sich keine Sorgen machen soll. Als Abschiedsgruß schickte er noch hinterher: »Ich küsse dich auf deinen schönen Mund.«

Ob er ihren Mund wirklich schön findet, weiß er eigentlich nicht. Manchmal fürchtet er, dass er unwillentlich lügt. Doch er ist Architekt, kein Konstrukteur von Mündern, von Mündern versteht er nichts. Nina ist hervorragend gebaut, so viel ist sicher, das Gesamtbild hat so gut wie keinen Fehler. Ihr Hintern ist ziemlich klein, aber der wird schon noch von selbst größer. Einen Moment lang denkt er gerührt an ihr Bärtchen.

Nach ungefähr einer halben Stunde hält Hassan an einem Straßenrestaurant.

»Toilet?«, fragt er.

Sam schüttelt den Kopf.

»Hiernach bis Bagdad kein Toilet. Du sicher?«

Sam weiß es nicht. Er steigt aus und versucht zu pinkeln, aber es kommt nichts.

Auf einer Terrasse mit Gartenmöbeln, die Schweizer Standards nicht wirklich genügen, sitzt Hassan vor einer Cola. Heavy und Honey sind bei den Autos geblieben.

»Cola?«, fragt Hassan. Sam nickt.

Kurz nachdem Hassan bestellt hat, steht eine Dose vor Sam auf dem klebrigen Tisch.

»Schönes Land?«, fragt Hassan, ihn eindringlich musternd.

Auch die Dose klebt. Sam betrachtet die Hügel in der Nähe der Tankstelle, während er die Oberseite der Dose abwischt. »Oh ja, schönes Land«, sagt er.

»Erste Mal?«

»Ja, erstes Mal«, antwortet Sam.

»Hoffentlich nicht letzte Mal«, erwidert Hassan.

Im Chevrolet schläft Sam ein.

Als er wieder wach wird, schaut er direkt ins Gesicht eines Soldaten, der seinen Kopf durch das Fahrerfenster hereinsteckt.

»Checkpoint«, erklärt Heavy.

»Journalist?«, will der Militär von Sam wissen.

»Architekt«, antwortet Sam.

Der Soldat schaut ihn verständnislos an und beginnt, aufgeregt auf Arabisch zu sprechen.

»Hast du Waffen dabei, will er wissen«, übersetzt Hassan.

»Nein, keine Waffen«, antwortet Sam, »ich bin Architekt.«

»Ausweis«, sagt Hassan.

Sam gibt Hassan seinen Pass, und der gibt ihn dem Soldaten.

Ungeduldig blättert der durch Sams Dokument. Während des Blätterns blickt er immer wieder auf Sam. Schließlich gibt er Hassan den Pass zurück und sagt etwas in unangenehmem Ton.

»Er will wissen, was du in Irak machst«, sagt Hassan. »Hast du Papiere?«

Aus seiner Umhängetasche holt Sam die Mails des World Wide Design Consortiums, die er sich sicherheitshalber ausgedruckt hat, vor allem den damals als PDF angehängten offiziellen Einladungsbrief. Aus dem Schreiben geht eindeutig hervor, dass Samarendra Ambani sich unter den drei Finalisten des WWDC-Wettbewerbs für ein Opernhaus in Bagdad befindet. Der Soldat schaut den Brief an, als hätte man ihm ein Stück Klopapier in die Hand gedrückt. Dann gibt er Sam den Ausdruck zurück und geht, ohne noch etwas zu sagen, zum folgenden Wagen.

Sie können weiterfahren.

Der Fahrer und der Beifahrer unterhalten sich auf Arabisch.

»Wann werde ich Hamid Shakir Mahmoud treffen?«, fragt Sam.

Keiner der beiden reagiert, sie tun, als hätten sie ihn nicht gehört.

Auf dem Rücksitz versucht er, sich die erste Begegnung mit Hamid Shakir Mahmoud auszumalen. »Geben ist das neue Nehmen«, wird er sagen. Genau diese Worte.

Es ist Spätnachmittag, als sie Bagdad erreichen. Was Sam auffällt, sind der Staub und die Mauern überall. Mauern und Betonblöcke. Noch mehr Mauern, Bagdad ist eine zugemauerte Stadt. Gegen die Anschläge, die Sprengladungen.

Schön sind die Betonklötze nicht, aber effektiv, vermutet Sam. Er fragt sich, ob sich nicht eine ästhetisch befriedigendere Lösung dafür finden ließe. Das Auge will auch etwas, der Passant möchte mehr, als bloß das Leben gerettet zu bekommen.

Sie steigen aus. Honeys schwarzer BMW ist nirgends mehr zu sehen.

»Das da vorn Villa«, sagt Hassan. Er zeigt auf ein verwahrlostes, von einer hohen Mauer umgebenes Gebäude. Um das Gebäude herum schieben bewaffnete Männer in Zivilkleidung langsam Patrouille.

Heavy holt den Koffer aus dem Wagen und führt Sam zu einem Zimmer im ersten Stock.

Es gibt ein Bett, einen Schreibtisch, einen Bürostuhl und einen kleinen Elektroradiator. Über dem Stuhl hängt ein gelbes Handtuch. Ansonsten gibt es ein Fenster, das mit einem dicken dunkelblauen Vorhang abgehängt ist. Als Sam ihn beiseiteschiebt, blickt er auf eine zugemauerte, ehemalige Öffnung. Ein Blindfenster.

»Dein Zimmer«, sagt Heavy. »Badezimmer nebenan. Wir unten.«

Heavy schaut sich noch einen Moment um, als wolle er die Sicherheit ein letztes Mal checken. Dann verlässt er grußlos den Raum. Sam hört ihn die Treppe hinuntergehen.

Als alles wieder ruhig ist, inspiziert Sam schnell das Bad. Es ist ziemlich groß. Der Badevorleger ist schmutzig.

An der Wand hängt ein Zettel, auf dem in großen Buchstaben auf Englisch folgende Instruktion steht: »Nicht länger als zwanzig Sekunden am Tag duschen. Dusche an. Nass werden. Dusche aus. Einseifen. Dusche wieder an. Abspülen. Dusche aus.«

Aus den Augenwinkeln sieht Sam etwas davonhuschen.

Eine kleine Eidechse, jedenfalls vermutet er das. Er versteht wenig von Reptilien. Unter dem Waschbecken kleben drei dieser Tiere. Er kommt zu dem Schluss: Hier kann er nicht duschen.

Dann schließt er die Tür, die Heavy hat offen stehen lassen. Es gibt keinen Schlüssel. Er fragt sich, ob er die Toilette hier benutzen kann, doch das ist eine Sorge für später.

Er öffnet seinen Koffer.

Die Kleidung darin ist nicht von ihm.

Sam macht den Koffer wieder zu. Das grüne Haarband. Er riecht daran, er riecht Nina. Er mustert eingehend den Koffer. Tatsächlich: genau der, den er mit Nina gekauft hat. Ninas Haarband, sein Koffer.

Hastig öffnet Sam den Koffer erneut, und wieder sieht er Kleidung, die nicht von ihm ist.

Er holt alles heraus, doch nichts von all dem gehört ihm. Nur die CD mit *Madame Butterfly* und Khaled Hosseinis *Tausend strahlende Sonnen*.

Er schlägt das Buch auf. Auf die erste Seite hat Nina als

Widmung geschrieben: »Für meinen allerliebsten Samarendra, pass auf Dich auf! Wollen wir einen Hund kaufen, wenn Du zurück bist? Tausend Küsse, Deine Nina.«

Er klappt das Buch zu. Immer hektischer durchwühlt er die fremden Kleidungsstücke. »Wo sind meine Sachen?«, fragt er leise.

Er stopft alles wieder in den Koffer, macht ihn zu und geht damit nach unten.

In einer Art Aufenthaltsraum sitzen Hassan und Heavy an einem einfachen Holztisch. Sie trinken Fanta.

Sam legt den Koffer auf den Tisch. »Das hier ist nicht von mir«, sagt er.

Keine Aggression ist in seiner Stimme zu hören, nur Ungeduld.

»Nicht dein Koffer?«, fragt Hassan. Er wirkt aufrichtig erstaunt.

»Schon mein Koffer«, sagt Samarendra. »Aber nicht meine Sachen.«

Er öffnet den Koffer und wühlt mit der Linken darin herum. Hosen, Hemden, ein zerknitterter Anzug, Socken, Unterhosen. Ein fremder Kulturbeutel. Er öffnet ihn. Eine fremde Zahnbürste.

»Nicht von mir«, sagt er, ungeduldiger und lauter, als er eigentlich wollte. »Von jemand anderem.«

Hassan schüttelt den Kopf. »Verstehe nicht«, sagt er. »Das hier dein Koffer.«

Sams Kleidung ist nicht extrem teuer, aber von guter Qualität. Markenkleidung, aus dem Schlussverkauf, aber Markenkleidung. Vielleicht hat ein armer Iraker seine Chance gewittert. Die Leute hier haben natürlich nichts. Ein Oberhemd von Armani, das wird ihn schwach gemacht haben. Eine Seidenkrawatte, ein Anzug von Paul Smith.

»Jemand hat meine Kleidung aus dem Koffer genommen«, sagt Sam. »Ich möchte alles zurückhaben. Wo ist meine Kleidung?«

Wieder schüttelt Hassan den Kopf. »*Das* deine Kleidung«, sagt er. Er nimmt ein Oberhemd aus dem Koffer. Kurze Ärmel, kariert, billiger Stoff. Hassan steht auf und hält Sam das Hemd vor die Brust, wie ein Verkäufer. »Deine Größe«, sagt er, »deine Kleidung.«

Ordentlich faltet Hassan das Oberhemd wieder zusammen und legt es in den Koffer zurück.

Ein ihm bisher unbekanntes Gefühl des Ausgesetztseins überkommt Sam, ein Gefühl des Scheiterns. Vielleicht ist es Einsamkeit. Solange man seine eigene Kleidung hat, ist man nicht einsam. Gestern hatte er sie noch. Da war er glücklich.

Dann macht er sich bewusst, dass er mehr Verständnis für die Lage hier aufbringen muss. Er ist in einem anderen Land, in einer anderen Kultur, er muss sich anpassen. Und das heißt zunächst einmal: sich beruhigen.

Es klappt nicht. Er kann einfach kein Verständnis für so etwas aufbringen. Und obwohl er einsieht, dass es etwas Kleinliches hat, so an seiner Kleidung zu hängen, und ganz und gar nicht zu einem weltläufigen Mann passt – einem Mann, der nicht mehr braucht als seine Ideen, sein Notebook und eine Zahnbürste –, will er jetzt nur eins: seine Kleidung zurückhaben.

»Ich muss neue Kleidung kaufen«, sagt Sam schließlich. Das scheint ihm ein guter Kompromiss, und er beruhigt sich sofort.

Hassan schüttelt den Kopf. »Unmöglich. Zu gefährlich.«

Heavy zeigt auf den Koffer. »Das Kleidung. Deine Koffer, deine Kleidung.«

Heavys Stimme klingt freundlicher als die Hassans. Die Aussage jedoch bleibt dieselbe: Sam irrt sich, Sam lügt. Wie ein kleines Kind wird er zur Ordnung gerufen.

»Ich will Socken kaufen«, sagt Sam. »Ich brauche saubere Wäsche. Die Boxershorts hier sind nicht sauber.« Er wühlt ein Paar aus dem Koffer. Die Shorts sind blassrot.

Er nähert die Shorts seiner Nase. Ein unangenehmer Geruch. »Die sind getragen«, sagt er, »die gehören nicht mir, das ist alles von jemand anderem. Ich brauche saubere Wäsche. Mir ist schon klar, in welchem Land ich hier bin und was hier los ist, aber ich will eine saubere Unterhose. Es geht mir nicht um das Geld, ich will dafür bezahlen. Auch die Fahrt in den Laden. Wenn ihr mich begleitet, zahl ich dafür, kein Problem. Vielleicht braucht ihr auch irgendetwas?«

Heavy nimmt Sam die Shorts aus der Hand und riecht daran, wie ein Weinkenner an einem besonders aromatischen Tropfen.

»Mister Ambani, das hier Ihre Unterhose«, sagt Heavy, wobei er das Wort »Ihre« betont, und legt die Boxershorts auf den Tisch.

»Sag ruhig weiter ›Du‹. Aber ich kenne meine Kleidung, ich kenne meine Wäsche. Ich trage so gut wie nie Boxershorts.«

Lächelnd schaut Heavy ihn an. Vielleicht will er sagen: Dann solltest du dir das schleunigst mal angewöhnen.

Sam hört, wie schwach seine Stimme klingt, wie kläglich. Jetzt halten sie ihn bestimmt für einen Typen, der nicht weiß, was er im Kleiderschrank hat, der sich die Koffer von seiner Frau packen lässt, ein zerstreuter Professor.

Mit spitzen Fingern nimmt Sam die Shorts, wirft sie zu den anderen Sachen und klappt den Koffer wieder zu.

Wortlos geht er mit dem Gepäck zurück auf sein Zimmer. Er wäscht sich die Hände.

Im Bad mit den Eidechsen wagt er nicht, sich auszuziehen, er tut es davor. Er faltet die Kleidung zusammen, die er schon fast achtundvierzig Stunden lang trägt, und legt sie aufs Bett. Sein Oberhemd, seine Hose, seine Unterhosen und seine Socken. Nur sein schwarzes Jackett hängt er über den Bürostuhl.

Nackt versucht er, Nina anzurufen, doch er bekommt kein Netz.

Dann öffnet er wieder den Koffer.

Er betrachtet den Inhalt, ihm graut regelrecht davor. In ein Fach mit Reißverschluss hatte er ein Taschenmesser gelegt, doch auch das ist verschwunden.

Es ist seine eigene Schuld, er hätte keine teuren Sachen mitnehmen sollen. Die Sehnsucht nach seiner eigenen Kleidung stört ihn, jetzt noch mehr als vorhin. So kleinlich ist dieses Verlangen, so arm und erbärmlich.

Voll Widerwillen zieht er ein Paar grüner Boxershorts aus dem Kleiderhaufen. Wenigstens riechen die nach Waschmittel. Die andere Unterwäsche im Koffer riecht nach Mensch, Sam fürchtet, es könnten sich auch menschliche Rückstände darin befinden.

Die Boxershorts sind ihm etwas zu groß, doch immerhin rutschen sie nicht. Er fragt sich, wer sie wohl vorher getragen hat, wie viele verschiedene Menschen, und was mit dem ursprünglichen Besitzer geschehen ist.

Es klopft an der Tür.

»Ja?«, ruft er, erschrocken und auch ein wenig ertappt.

Ein zweites Klopfen.

»Ja!«, ruft Sam, jetzt etwas lauter. Er hält sich das Oberhemd vor.

Hassan kommt mit einer kleinen schwarzen Tasche ins Zimmer. »Musst du Villa im Notfall verlassen, nimm Tasche hier mit«, sagt er. »Computer vielleicht wichtig für dich, aber Computer kann Leben nicht retten. Tasche hier schon.«

Er stellt die Tasche neben die Tür, wirft einen kurzen Blick auf Sams neue Unterhosen, lächelt und geht wieder hinaus.

Sam legt das Oberhemd zurück aufs Bett, beugt sich über den Koffer und nimmt ein gestreiftes Hemd mit kurzen Ärmeln heraus. Es ist rosa. Entfernt riecht er den Schweiß eines anderen Menschen.

Nach dem rosa Oberhemd probiert er den einfachen Anzug. Keine Markenqualität. Er ist ihm ein wenig eng an den Schultern und auch im Schritt sitzt er nicht bequem, aber sonst ist es ungefähr seine Größe. Seine eigene Kleidung will er bis zu seiner Begegnung mit Hamid Shakir Mahmoud lieber schonen.

Im Bad schaut er in den Spiegel. Er ist derselbe geblieben: dasselbe Gesicht, derselbe ernste und doch freundliche Blick. Aber er hat etwas Schäbiges bekommen, schäbig und billig. Er wirkt nicht mehr wie ein Architekt, schon gar nicht wie einer aus der Schweiz, eher wie ein Inder, der am Straßenrand einen kleinen Verkaufsstand betreibt.

Im Zimmer nimmt er das Notebook aus seiner Umhängetasche. Das hat er zum Glück noch.

Er sucht eine Steckdose und merkt, dass sie hier die britische Norm benutzen. Daran hat er nicht gedacht, er hat keinen Adapter dabei.

Er geht zu den Männern hinunter. Hassan und Heavy schauen fern, das Gerät ist in einer Ecke aufgehängt.

»Ein Adapter«, sagt Sam. »Habt ihr vielleicht einen Adapter?« Sicherheitshalber hat er sein Notebook mitgenommen, um sich leichter verständlich zu machen. Er hält den Stecker in die Höhe.

Heavy nickt. Er verlässt den Raum und kommt mit einem Adapter zurück.

»Danke«, sagt Sam. Er ist erleichtert, der Adapter gibt ihm

wieder Vertrauen. Hier geht es anders zu als in der Schweiz, aber daran wird er sich gewöhnen.

»Fanta?«, fragt Hassan.

Sam denkt nach. Er hat Durst. Er nickt.

Hassan öffnet den Kühlschrank, holt eine Dose heraus und stellt sie vor Sam auf den Tisch.

Sam setzt sich und trinkt.

Im Fernsehen läuft irgendwas Religiöses, ein alter Mann mit Bart sitzt auf einem Kissen und rezitiert monoton, wahrscheinlich Verse oder Gebete.

»Wann kommen die anderen Architekten?«, fragt Sam.

Hassan zuckt mit den Schultern.

Sam stellt die Frage noch einmal. Er klappt sein Notebook auf und zeigt sicherheitshalber die Mail, die er vom WWDC bekommen hat.

Sie beugen sich über den Bildschirm. Vor allem Heavy scheint interessiert, er sagt etwas auf Arabisch zu Hassan.

Sam hört, dass ein paarmal der Name Hamid Shakir Mahmouds fällt.

»Ja«, sagt er. »Ich gehöre zu den Gewinnern des Wettbewerbs, den Mister Mahmoud für die Oper in Bagdad ausgelobt hat. Mein Entwurf ist unter die ersten drei gekommen. Wann werde ich Hamid Shakir Mahmoud treffen?«

»Bist du der Architekt?«, fragt Hassan, als begreife er erst jetzt, wer Sam eigentlich ist.

Der bestimmte Artikel befremdet Sam zwar ein wenig, doch wahrscheinlich ist der Grund dafür Hassans Englisch. »Nicht *der* Architekt. *Ein* Architekt.«

Sie sehen ihn an. Nicht einmal unfreundlich, doch an ihren Blicken ist zu erkennen, dass sie nur Bahnhof verstehen.

Hassan, der neben ihm sitzt, drückt ihm den Zeigefinger auf die Brust. »Deine Sicherheit«, sagt er und drückt den Finger dann auf die eigene, »unser Geschäft.«

Sam nickt zum Zeichen, dass er es schön findet, dass man seiner Sicherheit solch hohe Bedeutung beimisst. Da wird auch Nina sich freuen.

»Du kennst Land nicht«, sagt Hassan. »Wir schon. Müssen auf richtigen Moment warten.«

Sam leert seine Fanta und geht zurück auf sein Zimmer. Sie haben recht, er kennt dieses Land nicht. Er darf sich nicht aufregen, sein Koffer hätte auch gestohlen sein können. Immerhin waren die Diebe so freundlich, ihm zum Ausgleich etwas dazulassen. Es bleiben Diebe, aber freundliche Diebe. Es sind nicht grade frisch gewaschene Sachen, aber was will man machen? Er ist im Irak. Frische muss hier erst noch Einzug halten. Dazu will er mit seinem Opernhaus beitragen. Schönheit ist auch Frische.

Auf seinem Zimmer probiert er den Adapter gleich aus. Er funktioniert. Es gibt sogar WLAN, aber dazu braucht er ein Passwort. Er wird gleich danach fragen.

Auf dem Bett sitzend, studiert er sein Handy. Immer noch kein Netz. Die dicken Mauern der Villa, daran muss es liegen. Er stellt sein Handy aus und steckt es in die Umhängetasche.

Er schwankt zwischen Khaled Hosseini und seinem Entwurf. Zum Lesen fehlt ihm die Ruhe, zum Arbeiten braucht er keine. Also beschließt er, seinen Entwurf noch einmal durchzugehen.

Zu Hamid Shakir Mahmoud wird er sagen: »Viel zu lange haben Architekten Macht ausüben wollen. Ich will das nicht, ich will anderen Macht geben.«

Kurz nach sieben wird an die Tür geklopft. Ein junger Mann, vermutlich nicht älter als sechzehn, den er noch nicht gesehen hat, bedeutet ihm, nach unten zu kommen.

Am Tisch sitzen außer Hassan und Heavy fünf andere

Männer beim Essen. Auf einem weiteren Tisch vier Aluminiumschalen.

»Iss«, sagt Hassan. »Wenn zu lange warten, ist weg.«

In einer Schale befindet sich undefinierbares Fleisch, in einer weiteren Reis und in der dritten etwas zu lange gekochte Kichererbsen. Die vierte Schale ist leer.

Neben den Schalen steht ein Stapel Teller.

Sam nimmt vorsichtig etwas Reis und Kichererbsen und ein klein wenig Fleisch, dann setzt er sich zu den Männern.

Er fragt sich, ob er sich vorstellen soll, belässt es dann aber bei einem Nicken.

Im Fernsehen läuft ein arabischer Sender. Ein Politiker – das vermutet Sam jedenfalls – wird interviewt. Danach sieht man Bilder, die wohl die Folgen eines Anschlags dokumentieren. Man braucht kein Arabisch zu können, um zu verstehen, die Sprache der Zerstörung ist universell.

»Schöner Anzug«, sagt Hassan, nachdem er einen Schluck Fanta genommen hat.

Die anderen hören auf zu essen und schauen Sam an.

Sam gibt sich Mühe, das Kompliment freundlich entgegenzunehmen. Sie wollen nett zu ihm sein, immerhin.

Schweigend setzen die Männer ihre Mahlzeit fort. Ab und zu werfen sie einen Blick auf ihn, als erwarteten sie, dass er jeden Moment einen Zaubertrick für sie aufführen werde.

Als fast alle zu Ende gegessen haben, stellt Hassan eine Flasche Wasser vor Sam.

»Da Kühlschrank«, sagt er. »Ab jetzt allein nehmen. Viel trinken.«

Sam setzt die Flasche an den Mund, er hat in der Tat Durst.

»Wie lautet eigentlich das WLAN-Passwort im Haus?«, fragt er plötzlich.

»Passwort?« Hassan schaut einen der anderen Männer an.

»Ja, Passwort, für das Drahtlosnetzwerk. Ich möchte ins Internet.«

Hassan kramt einen zerknitterten Zettel aus seiner Hosentasche, anscheinend eine Rechnung. Auf die Rückseite schreibt er: »61security69«.

»Und wann hat Mister Mahmoud Zeit für mich?«, fragt Sam weiter. »Ist darüber schon irgendetwas bekannt?«

Hassan macht ein Gesicht, als hätte er Zahnschmerzen bekommen. »Mister Mahmoud wenig Zeit. Auch für den Architekt.«

»Das verstehe ich«, sagt Sam. »Aber er hat mich eingeladen. Wegen eines Entwurfs. Kannst du ihm sagen, dass ich mich darauf freue, ihn kennenzulernen? Und übrigens bin ich nicht *der* Architekt, ich bin *ein* Architekt.«

Hassan macht immer noch ein Gesicht, als würde ihm irgendwas wehtun. Er faltet den Zettel, auf den er das Passwort geschrieben hat, sorgfältig zusammen und gibt ihn Sam. »Kenne Mister Mahmoud nicht persönlich«, sagt er. »Nur Leute, die Mister Mahmoud kennen. Diese Leute wenig Zeit. Mister Mahmoud noch weniger Zeit. Mister Mahmoud ...« Er hebt die Hände zum Himmel, als wolle er sagen, dass Hamid Shakir Mahmoud sich in Sphären bewegt, die gewöhnlichen Sterblichen nicht zugänglich sind.

»Aber könntest du diesen Leuten dann ausrichten, dass ich mich darauf freue, Mister Mahmoud kennenzulernen? Dass ich extra wegen ihm hier bin?«

Hassan nickt. »Du Christ?«, fragt er.

»Mehr oder weniger«, antwortet Sam. »Ich bin getauft.«

Hassan schaut Sam eindringlich an. »Christen, Moslems, Juden – glauben alle an selben Gott. Größte Problem Atheisten. Glauben an nichts. Gar nichts. Was kannst du erwarten von jemand, der glaubt an nichts?«

Sam hat keine Lust auf theologische Diskussionen. »Du hast recht«, sagt er darum, »aber der Architekt baut für alle.«

Auf seinem Zimmer probiert er das Passwort gleich aus. Es funktioniert, aber ins Internet kommt er nicht. Er ändert die Netzwerkeinstellungen, trotzdem bekommt er keine Verbindung.

Nachdem er es eine geschlagene halbe Stunde versucht hat, gibt er es auf: Nina wird einsehen, dass das Internet im Irak nicht so funktionieren kann wie zu Hause in Zürich.

Er denkt an ihr Geschenk. In das kleine Buch schreibt er: »Heavy, Honey und Hassan. Kleidung gestohlen. Eidechsen. Mister Mahmoud hat wenig Zeit.«

Als er sich ins Bett legen will, sieht er, dass das Laken beschmutzt ist. Als hätte jemand Tomatensaft darauf verschüttet.

Sam mustert die Flecken von Nahem, riecht daran, aber sie riechen nach nichts. Er legt das gelbe Handtuch darüber.

Aus dem fremden Kulturbeutel holt er die Zahnbürste. Er riecht daran. Sie riecht nach verdorbenem Essen. Kloake. Er steckt sie zurück in den Beutel und spült sich im Badezimmer lediglich den Mund. Dabei belässt er es. Morgen wird er sich eine Zahnbürste kaufen.

Sicherheitshalber legt er sich angezogen aufs Bett. Nur seine Schuhe und das schlecht sitzende Jackett zieht er aus.

Am nächsten Morgen wird er früh wach. Sofort schlüpft er in seine Schuhe und spritzt sich im Bad Wasser ins Gesicht.

Im Aufenthaltsraum unten ist niemand. Nur die Schalen mit Essen stehen wieder da. In der einen ist weißer, krümliger Käse, in der anderen geschnittene Tomaten, in der dritten etwas, das wie Rührei aussieht, viel ist nicht davon übrig, und in der letzten Schale liegen kleine Fladenbrote. Der Fernseher läuft. Sam nimmt sich zwei Brote und beginnt, leicht widerwillig zu essen. Als er fertig ist, bleibt er sitzen. Er schaut zum Bildschirm, lauscht auf Wörter, die er versteht, kann aber so gut wie keine heraushören. Er gewöhnt sich an die Bilder. Zerstörung, Tote, Militärs, Verwundete, Sanitäter. Dann der Moderator. Und wieder Zerstörung, Tote, Militärs.

Sam wird klar, warum Hamid Shakir Mahmoud Puccini nach Bagdad holen möchte. Die Menschen hier brauchen Zerstreuung, etwas anderes als diese Bilder, etwas Aufmunterndes. Er muss an seinen Kunstgeschichtsdozenten denken, der einmal sagte: »Keine Ethik ohne Ästhetik. Wer die Ästhetik vergisst, kann bald auch die Ethik begraben.«

Endlich lässt Hassan sich blicken. Wie Sam trägt er dieselbe Kleidung wie am Abend zuvor. Er braucht nicht jeden Tag neue Garderobe.

»Guten Morgen«, sagt Sam.

Hassan nickt und setzt sich.

»Ich würde heute gern ein paar Dinge kaufen. Unter anderem eine Zahnbürste. Ist inzwischen geklärt, wann ich Hamid Shakir Mahmoud treffen kann?«

Hassan zappt durch das Programm. Minuten vergehen, ohne dass er etwas antwortet.

Obwohl Sam keinen Hunger mehr hat, geht er zu den Schalen. Diesmal nimmt er sich auch etwas von dem, was wohl Rührei sein soll. Er isst langsam und mit wenig Appetit, doch er fühlt sich verpflichtet, seinen Teller zu leeren.

»Mister Samarendra.« Hassan zeigt auf den Fernseher. Im Bild erscheint der Kopf eines Mannes, dessen Augenhöhlen wie ausgelöffelt aussehen. Die Zähne fehlen völlig, auf seinen Wangen sind Brandblasen.

»Hamid Shakir Mahmoud«, sagt Hassan.

»Hamid Shakir Mahmoud?«

Das Bild des Mannes verschwindet.

»Hamid Shakir Mahmoud«, wiederholt Hassan.

»Das war Hamid Shakir Mahmoud?«

Hassan nickt und schaut wieder auf den Bildschirm.

»Also ist Hamid Shakir Mahmoud tot?«, fragt Sam entgeistert. Vielleicht hat er etwas falsch verstanden. Er kann sich nicht vorstellen, dass der Mann, mit dem er noch vor Kurzem telefoniert hat, der Mozart ergreifend fand, aber von Puccini zu Tränen gerührt wurde, dass dieser Mann wirklich tot ist.

»Tot«, bestätigt Hassan.

Sam wagt Hassan nicht anzusehen, er konzentriert sich auf die Bilder im Fernsehen.

Er ist sprachlos. Hamid Shakir Mahmoud ist nicht mehr. Er muss unbedingt Kontakt zum WWDC in London aufnehmen.

»Und wer steckt dahinter?«, fragt er, in der vagen Hoffnung auf einen Irrtum. Vielleicht gibt es noch einen anderen Hamid Shakir Mahmoud.

»Hinter was?«, fragt Hassan leicht gereizt.

»Hinter dem Mord«, erklärt Sam. »Es war doch Mord? Du hast doch seine Augen gesehen? Wer hat das getan?«

Hassan zuckt mit den Schultern. »Du weißt genauso viel wie ich«, sagt er. »Vielleicht sogar mehr. Du bist der Architekt.«

Sam hat das Gefühl, etwas Dummes gesagt zu haben, auf jeden Fall etwas Unpassendes. Er ist nicht diplomatisch genug. »Ich weiß von all dem fast nichts«, erklärt er. »Politik liegt mir nicht. Ich bin Architekt, *ein* Architekt, nicht *der* Architekt, wie ich schon sagte. Ich entwerfe Gebäude.«

Hassan scheint Sam nicht mehr zuzuhören. Er zappt weiter durch die Kanäle.

»Einmal habe ich mit Mister Mahmoud telefoniert«, erklärt Sam. »Ich habe ihn nie getroffen, aber wir sind auf Facebook befreundet.«

Sofort schämt er sich für diese banale Bemerkung. Zum Glück reagiert Hassan nicht.

»Und jetzt?«, fragt Sam nach einer Weile.

»Hier sicher.«

Ob Sam ihn beleidigt hat? »Davon gehe ich aus, dass es hier sicher ist. Aber ich frage mich, was jetzt wird, jetzt, wo Mister Mahmoud …«

Hassan legt Sam die Hand auf die Schulter. »Willst du Sicherheit?«, fragt er. Er blickt Sam forschend an.

Sam nickt. »Natürlich, wer will das nicht?«

»Dann bringst du Sicherheit von dir und anderen nicht in Gefahr. Du jetzt gehst nach oben. Und da bleibst du ganz still.« Es klingt streng, aber zugleich lächerlich.

Sam geht auf sein Zimmer. Von einem Missverständnis kann keine Rede mehr sein: Hamid Shakir Mahmoud ist tot. Ob Nina es inzwischen auch schon gehört hat? Dann wird sie sich Sorgen machen.

Sam spürt Panik in sich aufsteigen, er will hier weg. Er mag das Gefühl nicht, irgendwo festzusitzen.

Weil er sonst wenig tun kann, schaut er sich den Entwurf für das Opernhaus noch einmal an. Während er ihn kritisch studiert, fragt er sich, ob dieses Gebäude jetzt wohl noch gebaut wird, jetzt, wo Hamid Shakir Mahmoud höchstwahrscheinlich nicht mehr ist. Trotzdem beschließt er, an seinem Entwurf eine kleine Korrektur vorzunehmen: Wäre es nicht besser, eine der Herrentoiletten an eine andere Stelle zu versetzen? Mit Bleistift beginnt er, sich in seinem Notizbuch Skizzen zu machen, bis er müde wird.

Er legt sich aufs Bett und döst ein, schreckt wieder hoch, döst wieder ein, bis er zuletzt tief einschläft.

Von etwas, das sich wie eine Explosion anhört, wird Sam geweckt. Es klingt nicht beängstigend, eher weit weg. Eine zweite Explosion folgt, jetzt etwas näher. Regungslos liegt

Sam im Bett. Im Haus selbst bleibt es ruhig. Er wartet auf die nächste Explosion, doch nichts geschieht. Er döst erneut eine Weile, bis laut an die Tür geklopft wird.

Der Junge von gestern steht davor, in kurzen Hosen diesmal. Er ruft Sam mit einem Zeichen zum Lunch.

Im Erdgeschoss sitzen wieder fünf Männer, dieselben wie am Abend zuvor, soweit Sam erkennen kann. In den Schalen das gleiche Essen: Kichererbsen, Reis und Fleisch, Lammfleisch vermutlich.

Sam holt eine Flasche Wasser aus dem Kühlschrank, nimmt sich etwas Essen und setzt sich. Mit mehr Routine inzwischen, als sei dies sein Zuhause.

Er betrachtet die Männer. Einer von ihnen sieht westlich aus, aber Sam fällt nichts ein, womit er ein Gespräch beginnen könnte. Ob sie alle im Sicherheitsgewerbe arbeiten?

Zu guter Letzt wagt er es doch. Er fragt ins Blaue hinein: »Wann wird Hamid Shakir Mahmoud eigentlich beerdigt?«

Sie hören auf zu essen und sehen ihn an. Sonst keinerlei Reaktion.

Sam kaut langsam, die Kichererbsen sind nicht so lange gekocht wie gestern.

Zuletzt antwortet Hassan: »Können nicht sagen. Zu deiner und unserer Sicherheit.«

Ein anderer Mann, der sich nicht vorgestellt hat, sagt in gutem Englisch: »Je weniger du weißt, desto besser.«

Dann stehen die Männer auf. Sie räumen ihr schmutziges Geschirr weg und verlassen den Raum. Nur Hassan bleibt sitzen. Für seine Verhältnisse blickt er Sam freundlich an. »Willst du alles wissen?«, fragt er.

Sam nickt.

»Weißt du, was Hamid Shakir Mahmoud war?«

Sam schüttelt den Kopf.

»Atheist«, sagt Hassan.

Sam schaut auf seinen Teller.

»Atheisten alle dekadent. Keine Normen. Hat nicht anders gewollt.«

Auf Sams Teller liegen noch Erbsen. »Wie kann ich zu Hause anrufen?«, fragt er. »Mein Handy funktioniert nicht. Ich bekomme kein Netz.«

»Mit Computer«, sagt Hassan. »Skype sicher.«

»Das Internet funktioniert auch nicht.«

»Ich dir Passwort gegeben.« Hassan holt eine Visitenkarte aus seiner Hosentasche und schreibt auf die Rückseite: »61security69«.

»Probieren«, sagt er und gibt Sam die Karte. »Internet manchmal langsam. Musst Geduld haben. Du doch kein Atheist?«

Sam sagt, er werde es noch mal versuchen, und versichert, dass er ein gläubiger Mensch sei. In Wahrheit jedoch zweifelt er genauso an Gott wie am Internet hier.

Er setzt sich auf das gelbe Handtuch auf seinem Bett, betrachtet die Rückseite der Visitenkarte, ausschließlich mit arabischen Buchstaben beschrieben. Minutenlang bleibt er so sitzen. Sein Fuß beginnt zu kribbeln, er denkt an seine Schwester.

Zu guter Letzt nimmt er sein Notebook und versucht, ins Internet zu kommen, erneut ohne Erfolg.

In Ninas Notizbuch schreibt er: »Mister Mahmoud ist tot.« Dann beginnt er leise zu summen, ein Lied, an das er sich noch aus seiner Kindheit erinnert. Wieder bleibt er eine Weile so sitzen, bis es ihm zu viel wird. Er geht aus dem Zimmer.

Im Aufenthaltsraum läuft wieder der Fernseher. Niemand da. »Hallo?«, ruft er. Er öffnet eine Tür. Sie führt in eine Abstellkammer. Eine andere Tür führt in die Küche.

Eine Frau ist dabei, den Ofen zu putzten, sie schaut Sam an. Sie ist ungefähr vierzig. Sie trägt eine große, fleckige

Schürze. Kein Kopftuch. Das dunkle Haar ist zu einem Knoten gebunden.

»Sprechen Sie Englisch?«, fragt er.

»Bisschen«, antwortet sie. Ihre Stimme klingt heiser.

»Ich bin Samarendra Ambani«, sagt er. »Ich wohne oben im Gästezimmer. Darf ich hereinkommen?«

»Hunger?«, fragt sie. Sie bietet ihm einen Apfel an, einen kleinen mit braunen Flecken.

Sam nimmt ihn. Obst hat er seit seiner Abreise aus Arbil nicht mehr gegessen. Und der Obstsalat, den es zum Frühstück dort gab, stammte wahrscheinlich aus einer Dose.

»Wo sind alle?«, fragt er.

Die Frau antwortet nicht, putzt aber auch nicht ungerührt weiter. Mit einem Tuch in der Hand starrt sie ihn an.

»Wo sind wir hier eigentlich?«, fragt er. »In einem Hotel?«

»Hotel?« Sie beginnt zu lachen. Ein angenehmes Lachen. »Hier sicheres Haus.«

Safe House, diesen Ausdruck hat sie benutzt. Ein sicheres Haus. So hatte er es noch nicht betrachtet. Er hat schon mal etwas über solche Häuser im Fernsehen gesehen. Er weiß nur nicht mehr, ob es sich um einen Spielfilm handelte oder um eine Dokumentation.

Sam schaut sich um. Über dem Herd ist ein Loch in der Wand. Möglicherweise hat dort etwas gehangen, es kann aber auch ein Einschussloch sein.

»Und die Männer hier«, er zeigt auf die Tür. »Sind das alles Sicherheitsleute?«

Die Frau reagiert nicht.

Er reibt den Apfel an einem sauber aussehenden Geschirrtuch und nimmt vorsichtig einen Bissen. Auf der Anrichte sieht er eine Melone.

»Wer ist hier alles im Haus?«, fragt er.

»Du«, sagt die Frau.

Sie nimmt ihre Arbeit am Herd wieder auf.

»Und außer mir?«, fragt er. »Den ganzen Tag sitze ich allein auf meinem Zimmer. Ich würde gern etwas tun, um die Zeit totzuschlagen. Mit jemandem reden. Oder etwas spielen, Karten zum Beispiel, irgendwas.« Sam hat seit Jahren nicht mehr Karten gespielt.

»Du«, sagt die Frau. »Sonst niemand. Securityleute. Und ich.«

Er nimmt noch einen Bissen von seinem Apfel, vor allem aus Höflichkeit.

»Bist du dir sicher?«, fragt er. »Keine anderen Gäste?«

»Nur du«, bekräftigt sie. »Sonst alle weg.«

Er reibt mit der Hand über die breite Anrichte. Die Anrichte klebt.

»Haben sie gesagt, wie lange ich noch hierbleiben muss?«

Die Frau schaut Sam an, aber sie antwortet nicht. Er wiederholt seine Frage.

»So lange wie nötig«, antwortet sie. »Sie gut sorgen für dich, wir gut sorgen.«

»Das ist sehr freundlich«, erwidert er.

Man hört eine weitere Explosion. Ein dumpfes Knallen. Die Frau ignoriert es.

»Sind das Anschläge?«, fragt er. »Die Explosionen?«

Sie zuckt mit den Schultern. Dann zeigt sie auf die Melone. »Heute Abend. Für dich.«

Sam spürt, dass seine Anwesenheit unerwünscht ist, dass er sie aufhält. Er dankt ihr für den Apfel.

Auf seinem Zimmer legt er die Apfelkitsche, mit der er in der Küche nicht wusste, wohin, auf seinen Schreibtisch. Auch seine Hand ist jetzt klebrig.

Zu lange ist er durchs Leben gegangen, ohne wirkliche Entscheidungen zu treffen. Alle wichtigen Entschlüsse, die nichts mit seiner Arbeit zu tun hatten, hat er aufgeschoben.

Dabei wird es höchste Zeit, sich zu binden. Er wird Rosen kaufen und eine Flasche Champagner und Nina an einem Sonntagnachmittag auf einer Bergwanderung einen Heiratsantrag machen. Auf welchem Berg, weiß er noch nicht. Auf einem Boot wäre auch möglich. Nicht auf dem Zürichsee, den kennen sie schon. Auf dem Bodensee vielleicht.

Die Möglichkeit, dass Aida sterben könnte, woran er nicht häufig denkt, kommt ihm plötzlich, mehr noch als früher, wie eine persönliche Niederlage vor. Er will dafür sorgen, dass sie in den USA operiert werden kann, genug Geld verdienen, um die Behandlung zu finanzieren. Vielleicht wird sie nicht völlig gesund, aber ihre Lebensqualität würde auf jeden Fall zunehmen. »Lebensqualität« – dieses Wort hat er von Ärzten so oft gehört, als wüssten sie genau, was das ist. Auf seiner Hochzeit wird Aida anwesend sein. Genesen.

Sam wirft einen Blick in die Tasche, die er im Notfall mitnehmen soll. Sie enthält ein Erste-Hilfe-Set.

Niemand kommt, um ihn zum Abendessen zu rufen. Er geht auf eigene Faust nach unten.

Diesmal ist er allein. Die Sicherheitsleute haben schon gegessen, oder sie essen später. Auf dem anderen Tisch dieselben Schalen mit dem gleichen Inhalt wie zu Mittag. Nur in einer liegen jetzt drei Stück Melone. Er isst sie mit Appetit.

Nach dem Essen bleibt er sitzen und wartet auf die Männer, doch niemand kommt. Er bringt sein Geschirr in die Küche.

In einer Ecke sitzt die Köchin und isst, ihren Teller auf dem Schoß. Das Radio läuft. Arabische Musik.

Als sie ihn sieht, steht sie auf, stellt ihren Teller auf die Anrichte und nimmt ihm sein schmutziges Geschirr ab. Er hat nicht alles aufgegessen, er sieht, wie sie die Reste kritisch beäugt.

»Es war vorzüglich«, versichert er.

»Tee?«, fragt sie. Sie hat die Thermosflasche schon in der Hand.

»Gern«, antwortet er.

Sie schenkt heißes Wasser in eine Tasse und nimmt einen Teebeutel aus dem Schrank. Konzentriert lässt sie den Beutel in die Tasse gleiten. Sie wartet, bis der Tee beinahe schwarz ist, und tut zwei Löffel Zucker hinein.

»Arbeiten Sie hier schon lange?«, fragt er.

Sie antwortet nicht.

»Haben Sie Familie?«

»Alle tot«, antwortet sie. Sie gibt ihm den Tee. Den Beutel hat sie auf seinen schmutzigen Teller gelegt.

»Das tut mir leid.«

»Nachbar töten meine Mann. Älteste Sohn töten Nachbarn. So die Regeln.«

Sam nimmt einen Schluck Tee.

»Sohn von Nachbar töten älteste Sohn. Jüngere Sohn Sohn von Nachbar. Tradition. Cousin von Nachbar töten jüngere Sohn. Sonst keine Söhne.«

Er würde gern Mitgefühl für diese Frau aufbringen, aber, wie er etwas schamvoll eingestehen muss: Er tut sich vor allem selbst leid. Weil er hierhergekommen ist. Weil er, wie kurz auch immer, sich einen Triumphzug vorgestellt hat. Weil seine Kleidung verschwunden, weil Hamid Shakir Mahmoud tot ist.

»Der Tee schmeckt vorzüglich«, sagt er. Nach dem, was sie ihm gerade erzählt hat, eine vielleicht etwas magere Bemerkung, darum fügt er hinzu: »Wo es kein Recht gibt, muss man es offenbar selbst in die Hand nehmen.«

Sie hält ihre Hände empor. Große, alte Hände. Älter, als ihr Gesicht vermuten lässt. Arbeiterhände.

Hat sie ihn falsch verstanden?

»Das ist eine Redensart«, sagt er schnell, »das Recht selbst in die Hand nehmen«. Wo es kein Recht gibt, kümmern wir uns selber darum. Aber daraus entsteht nichts als Unglück. Fürs Feuerlöschen ist der Staat zuständig. Wir dürfen nicht sagen: Jeder löscht sein Feuer selbst.«

Sam nimmt noch einen Schluck Tee. Er weiß nicht, warum er so viel redet. Vermutlich aus Einsamkeit, und aus Angst, weil er gleich wieder auf sein Zimmer zurückmuss und dann wieder mit den Geräuschen der fernen Explosionen allein ist.

»Amerikaner«, sagt sie. »Löschen Feuer. Zünden an. Löschen wieder. Zünden wieder an.«

»Ja, die größten Pyromanen sind die Feuerwehrleute.« Sam will keine Schuldigen nennen, er will sich bedeckt halten, diplomatisch bleiben. Nicht aus Opportunismus, aus Humanität.

Hastig nimmt sie ihren Teller und setzt sich auf den Stuhl in der Ecke.

Muss er jetzt gehen? Er will nicht.

»Wer war eigentlich vor mir hier?«, fragt er. »In diesem Haus, meine ich. Wer waren meine Vorgänger?«

Schweigen. Wahrscheinlich versteht sie ihn nicht. »Wer hat hier gewohnt? Wer ist dein Chef?«

»Hamid Shakir Mahmoud«, kommt es wie aus der Pistole geschossen.

Sam kann es nicht glauben. »Das war dein Chef?«

Sie zeigt auf den Boden, dann auf Decke und Wände. »Mister Hamid.«

Er schaut die Frau ungläubig an. »Das ist das Haus von Hamid Shakir Mahmoud?«

Die Frau nickt.

»Aber der wohnt doch in London?«

Sie schüttelt den Kopf und nimmt einen Happen von ihrem Essen.

Er macht ein paar Schritte auf sie zu. »Hier hat Mister

Hamid gewohnt?« Auch er zeigt jetzt auf den Boden, auf Decke und Wände. Er übernimmt ihre Gesten. Noch ein bisschen, und er redet wie sie.

»Ja, hier«, sagt sie. »Frau von Mister Hamid nicht. Kinder auch nicht.«

Er hockt sich vor sie. »Ich bin aus Zürich gekommen, um etwas Wichtiges mit Mister Hamid zu besprechen. Ich bin Architekt.«

In der Rechten hält sie eine Gabel, in der Linken ihren Teller.

»Freund von Mister Hamid?«

Sam sieht Speichel zwischen ihren Zähnen, offenbar ist es ein Lächeln.

»Freund nicht«, sagt er. »Aber wir haben telefoniert. Wenn es Mister Hamid war. Kein Freund, geschäftlich. Aber er war freundlich. Und sehr begeistert.«

Sie schaut ihn ausdruckslos an.

»Mochte Mister Hamid die Oper?«

Sie rührt in ihrem Essen, während sie ihn ansieht. Voller Erstaunen scheint sie ihn zu mustern, den Mann, der da vor ihr hockt, es könnte allerdings genauso gut Argwohn sein.

»Oper«, sagt Sam, »mochte Mister Hamid die Oper?«

Er lässt nicht locker, er weiß selbst nicht warum. Er spürt, wie seine Beine schwer werden.

Langsam schüttelt die Köchin den Kopf. Sie kaut.

»Keine Oper?«, fragt er. »Aber Puccini? Hat er viel Puccini gehört?«

Wieder schüttelt sie den Kopf. Sie kaut gründlich.

»Hast du schon mal was von Puccini gehört? Hat Mister Hamid ab und zu mal gesagt: ›Puccini ist meine große Passion‹?«

Langsam schüttelt sie den Kopf, mit einem unbestimmten Lächeln, als verstünde sie ihn jetzt wirklich nicht mehr.

Sam ist es unangenehm, so vor ihr zu hocken, doch er wagt nicht, sich zu erheben.

Sie isst etwas anderes, als er bekommen hat, eine Art Eintopf. Ein undefinierbares Gemisch, irgendetwas mit Linsen.

Dann sagt sie: »Mister Hamid wartete auf Freund, auf Freund mit wichtige Botschaft.«

Sam berührt flüchtig ihr Bein und erschrickt sofort vor seinem Benehmen: »Ich bin nicht der Bote, ich bin der Architekt. Mister Hamid liebte Puccini. Darum wollte er eine Oper bauen lassen, in Bagdad. Puccini rührte ihn. Offenbar wollte er die Rührung mit anderen teilen.«

Dieser Gedanke bringt Sam zum Lachen. Einen Moment lang vergisst er fast, dass die Frau da ist, und prustet unverschämt los. Gleich danach jedoch hat er sich wieder im Griff.

Die Köchin isst jetzt noch hastiger als zuvor.

Sam steht auf, unschlüssig, was er tun soll.

»Was für ein Mann war Mister Hamid?«, fragt er. »War er nett?«

Mittlerweile futtert sie in einem Höllentempo, sie ignoriert ihn.

Leicht beschämt geht Sam auf sein Zimmer zurück, aber er fühlt sich rastlos und geht fast sofort weiter ins Bad. Er spült sich den Mund und pult mit den Nägeln eine Fleischfaser zwischen den Schneidezähnen hervor.

Dann hockt er sich hin, um unters Waschbecken zu spähen. Die Eidechsen hängen immer noch da. Unbeweglich kleben sie an der Wand. Vorsichtig versucht er, eine von ihnen zu berühren. Das Tier schießt davon.

Auf seinem Zimmer lehnt er sich vorsichtig an den laufenden Radiator. Ihm ist kalt. Er muss an den Stuhl im heimischen Küsnacht denken, auf dem Aida mit ihm immer duscht. So lang scheint es her, seit er zum letzten Mal dort mit ihr stand, obwohl es in Wirklichkeit kaum mehr ist als eine Woche.

Als er sich aufgewärmt fühlt, beginnt er einen Brief an Nina. Er will sie lieber gleich fragen, ob sie ihn heiraten möchte, doch ehe er zum entscheidenden Punkt kommt, klappt er den Rechner zu. Vielleicht sollte er doch lieber erst ihren Vater fragen.

Er möchte duschen, wagt das Bad jedoch nicht zu betreten.

Das Aufstehen am Morgen ist fast schon Routine. Er zieht das fremde Jackett an, schlüpft in seine Schuhe und wäscht sich hastig und mit ziemlichem Ekel. Dann geht er hinunter.

Der Fernseher ist wieder an, doch die Schalen, in denen bisher das Essen war, sind heute leer.

Sam öffnet die Tür zur Küche. Auch dort ist niemand zu sehen. Gut aufgeräumt, aber leer.

»Hallo?«, fragt er vorsichtig.

Er wartet – keinerlei Reaktion. Ihm fällt auf, dass er den Namen der Köchin nicht kennt, er kann sie nicht einmal rufen.

Sam zögert, dann beschließt er, das Haus weiter zu erkunden.

Niemand zu Hause, so scheint es, aus dem sicheren Haus ist ein leeres geworden. Während er durch die heruntergekommene Villa schleicht, ängstlich, sich durch ein Geräusch zu verraten, meint er hin und wieder eine menschliche Stimme zu hören. Aber immer ist es bloß der Fernseher, der natürlich nach wie vor läuft.

Es ist niemand mehr da, er ist der einzige Mensch im Haus. Schon allein darum ist seine Anwesenheit unerwünscht. Wenn niemand mehr da ist, was soll er dann noch hier? Er ist ein peinliches Geheimnis aus dem Leben Hamid Shakir Mahmouds, ein Relikt, obwohl ihm noch immer nicht klar ist, ob er in dessen Leben überhaupt eine Rolle gespielt hat. Jetzt kann er ihn nicht mehr fragen.

Zu guter Letzt geht er ins Esszimmer zurück. Er nimmt eine Dose Fanta aus dem Kühlschrank und trinkt sie halb aus.

Er setzt sich und liest die Aufschrift auf der Dose: Abgefüllt in der Türkei.

Bisher besteht sein Frühstück aus Fanta. Dieser Gedanke ruft akuten Ekel in ihm hervor, über seine Situation, über sich selbst. Sein Rückflug geht erst in einigen Tagen. Wenn er nach Zürich zurückkommt – dass er bald wieder dort ist, daran zweifelt er nicht –, wird sein Kompagnon ihn verspotten. Er war naiv, und Naivität ist schlimmer als Dummheit, schlimmer sogar noch als ein verdorbener Charakter.

Fehmer hat einmal gesagt: »Loos: talentierter Architekt, aber naiv. Gropius: großes Talent – aber ein gutmütiger Trottel. Er dachte, man könnte die Menschen erziehen. Aber der Architekt darf die Menschen nicht erziehen, er muss sie bei der Hand nehmen und führen. Die Kraft eines Architekten ist die Differenz aus seinem Talent und seiner Naivität: k=t-n.«

Sam könnte auch hierbleiben, im Kühlschrank ist noch genug Fanta, und vielleicht findet er in der Küche noch etwas Essbares. Irgendwann muss ja jemand kommen. Doch dann denkt er wieder an Hamid Shakir Mahmoud. Der ist nicht mehr da, warum also soll er, Sam, noch hierbleiben? Je länger er diesem simplen Gedankengang folgt, desto klarer erscheint ihm das Weggehen als einzige Chance. Die Sicherheitsleute sind nicht mehr da, er muss seine Sicherheit selbst in die Hand nehmen.

Sam holt die Tasche mit dem Notebook aus seinem Zimmer. Sein eigenes Oberhemd, das doch schon zerknittert ist, rollt er zusammen und steckt es dazu. Ebenso seine Hose.

Um Nina nicht zu enttäuschen, stopft er das Buch von Hosseini daneben und aus Pietät Hamid Shakir Mahmoud gegenüber auch noch die *Madame Butterfly*-CD. Seinen Koffer lässt er zurück, sein eigenes Jackett trägt er über der Schulter. Die Tasche für Notfälle lässt er stehen. Dies ist kein Notfall, das Erste-Hilfe-Set wird er nicht brauchen.

Nur mit Mühe findet er den Ausgang. Für einen Architekten kann er sich ziemlich schlecht orientieren. Vielleicht liegt es aber auch an dem irakischen Baustil.

Dort, wo bei seiner Ankunft die bewaffneten Männer patrouillierten, ist jetzt niemand zu sehen. Auch die Autos sind fast alle verschwunden. Der Sand ist da, die Betonblöcke, die Sonne, die grell ist und doch nicht wirklich wärmt. Er muss die Augen zusammenkneifen.

Sie haben ihn vergessen, die Sicherheitsleute, das World Wide Design Consortium. Obwohl ihm die Unangemessenheit seines Gedankens bewusst ist, nimmt er Hamid Shakir Mahmoud seine Ermordung übel. Hätte er nicht besser aufpassen können? Er wusste doch, wie dieses Land ist.

Sam will zur Schweizer Botschaft, dort wird man ihm helfen. Für seinen Rückflug muss er zurück nach Arbil, und er hat keine Ahnung, wie die öffentlichen Verkehrsmittel im Irak funktionieren. Soweit es hier überhaupt welche gibt.

Er holt sein Handy aus der Hosentasche. Immer noch kein Empfang. Vor einiger Zeit hat er in der Zeitung gelesen, dass Sprengfallen mit Handys bedient werden können und die Mobilnetze darum an manchen Orten gezielt gestört werden.

Ein ganzes Stück weiter sieht er einen Mann. Ein lebendes Wesen! Das erfüllt ihn mit Hoffnung. Es ist Heavy, er steht bei einem Betonklotz. Seine Jacke ist genauso grau wie der Beton.

Heavy starrt ihn an.

Zuerst will Sam auf ihn zugehen, ihn fragen, wo alle sind und was er jetzt tun soll. Doch dann überlegt er es sich anders. Vielleicht kann man Heavy nicht trauen.

Zuerst geht er ganz ruhig davon, dann immer schneller, bis er schließlich zu rennen beginnt.

Er schaut sich um, Heavy kommt ihm nicht hinterher. Trotzdem geht er schnell weiter, fast joggt er. Immer wieder beginnt er zu rennen, doch dann schämt er sich und hört damit auf.

Er geht durch eine ruhige Straße. Keine Ahnung, wo er jetzt ist, wie er ins Zentrum der Stadt kommt, was er sich unter »Zentrum« überhaupt vorstellen soll, und ob er wirklich dort hin muss. Natürlich hat er den Stadtgrundriss von Bagdad gründlich studiert, aber Hamid Shakir Mahmoud hatte erklärt, dass das sich nicht lohne, dass die Stadt von Grund auf neugebaut werden müsse. Darum hatte Sam die Analyse des Ist-Zustands übersprungen und sich auf universelle Schönheit und Funktionalität konzentriert, und natürlich auf Puccini.

Er sieht eine Frau mit einem Kind. Sie trägt ein Kopftuch, ist aber nicht komplett verschleiert.

»Taxi?«, fragt er. »Wo finde ich hier ein Taxi?«

Sie schaut ihn verständnislos an. Ängstlich, sie fürchtet sich vor ihm.

Die Angst der Frau nimmt ihm den Mut. Er fühlt sich schmutzig.

Er geht weiter, bis er in eine belebtere Straße kommt. Hier fühlt er sich noch weniger wohl, noch unsicherer.

Europäer kann er hier nirgends entdecken, es gibt überhaupt wenig Fußgänger. Er hat gelesen, dass der Irak das Schlimmste hinter sich habe, doch wenn er sich umsieht, kommen ihm Zweifel.

Er geht nicht über die Straße, er wedelt mit den Armen. »Taxi!«, ruft er. »Taxi!«

Autos fahren vorüber, doch niemand hält an.

Eine Kolonne von Armeefahrzeugen. Sam vermutet, dass es sich um irakische Militärs handelt. Soll er ihnen zuwinken? Ob sie ihm helfen können?

Die Soldaten sehen ihn von ihren Fahrzeugen aus an. Sie grinsen, aber vielleicht bildet er sich das auch nur ein. Seine Augen tränen vom aufgewirbelten Staub.

Als die Kolonne vorüber ist, macht er ein paar Schritte auf die Straße und zwingt einige Autos zum Ausweichen. Das ist gefährlich, aber er kann nicht ewig hier stehen bleiben. Er braucht ein Taxi.

Wie er so dasteht, mit seiner Umhängetasche, in fremder Kleidung, »Taxi!« ruft – er ist sich all dessen bewusst und kann doch die seltsame Komik der Situation, so heikel sie auch ist, nicht ganz leugnen. Hierfür also hat er seinen Cum-laude-Abschluss gemacht, hierfür mit fanatischem Eifer einen Praktikumsplatz bei Fehmer erobert: um sich auf einer staubigen Straße in Bagdad in einem schäbigen Anzug nach einem Taxi die Kehle heiser zu schreien.

Ein kleines Auto hält an, und ein rundlicher Mann öffnet ihm im Sitzen die Wagentür. Er hat ein freundliches Gesicht, sympathisch, ein wenig pausbäckig, ein Mondgesicht.

»Taxi?«, fragt Sam, beschließt jedoch, nicht auf eine Antwort zu warten, und steigt sofort ein. Wenn er erst einmal sitzt, kann man ihn nicht so schnell wieder hinauswerfen.

»Ich muss zur Schweizer Botschaft«, sagt er.

Der Mann fährt los. Das Radio läuft. Arabische Musik.

»Amerikaner?«, fragt der Mann.

»Schweizer«, antwortet Sam. »Ich möchte meine Botschaft aufsuchen.«

»Geld?«, fragt der Fahrer.

»Habe ich«, antwortet Sam. »Wie viel soll es kosten?«

Er holt sein Portemonnaie hervor.

»Für hundert Dollar bringe ich dich zur Grünen Zone«, sagt der Mann. »Ich darf da nicht rein. Das letzte Stück musst du laufen.«

Das Englisch des Mannes ist gut. Nicht akzentfrei, aber flüssig. Hundert Dollar findet Sam etwas viel, aber er gibt dem Mann das Geld. Außergewöhnliche Umstände rechtfertigen außergewöhnliche Preise. Kriegsgebiete sind teuer.

»Die Botschaft ist also in der Grünen Zone?«, fragt Sam sicherheitshalber. »Gibt es da auch Hotels?«

»Weiß nicht, ich darf da nicht rein«, sagt der Mann. »Du aber auch nicht, wenn du keine Sondergenehmigung hast.«

»Ich habe einen Schweizer Pass. Schweizer werden doch wohl hineindürfen?« Er schaut den Mann fragend an, bei dem er sich immer noch nicht sicher ist, ob es sich wirklich um einen Taxifahrer handelt.

Der Mann antwortet nicht. Sam ist sich unschlüssig, ob er versuchen soll, das Gespräch fortzusetzen. Muss er nicht erklären, warum er mit seiner Umhängetasche und seinem Paul-Smith-Jackett auf dem Schoß dasitzt, was er im Irak tut und was ihn hierherführt? Doch er kommt zu dem Schluss: Schweigen ist die bessere Lösung.

»Ist es schwer, ein Visum für die Schweiz zu bekommen?«, fragt der Fahrer nach längerem Schweigen.

»Keine Ahnung«, erwidert Sam. Sofort tut die Antwort ihm leid. Er hätte sich hilfsbereiter zeigen sollen.

Vor einem Kreisverkehr hat sich eine kleine Schlange gebildet.

»Checkpoint.« Die Stimme des Fahrers klingt heiser. Als stecke der Staub überall, auch in seiner Kehle.

Langsam nähern sie sich der Kontrolle. Die Soldaten haben ihr Gesicht mit schwarzen Strumpfhosen bedeckt oder mit irgendwas, das so aussieht. Sam vermutet, dass sie sich damit gegen den Staub schützen. Und gegen die Abgase natürlich. Hier fahren Autos ohne Katalysator.

Ein maskierter Soldat sagt etwas zum Fahrer. Sam muss an Ninas Strumpfhosen denken.

»Deinen Ausweis«, übersetzt der Fahrer. Immer mehr beschleicht Sam das Gefühl, dass der Mann neben ihm keine offizielle Taxilizenz besitzt. Er hat einfach eine Chance gewittert und sie beim Schopfe ergriffen.

Sam öffnet seine Umhängetasche. Er sucht in dem Seitenfach, wo sich seine Visitenkarten befinden, sein Krankenversicherungsausweis, eine Reservekreditkarte und noch ein paar Visitenkarten von Dritten. Aber kein Pass.

Er durchsucht die anderen Fächer.

»Sie haben meinen Reisepass!«, sagt er.

Der Iraker neben ihm schaut ihn ausdruckslos an.

»Hassan hat meinen Pass, Hassan, der Sicherheitsmann. Die Personenschützer haben meinen Pass.«

Der Maskierte sagt etwas zu dem Fahrer und der übersetzt in seinem wirklich hervorragenden Englisch: »Sie wollen deinen Reisepass sehen. Ohne Pass kommst du nicht durch den Checkpoint.«

»Aber den haben meine Personenschützer!«, wiederholt Sam. Das also ist Panik. Eine Art Schwindel, als würde man fallen. Oder auch schweben.

Der Soldat ruft etwas. Es klingt aggressiv, doch der Fahrer sagt gelassen: »Innerhalb von zehn Sekunden will er deinen Pass sehen, sonst bist du ein toter Mann.« Er fügt hinzu: »Wir sind das gewohnt.«

Was sind sie gewohnt? Immer stärker überkommt Sam eine allesdurchdringende Panik. Als würde er keine Luft mehr bekommen.

»Ich habe meinen Pass nicht, aber ich bin Samarendra Ambani. Schweizer Staatsbürger. Architekt.« Er gibt dem Maskierten seine Visiten- und seine Kreditkarte. »Schauen Sie, da«, sagt er, »da steht's: Samarendra Ambani.«

Der Soldat wirft einen Blick auf die Kreditkarte. Dann berät er sich mit dem Fahrer.

Sicherheitshalber holt Sam den Brief des World Wide Design Consortiums aus seiner Tasche und gibt ihn dem Maskierten. »Ich bin Architekt«, sagt er nochmals. »Ich bin auf Einladung hier.« Der Fahrer übersetzt es nicht.

Solange man ruhig und höflich bleibt, kann in der Regel nichts schiefgehen, versucht Sam sich zu beruhigen. »Derjenige, der mich eingeladen hat, ist gestorben, und jetzt bin ich unterwegs zu meiner Botschaft.« Den Namen Hamid Shakir Mahmoud sollte er jetzt wahrscheinlich besser nicht nennen.

Der Soldat studiert den Brief. Ein gutes Zeichen. Die Zeit, die er sich dafür nimmt. Sam glaubt zu sehen, dass die Körpersprache des Mannes freundlicher wird. Er scheint sich zu entspannen.

Dann geht der Soldat um das Auto herum, reißt die Tür auf und zerrt Sam aus dem Wagen. Sam kann gerade noch seine Umhängetasche und sein Jackett greifen.

Andere Maskierte bilden sofort eine Mauer um ihn.

Bevor er irgendwas sagen kann, werden ihm die Augen verbunden.

»Benachrichtige die Schweizer Botschaft!«, ruft er dem Schwarztaxifahrer zu, obwohl er ihn nicht mehr sehen kann. Noch einmal ruft er: »Benachrichtigen! Schweizer Botschaft! Ich heiße Samarendra Ambani.« Doch er befürchtet, dass nur noch die Uniformierten das hören.

Er hört ein Auto anfahren. Der Taxifahrer hat ihn verlassen. Während die Soldaten ihn voranschieben, beschleicht

74

ihn der Verdacht, dass der Mann ihn verkauft hat, mit seinem Schwarztaxi absichtlich hierhergefahren ist.

Mit beiden Händen klammert er sich an seine Tasche. Das Jackett lässt er fallen, nicht aber sie. Darin ist alles, was er noch hat, vor allem sein Entwurf.

Er wird in ein Auto mit hoher Ladefläche gehievt, mehr geschoben als gezogen. Er schürft sich das Knie auf. Für einen Moment spürt er einen stechenden Schmerz, doch darauf zu achten, hat er keine Zeit.

Sie reißen ihm die Tasche aus den Händen. Er ruft: »Meine Tasche!« Doch er bekommt sie nicht wieder.

Das Auto fährt an. Es ist ein offener Wagen, ein Armeejeep vermutlich. Er hatte einen neben dem Checkpoint stehen sehen.

Sam riecht die Männer, die neben ihm sitzen.

Gedanken rasen ihm durch den Kopf, klar wie selten. Alles wird ihm verständlich, sein ganzes Leben.

Wenn seine Studienkollegen ihn so sehen könnten, mit verbundenen Augen in einem Armeejeep in Bagdad, und sein Kompagnon – auslachen würden sie ihn, fürchtet er. Laut auslachen. Sie hätten kein Mitleid, sie würden sagen, es sei seine eigene Schuld.

Jemand redet offenbar auf ihn ein. Auf Arabisch.

Ihm wird vors Schienbein getreten, aber er spürt keinen Schmerz. Es sind auch keine sehr starken Tritte.

Das Auto bremst und fährt wieder an, bremst und fährt weiter, er spürt den Wind und die Sonne in seinem Gesicht, die brennende Sonne.

Jemand fragt ihn auf Englisch: »Für wen spionierst du?«

Sam versucht, dem Sprecher den Kopf zuzudrehen. »Ich bin kein Spion«, antwortet er. »Ich bin Samarendra Ambani, Architekt, Schweizer Staatsbürger.«

Er liegt auf dem Boden. Die Augenbinde hat man ihm abgenommen, doch seine Hände sind auf den Rücken gebunden, seine Arme fühlen sich an wie betäubt. Als gehörten sie nicht mehr zu ihm, als seien es die eines anderen.

Die Steinfliesen, auf denen er liegt, sind schwarz und klebrig. Eine zähflüssige Substanz. Öl vielleicht. Alles ist schwarz. Fenster gibt es nicht. Es muss eine Tür geben, doch er kann keine entdecken.

Er hört Wasser tropfen, als sei irgendwo ein Leck. Oder ist es ein Wasserhahn? Er hört nur das Tropfen, er kann die Geräuschquelle nicht sehen. An der Decke hängen einige Neonröhren. Nicht alle funktionieren. Das Licht ist spärlich.

Vor ihm auf einem Stuhl sitzt ein uniformierter Mann um die vierzig. Er hat einen Schnurrbart. Ein schöner Schnurrbart, gepflegt. Lässt auf ein hohes Maß an Eitelkeit schließen. Er hat Sams Tasche auf dem Schoß und blättert in seinem Notizbuch.

Sam setzt sich in den Schneidersitz, er weiß nicht, ob noch andere Leute im Raum sind. Möglicherweise, doch wenn, verhalten sie sich ruhig.

Sie haben ihn durchsucht und alles aus den Taschen des Anzugs geholt, der ihm nicht gehört, den er aber in den vergangenen Tagen hat tragen müssen.

»Wie heißt du?«, fragt der Mann.

Die Frage hat Sam schon beantwortet, unzählige Male, aber er ist sich nicht sicher, ob auch schon diesem Mann gegenüber. Er scheint hochrangig zu sein, er strahlt die Ruhe eines Menschen mit Macht aus, wahrscheinlich ein Offizier.

»Samarendra Ambani«, sagt Sam. »Schweizer Staatsbürger.«

Er kann seine Nationalität nicht oft genug betonen. Darin liegt seine Hoffnung: wenn irgendwo, dann in seiner Schweizer Staatsbürgerschaft.

»Für wen arbeitest du?«, fragt der Mann. Er hat einen starken Akzent.

»Ich bin selbstständig«, erklärt Sam. »Architekt. Nach meinem Studium habe ich ein eigenes Büro eröffnet. Zusammen mit einem Kompagnon.«

Der Mann blättert weiter durch das Notizbuch.

»Was ist das?«, fragt er auf einmal. Er zeigt Sam die Skizze, die der für die Verlegung der Herrentoilette gemacht hat.

»Eine Vorskizze«, antwortet Sam. »Der richtige Entwurf ist in meinem Computer. Ich habe an einem Wettbewerb für ein Opernhaus teilgenommen.«

Vermutlich ist es wohl besser, den Namen Hamid Shakir Mahmoud auch hier nicht zu erwähnen.

»Und die Kreuze da?«, will der Mann wissen. »Sind das die Bomben?«

»Die Bomben?« Sam lacht auf oder besser gesagt: er tut so. *Die Bomben!*

»Das werden Herrentoiletten«, antwortet er triumphierend. »Ich wollte eine der Herrentoiletten verlegen. Der neue Ort schien mir zweckmäßiger.«

»Bist du ein Terrorist, oder bist du ein Spion?«, fragt der Mann mit einer Selbstverständlichkeit, die Sam unangebracht vorkommt.

Sam setzt sich anders hin. Schon die Frage enthält zwei völlig haltlose Unterstellungen, und er ist nicht bereit, sie zu beantworten.

Der Mann scheint Sam inzwischen kaum noch zu beachten. Er ist vertieft in das Buch.

»Ich habe doch schon gesagt, was ich bin«, erklärt Sam nach einer Weile. »Mehrere Male, x verschiedenen Personen. Ich bin Schweizer Staatsbürger und Architekt.«

»Du bist ein Spion«, sagt der Mann. Er zeigt Sam die Visitenkarte mit der Notiz: »61security69«.

»Und das hier?«, fragt er.

»Das ist ein Passwort«, antwortet Sam, »für das WLAN der Villa, wo ich untergebracht war. Das Passwort habe ich von einem meiner Sicherheitsleute bekommen. Die können alles erklären.«

»Mit wem wolltest du dich hier treffen?«

Jetzt muss er den Namen doch nennen. Ehrlichkeit ist letztlich immer am besten, er hat nichts zu verbergen. »Hamid Shakir Mahmoud«, antwortet er.

»Hamid Shakir Mahmoud?« Der Offizier lächelt. Er scheint Hamid Shakir Mahmoud zu kennen; das macht Sam Hoffnung.

»Hamid Shakir Mahmoud«, fährt Sam fort, »hat mich nach Bagdad gerufen. Wegen der Oper. Wegen Puccini. Dem Bau einer Oper, meine ich. In meinem Notebook habe ich den Entwurf. Alles lässt sich erklären. Schauen Sie sich nur kurz meinen Entwurf an.«

»Hamid Shakir Mahmoud ist tot«, unterbricht ihn der Offizier. »Dieser Hund. Aber er hat nicht genug gelitten. Du wirst mehr leiden.«

Der Mann spricht emotionslos und ohne die Stimme zu erheben, so wie in Zürich jemand sagen würde: »Morgen bekommen wir anderes Wetter.« Darum dauert es eine Weile, bis Sam die Bedeutung der Worte wirklich begreift. »Leiden«. »Hund«.

Sam muss dem Offizier um jeden Preis klarmachen, dass

er tatsächlich Architekt ist, denn die müssen in der Regel nicht leiden. »Ich bin neutral«, sagt er. »Mit den hiesigen Konflikten habe ich nichts zu tun. Ich bin nur wegen der Oper gekommen, ich bin Architekt, wie ich schon sagte. Wir dienen der Schönheit und Funktionalität. Mit Politik haben wir nichts am Hut. Form und Funktion müssen im Gleichgewicht stehen. Obwohl Fehmer einmal gesagt hat: ›Erst die Form, dann die Funktion.‹«

Er versucht so zu sprechen, wie der Offizier es wahrscheinlich von einem Architekten erwartet, doch was er da sagt, fasst tatsächlich seine Meinung in groben Zügen zusammen.

»Die Operation hieß also Puccini«, sagt der Offizier. »Und du bist der Architekt?«

»Was für eine Operation?« Sam schüttelt den Kopf. »Puccini war eine Inspirationsquelle für mich bei dem Entwurf. Der Komponist. Ich habe seine Musik gehört, weil Hamid Shakir Mahmoud ihm zu Ehren eine Oper in Bagdad bauen wollte. Um Bagdad schöner zu machen, zivilisierter. In meiner Tasche ist eine CD von *Madame Butterfly*. Frank Lloyd Wright hat es nicht geschafft, aber ich war überzeugt, dass Bagdad jetzt so weit ist. Für den Wiederaufbau, die Oper.«

Es ist unklug, mit jemandem über einen Mann zu sprechen, den der soeben noch »Hund« genannt hat, auch wenn dieser Mann der Grund für Sams Anwesenheit ist. Doch er muss bei der Wahrheit bleiben, selbst wenn man die ihm nicht glaubt. Er muss alles daransetzen, diesen Offizier von seiner Unschuld zu überzeugen. Intuitiv muss er begreifen, dass der Mann, der ihm hier mit auf dem Rücken gebundenen Händen gegenübersitzt, nichts zu verbergen hat und nichts anderes spricht als die Wahrheit.

»Die Operation hieß Puccini«, sagt der Offizier bestimmt. »Wir wissen inzwischen fast alles.«

Er holt Sams Notebook aus der Tasche und klappt es auf.

»Wer ist das?«, fragt er. Er zeigt auf das Foto von Nina, das als Desktophintergrund dient. Nina am Luganersee, an einem warmen Herbsttag. Am Morgen hatten sie den Zug nach Lugano genommen, und abends waren sie wieder in Zürich. Sie hatten im Bordrestaurant gegessen, für seine Verhältnisse eine dekadente Ausgabe.

»Meine Freundin«, sagt Sam. »Sie heißt Nina.«

»Ist sie eine Terroristin?«, fragt der Offizier.

Die Idee ist so absurd, dass Sam am liebsten laut loslachen möchte, aber das Lachen bleibt ihm im Hals stecken.

Wie kommt jemand auf den Gedanken, Nina für eine Terroristin zu halten? *Nina, die Terroristin!* »Absurd« ist da eigentlich noch ein Understatement.

Sam antwortet: »Sie weiß noch nicht, was sie nach dem Studium anfangen soll. Momentan jobbt sie in einem Büro. Ich würde gern mit einem Mitarbeiter der Schweizer Botschaft sprechen, ich habe ein Recht auf konsularischen Beistand. Mir ist klar, dass in meinem Fall noch einiges ungeklärt ist und meine Geschichte in Ihren Ohren vielleicht merkwürdig klingt, aber ich kann alles erklären.«

Der Mann klappt das Notebook mit einem Schlag zu. Das Geräusch hallt scheußlich in dem leeren, düsteren Raum.

»Du bist genau so ein Hund wie Hamid Shakir Mahmoud«, sagt der Offizier ruhig, aber auch sichtlich befriedigt. »Deine einzige Chance besteht darin, dass du uns alles erzählst. Sterben wirst du so oder so, aber es gibt verschiedene Arten, angenehme und weniger angenehme. Wenn du uns alles erzählst, wirst du einen erträglichen Tod sterben, andernfalls tut es sehr weh.«

Trotz seines starken Akzents spricht der Mann das Wort »Hund« (»dog«) aus wie ein BBC-Nachrichtensprecher, bemerkt Sam. Es kommt völlig akzentfrei heraus, als sei es das allererste Wort, das der Mann je gelernt hat, und als habe er die Aussprache seither immer weiter perfektioniert.

Der Offizier hat einen gewaltigen Kopf. Alles an ihm ist gewaltig: sein Schnurrbart, seine Augen, seine Beine, sein Mund.

Natürlich blufft er, sie können einen Schweizer Staatsbürger nicht einfach umbringen. Dass die Iraker sich das gegenseitig antun, ist die Welt inzwischen gewohnt, das ist eigentlich auch eine innere Angelegenheit. Gewalt gehört zu diesem Land, zu dieser Kultur. Doch ein Schweizer Staatsbürger kann nicht einfach getötet werden, das wird der Westen nicht hinnehmen, die Schweizer Regierung nicht zulassen.

So sicher Sam sich auch ist, dass der Offizier blufft, er weiß, dass der Bluffende sich manchmal gezwungen sehen kann, seinen Worten Taten folgen zu lassen. »In der Tasche dort«, beginnt Sam und zeigt mit dem Kopf, »sind fünfhundert Dollar in bar. Ein paar Schweizer Franken habe ich auch noch. Das können Sie alles haben. Wenn Sie mich gehen lassen. Auch das Notebook. Fast neu, noch kein Jahr alt. Kostet mindestens tausend Dollar, wenn nicht mehr. Können Sie auch haben. Wenn Sie mich nur gehen lassen. Ich werde keine Anzeige erstatten, ich werde ganz still verschwinden und nie mehr zurückkommen. Es ist für uns beide das Beste, wenn ich einfach in die Schweiz zurückkehre.«

Kann er den Offizier von der Wahrheit nicht überzeugen, gibt es noch eine andere Wahrheit, die Wahrheit des Geldes. Fehmer hat einmal gesagt: »Jeder hat seinen Preis. Man muss nur herausfinden, worin der besteht.«

»Wenn das nicht genügt«, flüstert er, »kann meine Familie auch noch etwas überweisen. Wir können uns bestimmt auf einen Betrag einigen. Wir sind nicht reich, aber …«

»Hund«, sagt der Offizier. In einem Ton, als sei das Sams richtiger Name und »Samarendra« eigentlich nur eine Koseform, die bei offiziellen Anlässen – und gewissermaßen ist dies ja einer – einfach nicht passt. »Du meinst also, du kannst mich bestechen?«

Der Offizier steht auf, bückt sich, nimmt Sams Kinn in die Linke und plötzlich, ohne Vorwarnung, schlägt er ihm mit der Faust mitten ins Gesicht.

Der Schmerz ist immens, doch die Demütigung ist noch schlimmer. Sam schließt die Augen, krümmt sich zusammen, wie ein Igel.

Selbst wenn er die Hände jetzt frei hätte, er würde nicht wagen, seine Nase zu berühren. Er hat das Gefühl, ihre Spitze klebe an seinem rechten Ohr, so schief fühlt sie sich an. Dass der Faustschlag ihn vollkommen entstellt hat.

Er wagt nicht, die Augen zu öffnen, aus Angst vor noch mehr Schlägen oder dass der Schmerz dann zunehmen wird. Klebrig fühlt sein Gesicht sich an, warm und pochend, wie eine brennende Wunde.

Er hört, wie Schritte sich von ihm entfernen, doch er hält weiterhin die Augen geschlossen.

Er hat keine Vorstellung, wie lange er so daliegt, zusammengerollt, wie ein verunstalteter Igel. Eine Viertelstunde, fünf Minuten oder eine Stunde. Zu guter Letzt brüllt er, ohne die Augen zu öffnen: »Ich bin Schweizer Staatsbürger. Ich habe ein Recht auf konsularischen Beistand!«

Er bekommt keine Antwort. Nur das Tropfen ist noch immer zu hören. Ein Hahn, der nicht richtig zugedreht ist oder eine undichte Stelle in der Decke? Er denkt an Winterthur, an das buddhistische Zentrum. Vielleicht hätte er damit zufrieden sein sollen.

Nicht nur die Nase, sein ganzes Gesicht fühlt sich an wie eine einzige Quetschung. Der verunstaltete Igel bleibt mit geschlossenen Augen so liegen. Wie der Offizier ihn verlassen hat.

Sie tragen Masken. Und sie kommen zu sechst. Sam vermutet, es sind keine Offiziere, sondern einfache Soldaten, soweit es das in diesem Land überhaupt gibt.

Die meisten von ihnen sprechen kein Englisch, nur Arabisch. Bloß einer, der Kleinste, richtet ab und zu das Wort auf Englisch an ihn. Auch er hat die Gewohnheit, Sam mit »Hund« anzusprechen, doch daran hat Sam sich inzwischen gewöhnt. Sein Name hier ist nun mal »Hund«. Nach einer Weile denkt man sich nichts mehr dabei.

Ein paarmal fragt der Kleine: »Du denkst bestimmt, dass du von hier noch mal wegkommst?«

Ein Verhör im üblichen Sinne des Worts ist das nicht. Sie stehen um ihn herum und sprechen miteinander Arabisch.

Ab und zu sagt der Kleine, in nicht mal besonders unfreundlichem Ton: »Hund.« Als wolle er Sams Aufmerksamkeit bei einer Lektion halten. Doch was für eine das sein soll, ist Sam nicht recht klar.

Wütend macht diese Behandlung ihn nicht, dafür hat er viel zu viel Angst vor weiteren Schlägen und weil er nicht weiß, wie er die verhindern soll. Oder besser gesagt: es nicht in seiner Macht steht, sie zu verhindern. Wenn überhaupt, ist er wütend auf sich selbst, dass er es so weit hat kommen lassen.

Was hatte er denn gedacht? Dass die Welt eine einzige Schweiz wäre?

Zuerst hatte er gehofft, die Männer brächten ihm etwas

zu essen. Weil das Licht so schlecht war, dass er zunächst nur Silhouetten sehen konnte, hielt er einen von ihnen, wenn auch nur kurz, sogar für einen Mitarbeiter der Schweizer Botschaft. Er glaubte, Schweizerdeutsch zu hören, doch es war Arabisch.

Anstatt ihm Essen oder Wasser zu bringen, ziehen sie ihn aus.

Der Anzug, der ihm nicht gehört, das Hemd, das nicht seins ist, die fremde Unterhose, alles ziehen sie ihm unsanft vom Leib. Das Hemd müssen sie aufreißen, weil seine Hände auf den Rücken gebunden sind. Auch die Schuhe, immerhin noch seine eigenen, reißen sie ihm von den Füßen. Ohne die Schnürsenkel zu lösen.

Sich zu sträuben würde sie nur gegen ihn aufbringen. Darum ist Sam ihnen beim Ausziehen behilflich.

»Bist du Amerikaner?«, fragt der Kleine, als Sam nackt vor ihnen liegt.

»Ich bin Schweizer Staatsbürger«, antwortet er und setzt sich so hin, dass sein Geschlecht versteckt ist. Kniet sich hin, die Oberschenkel zusammen gedrückt. Auch sein Hintern ist fast nicht zu sehen, worüber er froh ist, denn einige Männer stehen hinter ihm.

Er versucht einzuschätzen, wo die Schläge herkommen werden, macht sich ernsthaft auf Folter gefasst.

»Wir werden mit dir machen, was die Amerikaner mit uns gemacht haben«, sagt der Kleine. Durch die Maske klingt seine Stimme einigermaßen verzerrt, trotzdem ist er gut zu verstehen.

Sam hat keine Ahnung, was die Amerikaner mit den Männern gemacht haben, aber er sagt: »Ich bin kein Amerikaner, ich bin Schweizer. Ich bin in den Irak gekommen, um beim Wiederaufbau zu helfen. Ich bin neutral.« Immer weniger überzeugend klingt es, immer mehr wie eine Beschwörung. Ob sie das Wort »neutral« überhaupt kennen? Es ist das entscheidende Wort. Was er ist, wer er sein will, was er immer gewesen ist: »Neutral« fasst es zusammen. »Neutral« und »angemessen«, zwei Wörter, die sein Wesen ausdrücken.

»Hund, du bist nicht neutral«, sagt der Kleine. »Du bist ein Spion.«

Er hat sie also noch nicht überzeugen können.

»Ich bin Architekt«, sagt er. »Nichts anderes.«

Doch jedes Detail lässt sich auf verschiedene Weisen interpretieren. Wenn man etwas genauer betrachtet, wird jedes Detail mehrdeutig. Ist die Gegenpartei einmal von deinem Doppelleben überzeugt, wird es sehr schwierig, diese Auffassung zu zerstreuen.

»Ich entwerfe Gebäude«, fügt Sam darum hinzu.

Für einen Moment denkt er an Aida. Ist er nicht auch Bruder? Und Sohn? Und Freund, Liebhaber, Geliebter vielleicht?

Aida muss nach Amerika. Wer zu zahlen bereit ist, kann dort geheilt werden. Seine Eltern haben das nicht begriffen, wollten nicht verstehen, dass es einen Ort gibt, wo Aida gegen Bezahlung geheilt werden könnte.

Die Männer treiben ihn in eine Ecke, was ihnen nicht schwerfällt, denn sobald er ihre Absicht errät, kriecht er von alleine dorthin. Hier gibt es keine Würde, nur Gehorsam. Und er ist bereit, gehorsam zu sein. Der Kunde ist König, und sie sind die Kunden. Dieser Gedanke scheint ihm die Situation erträglich zu machen, auf jeden Fall übersichtlicher: Die Männer sind potenzielle Kunden, denen er es recht machen muss.

Sie holen ihre Geschlechtsteile heraus.

Sam will seine Augen, Mund, Nase und Ohren schützen, doch das ist unmöglich, weil seine Hände auf den Rücken gefesselt sind.

Sie beginnen, auf ihn zu urinieren. Vor allem auf sein Gesicht haben sie es abgesehen. Wie es Männer gibt, die im Pissoir auf die Fliege im Becken zielen, so zielen sie auf sein Gesicht. Er ist die Fliege. Zunächst nimmt er den Geschmack des Urins noch wahr, die Bitterkeit, eine Ahnung von abgestandenem Essig, doch bald schmeckt er nichts mehr, *riecht* nur noch Urin. Der Urin ist überall: in seinen Augen, seiner Nase, seinem Mund und seinen Ohren.

Eins seiner Ohren verstopft, wie früher manchmal im Schwimmunterricht. Als sie endlich aufhören, hört er den Kleinen sagen: »Morgen kommen wir wieder. Wir machen mit dir, was sie mit uns gemacht haben.«

Er würde gern noch einmal sagen, dass er immer neutral war und es immer noch ist, dass nur ein Opernprojekt ihn hierhergebracht hat. Eine Fehleinschätzung vielleicht, womöglich ist der Irak noch nicht reif für die Oper, wer ist er, das zu entscheiden, aber doch immerhin ein Irrtum, der niemandem schadet.

Sie machen ihn für etwas verantwortlich, das er nicht getan hat. Nicht Liebe, Rache ist blind.

Nach wie vor vertraut er auf die Kraft der Beweise. Doch er sagt nichts, wagt den Mund nicht zu öffnen, vor allem aus Angst, noch mehr Urin hineinzubekommen.

Er hört, wie die Tür zufällt. Mit geschlossenen Augen und geschlossenem Mund bleibt er so liegen. Nur die Nase kann er nicht schließen.

Er hat das Gefühl, selbst Urin geworden zu sein, ein großer Klumpen hart gewordenen Urins, mit einer pochenden Wunde mitten im Gesicht.

Seine Kleider und Schuhe haben sie offenbar mitgenommen, er kann sich nicht mehr erinnern. Er zittert. Er ist wieder allein, das vermutet er jedenfalls. Er ist sich nicht sicher.

Sam beschleicht das merkwürdige Gefühl, beobachtet zu werden, er kann aber nicht sagen, von wem. Das Zeitgefühl hat er verloren. Vor ein oder zwei Stunden vielleicht oder dreißig Minuten hat ein Mann ihm einen Napf Wasser gebracht und aus einem Topf etwas Reis auf den Boden geschüttet. Es gibt kein Besteck, aber das hätte er doch nicht benutzen können. Nicht mal ein Stück Pappe oder eine Zeitung, die als Teller hätte dienen können, haben sie ihm gegeben. Klebriger Reis mit Erbsen. Nicht viele, nur ein paar. Bloß schmecken sie nicht nach Erbsen, sondern nach Urin.

Sam hat aus dem Napf Wasser getrunken und etwas Reis vom Boden geleckt.

Seine Stimmung schwankt schnell. Im einen Moment wähnt er sich binnen achtundvierzig Stunden zu Hause bei seiner Schwester, seiner Mutter und seiner Freundin, kurz darauf ist er überzeugt, dass er hier langsam verrotten wird, dass sie ihn vergessen. Oder dass die Hilfe zu spät kommt, sie ihn weiterhin für Verbrechen verantwortlich machen, die er nicht begangen hat.

Er stellt sich seine Rückkehr in die Schweiz vor. Eine schmähliche Rückkehr. Wieder fünfmal pro Woche zur Arbeit, Aufträge annehmen, die er, so gut es geht, abarbeiten wird, für eine Turnhalle zum Beispiel – all das kann er sich gerade noch vorstellen. Nina jetzt einen Heiratsantrag zu machen, ist allerdings ausgeschlossen. Für eine Ehe mit Nina müsste er perfekt sein. Er aber riecht nach dem Urin anderer Leute, und diesen Geruch wird er nicht los, nie mehr. Wie kann man um die Hand einer Frau anhalten, wenn man nach fremdem Urin stinkt? Der Weg zur Ehe ist für ihn auf immer verschlossen.

Er weiß nicht, ob es Nacht oder Tag ist. Dann und wann erinnert er sich an Bruchstücke aus seinem früheren Leben, das ihm irreal vorkommt und gleichzeitig wie etwas, das er nie wirklich verdient hat. Als sei sein einzig gerechter Lohn das hier, auch wenn er keinen Grund dafür weiß.

Ein Mann kommt in die Zelle. Er hat ein graues Handtuch dabei.

Der Mann trägt keine Maske, ist aber uniformiert. Er wirft ihm das Handtuch zu. Sam wartet einen Moment, um zu sehen, was geschieht, doch es geschieht nichts. Dann zieht er mit den Zähnen das Tuch über sich, um seinen nackten Körper einigermaßen zu bedecken. Es muss lächerlich aussehen, doch das ist ihm egal.

Er hofft, dass das Bedecken erlaubt ist. Er glaubt, schon, sonst hätte der andere ihm das Handtuch ja nicht gegeben.

Der Mann hockt sich hin und mustert Sam. Er hat ein gepflegtes Gesicht.

Sam riecht Aftershave. Er saugt den Geruch ein, obwohl das Aftershave anderer ihn sonst immer abstößt, und dieses hier ist sehr penetrant, süß, billig. Jetzt aber scheint ihm der Geruch wohltuend.

»Sehr unangenehm, was hier passiert ist«, sagt der Mann.

Zweifellos ein Iraker, doch er redet, als hätte er jahrelang im Westen gelebt. Seine Sprechweise ist so kultiviert, so gedämpft, fast wirkt es wie Flüstern, als hätte er Angst, jemanden zu wecken.

Sam schaut den Mann an. Er fragt sich nicht mehr, ob er geschlagen wird, er fragt sich nur, wann.

»Es ist unsere Aufgabe«, sagt der Mann, während er weiter gehockt dasitzt – wie vor einem Hund, den man lausen will, denkt Sam unwillkürlich –, »die Sicherheit der Bürger in diesem Land zu gewährleisten. Und darum …« Der Mann hebt seine Hand, Sam zuckt zusammen, doch es ist einfach nur eine Geste beim Reden, kein Schlag, eine einfache Geste. »Und darum«, fährt der Mann fort, »müssen manchmal Dinge geschehen, die ziemlich unangenehm sind.«

Immer noch hört Sam das Tropfen. Das Einzige, was er wahrnimmt, ist die leise Stimme des Mannes, der Geruch seines Aftershaves und das Tropfen.

Nina hat ihm einmal eine Flasche Fahrenheit geschenkt, und seither benutzt er es, ohne zu wissen, ob ihm der Duft wirklich gefällt.

»Höchst bedauerlich finde ich das«, sagt der Mann. »Wenn ich dich sehe, tut mir das weh. Mehr, als du dir vielleicht vorstellen kannst. Möglicherweise tut es mir sogar mehr weh als dir. Aber wenn ich an die Sicherheit denke, die ich gewährleisten muss, weiß ich, dass es nicht anders geht.«

Sam zittert. Er versucht, dem Mann zuzuhören, sein schönes, angenehmes Englisch zu sich durchdringen zu lassen.

»Wo ist meine Kleidung?«, fragt Sam. Obwohl es nicht seine ist, aber das spielt jetzt keine Rolle: Es ist seine Kleidung geworden.

Der Mann schaut sich um, als müsse die Kleidung hier irgendwo liegen. Er entfernt etwas von seinen Lippen, einen Tabakkrümel vielleicht.

»Du weißt, wie wichtig Sicherheit ist«, sagt der Mann in einem Ton, der Sam beinahe liebevoll vorkommt, »und Sicherheit ist keine lokale Angelegenheit, sondern eine globale, heutzutage. Wenn es in Bagdad unsicher ist, kommt die Unsicherheit bald auch nach London oder Paris. Unsicherheit ist ein Virus, das sich rasend schnell ausbreitet. Es ist meine Pflicht, und das ist keine leichte Aufgabe, die Sicherheit der Bürger hier zu gewährleisten. Ja, und dann geschehen ab und zu auch mal Dinge, die nicht ganz nach Vorschrift ablaufen.«

Wo im Westen dieser Mann wohl gelebt hat?, fragt sich Sam. Wo mag er studiert haben? Er kann sich den Mann sogar als Dozenten vorstellen. Ein passionierter Dozent für Geschichte, der mit Leidenschaft vom Leben vergangener Zeiten berichtet.

Sams Blick schweift zum Wassernapf. Er versucht, das gerade Gehörte zu interpretieren. Der Mann scheint sagen zu wollen, dass sie im Dienste der Sicherheit der Bürger von Bagdad auf ihn gepisst und ihm die Nase gebrochen haben. Sam will protestieren, sowohl gegen diese Logik, als auch gegen die Tatsache, dass sie seine Nase gebrochen und auf ihn gepisst haben. Er weiß jedoch, dass er nicht in der Position dazu ist, seine einzige Position ist, zu gehorchen.

»Wir wissen«, sagt der Mann, »dass du ein Spion bist, Samarendra Ambani. Das steht felsenfest, verstehst du? Wir wissen eigentlich alles. Lange bevor du von uns wusstest, wussten wir schon von dir.«

Der Mann schaut Sam an, als erwarte er eine Reaktion, als solle der sagen: »Ja, stimmt, ich bin ein Spion. Ich habe mich geirrt. Ihr habt mir die Nase gebrochen, und dadurch begreife ich die Größe des Irrtums, ich muss mich bei euch entschuldigen!«

Wie kann er diesen Leuten nur klarmachen, dass er kein Spion ist? Was genau muss er sagen, um wieder ein normaler Bürger zu werden, mehr oder weniger wieder dem gleichen zu dürfen, was er zu sein vorgibt?

Schauen Sie mich an, möchte Sam rufen. Bin ich ein Spion? Sieht so ein Spion aus?

Helfen Sie mir, möchte er zugleich rufen, helfen Sie mir! Ich flehe Sie an.

Aber er fürchtet, dass solcherlei Flehen alles nur noch verschlimmern würde. Er sagt: »Ich bin Architekt. Schauen Sie in meine Papiere, in mein Notebook. Googeln Sie mich, Sie werden Informationen über mich finden. Als Architekt – Jungarchitekt, aber trotzdem. Ich habe mein Praktikum bei dem berühmten Max Fehmer gemacht. Ich bin wegen eines Opernprojekts hier. Ich diene keiner ausländischen Macht, nur der Schönheit und Funktionalität. Ich habe nie etwas anderem gedient, nie an etwas anderes geglaubt.«

Der Mann sieht ihn an wie ein Chirurg den zu operierenden Patienten. Sam kennt diesen Blick, diese Mischung aus Mitleid und Ekel, die letztlich nichts anders ist als professionelle Gleichgültigkeit.

»Schönheit?«, fragt der Mann und schaut wieder um sich, als liege die hier irgendwo herum. »Erst kommt die Sicherheit! Ohne Sicherheit keine Schönheit. Menschenrechte, ich persönlich bin ein großer Verfechter der Menschenrechte. Sie müssen gestärkt werden, sich ausbreiten, wie ein Tintenfleck. Überall, jeden Tag ein wenig mehr. Dafür will ich mich einsetzen, und das tue ich auch. Schritt für Schritt, Tag für Tag. Aber zuerst: Sicherheit, erst müssen die Aufrührer besiegt werden, und weißt du warum?«

Er scheint auf Sams Antwort zu warten, doch vermutlich ist den Mund zu halten besser, denkt Sam.

»Weil Sicherheit das erste und wichtigste Menschenrecht ist. Der Bürger hat ein Recht auf Arbeit, auf Wohnung, auf Freiheit. Alles schön und gut, aber das wirklich fundamentale Recht, sein Supergrundrecht, ist das Recht auf Sicherheit. Was ist Freiheit ohne Sicherheit? Anarchie! Darum ist es das Beste, du erzählst uns einfach alles. Wer war dein Kontaktmann? Du bist der Architekt. Aber wer war deine Kontaktperson?«

Seine Kontaktperson. Vielleicht sollte er alles zugeben, auch wenn es nicht stimmt. Man kann Dinge zugeben, die niemals geschehen sind. Vielleicht sind die Leute hier dann zufrieden, vielleicht lassen sie ihn dann gehen.

Oder soll er ein Gespräch mit dem Mann beginnen? Fragen: »Wo haben Sie studiert?« Zweifellos an einer guten Universität, einer Eliteuniversität womöglich, irgendwo im Westen.

»Ich hätte gern etwas zum Anziehen«, sagt Sam. »Ich hätte gern Kleidung.«

Der Mann wirft einen Blick auf das Handtuch. Er lächelt entschuldigend, als wolle er sagen: Mehr als das hier kann ich dir leider nicht bieten.

»Kannst du mir erzählen, für wen du arbeitest?«, fragt er. »Was hattest du im Land vor, was waren deine Pläne?«

Sam starrt dem Mann ins Gesicht, das gut gepflegte, fast schöne Gesicht.

Er bekommt die Wahrheit nicht mehr über die Lippen, er kann sie nicht zum hundertsten Mal wiederholen. Er kann sie nicht mehr hören, sie ekelt ihn an. Die Wahrheit macht ihn krank.

»Ich bin wegen eines Bauwettbewerbs hier«, sagt Sam, »so fing alles an. Ich habe daran teilgenommen.«

Der Mann beobachtet ihn, studiert seine Körpersprache.

Sam ist sich sicher, dass man ihm wehtun wird. Egal, was er antwortet, sie werden ihm wehtun. Was er auch immer sagt oder tut, er bleibt, was sie von ihm behaupten: ein Spion.

Der Mann steht auf und macht Anstalten zu gehen.

Ein plötzlicher Übermut überkommt Sam. Eine Art Raserei.

»Warum schlägst du mich nicht?«, schreit er. »Warum pisst du nicht auf mich? Piss mich voll!«

Der Mann bleibt stehen. Er schaut Sam an, mitleidig, wie es scheint, doch vielleicht auch nur gleichgültig. Möglicherweise aber geschieht es nur in Sams Fantasie, oder das schlechte Licht täuscht ihn.

Eine Tür fällt knallend ins Schloss.

Der Mann hat auf den Resten des Essens gestanden, sieht Sam.

Er wartet, wartet, dass sie zurückkommen und ihn schlagen oder ihn vollpissen oder ihm etwas anderes antun. Doch niemand kommt.

Auch seine Raserei ist verschwunden.

Er sucht sich eine Haltung zum Schlafen, was jedoch nicht so einfach ist. Einerseits, weil der Boden kalt, hart und glatt ist, andererseits, weil ihm die Hände noch immer auf den Rücken gebunden sind. Er kann sich aufs Handtuch legen, doch viel bringt das nicht.

Zu guter Letzt wählt er wieder die Haltung des verunstalteten Igels.

Er leckt den Reis auf, und um sich selbst ein bisschen zu unterhalten, versucht er die Erbsen, die nicht zertreten sind, mit der Zunge über den Boden zu schießen.

Die Durchfallattacke kommt überraschend. Ohne Vorwarnung, ohne Bauchkrämpfe, aus dem Nichts.

Sam versucht noch, in die Ecke der Zelle zu kriechen, wo ein Eimer für die Exkremente der Gefangenen steht, aber zu spät. Der Durchfall ist schneller.

Es scheint kein Ende zu nehmen, es tropft an seinen Beinen herunter.

Sam bleibt gehockt sitzen, bis es vorbei ist. Er hofft, dass sie nicht gerade jetzt hereinkommen, um ihn wieder zu schlagen, denn er fürchtet noch härtere Schläge, weil er sich beschmutzt hat.

Als das Schlimmste vorbei ist, kriecht er zu dem Handtuch zurück. Er legt sich darauf in der Hoffnung, dass seine wässrigen Ausscheidungen schnell trocknen. Vielleicht kann er sich dann säubern, indem er mit dem Fuß das Handtuch über seine Beine reibt.

Doch auf dem Handtuch kommt noch etwas nach, er kann es nicht ändern.

Jetzt riecht er nicht nur nach dem Urin anderer Leute, sondern auch noch nach seinen eigenen Exkrementen.

Er zittert, von der Durchfallattacke ist ihm noch kälter geworden. Er hat Durst, doch von dem Wasser wagt er nicht mehr zu trinken.

Er versucht, an zu Hause zu denken. An seine Schwester, die, wenn er genug Geld zusammen hat, nach Amerika kann, um sich dort behandeln zu lassen. Er versucht, sich ihre Küsnachter Wohnung vor Augen zu rufen, das Licht, wie es im Sommer hereinscheint. Doch von hier aus wirkt Küsnacht fiktiv, als habe es den Ort nie gegeben, er selbst nie dort gelebt. In bestimmten Momenten ist er überzeugt, nie wirklich in Küsnacht gewesen zu sein, sondern immer nur hier, in dieser düsteren, klebrigen Zelle.

Um sich vom Gegenteil zu überzeugen, versucht er, sich sein bisheriges Leben vor Augen zu rufen. Seine Kindheit, die Schule, die Eltern, die Schwester, seine Entscheidung, Architektur zu studieren, Fehmer und das Praktikum bei ihm, die Krankheit der Schwester, das Ritual des gemeinsamen Duschens, seinen Kompagnon, mit dem er das Büro gegründet hat, seine Freundin, den Aufruf des World Wide Design Consortiums. Er erklärt immer wieder: »Ich bin Schweizer Staatsbürger, ich habe ein Recht auf konsularischen Beistand.« Nicht mehr, um andere zu überzeugen, sondern vielmehr sich selbst.

Er wartet nicht länger auf eine mögliche Befreiung, nur noch auf die nächsten Schläge. Manchmal ist ihm sogar, als sehne er sich danach, weil er es dann hinter sich hat.

Gut fühlt sein Gesicht sich noch immer nicht an, doch an den ständig bohrenden Schmerz hat er sich mehr oder weniger gewöhnt.

Zwischendurch versucht er, sich die Zeit mit Gedanken über sein Fachgebiet zu vertreiben. Er glaubt, in dieser Zelle Ideen bekommen zu haben, deren Ausarbeitung sich lohnen könnte.

Als die Männer auf ihn urinierten, kam ihm die verrückte Erkenntnis: Auch diese Zelle ist einmal von einem Architekten entworfen worden, der sich bestimmt nie hätte träumen lassen, wozu der Raum einmal benutzt würde. Der Architekt ist nur ein Lakai, im besten Fall ein talentierter Lakai.

Diesmal sind sie zu viert oder zu fünf. Einige haben Taschen-lampen dabei, obwohl das eigentlich überflüssig ist. Sie las-sen den Lichtkegel über Sams Körper gleiten.

Sam kneift die Augen zusammen, das grelle Licht blen-det. Er hat sich vorgenommen, alles zu gestehen. Ob es auch stimmt, spielt keine Rolle, der Unterschied zwischen wahr oder unwahr ist sinnlos geworden, mehr als sinnlos. Wahr ist, was sie hören wollen, was ihm das Leben rettet, was ihm die meisten Schläge erspart. Wenn er ein Hund werden kann, warum dann nicht auch ein Spion?

Ja, ich bin ein Spion, wird er sagen, natürlich, was dachtet ihr denn? Dass ich wegen einer blöden Oper nach Bagdad gekommen bin? Ich arbeite für eine ausländische Macht, seit meinem ersten Atemzug.

Sie nennen seinen Namen, sie rufen ihn.

Er versucht, die Augen zu öffnen. Jemand hilft ihm beim Aufstehen, oder besser gesagt, dem, was noch von ihm übrig ist; sie stellen ihn hin wie eine umgefallene Vase.

Sam würde sich gern umsehen, aber er vermutet, dass sie ihn dann schlagen. Ihm ihre Lektion des totalen Gehorsams erneut einbläuen werden.

Trotzdem öffnet er kurz die Augen und schließt sie gleich wieder: Einer der Männer trägt einen Anzug, der andere ein ordentliches Jackett zu khakifarbener Hose. Büroangestellte. Gut bezahlte Büroangestellte.

»Samarendra Ambani?«, fragt einer der Männer.

Sam macht die Augen wieder auf. Der Mann in der khakifarbenen Hose trägt ein hellblaues Oberhemd ohne Krawatte.

»Hören Sie mich? Können Sie bestätigen, dass Sie Samarendra Ambani sind? Ich bin vom Roten Kreuz.«

Der Mann spricht Englisch mit italienischem Akzent.

Das Rote Kreuz. Sam versucht ein sarkastisches Lächeln. Jetzt probieren sie es also auf *die* Tour: als »Mitarbeiter vom Roten Kreuz«. Um ihn zum Reden zu bringen. Offenbar denken sie, dass er dem Roten Kreuz gegenüber redseliger würde. – Völlig unnötig, er wird alles zugeben.

Der Mann im Anzug trägt eine Krawatte.

»Mein Name ist Böckli, ich bin von der Schweizer Botschaft«, sagt er auf Schweizerdeutsch. Er strahlt die Wohlanständigkeit aus, die Sam mit der Schweiz immer assoziiert hat.

Für einen Moment wirkt Herr Böcklis Blick Ekel erfüllt. Er scheint es Sam übel zu nehmen, dass er hat hierherkommen müssen.

Sam schaut an sich hinunter. Die Reste des Durchfalls kleben nicht nur an seinen Beinen, auch auf seinem Bauch.

»Sind Sie Samarendra Ambani?«, fragt der Schweizer eindringlich.

Der Rotkreuzmitarbeiter öffnet eine Aktentasche. Er holt Papiere hervor.

»Hat man Sie gut behandelt?«, fragt er. »Wie war das Essen? Natürlich wird alles, was Sie uns erzählen, streng vertraulich behandelt. Oder möchten Sie die Fragen lieber nachher beantworten?«

Die Qualität des Essens. Sam möchte etwas sagen, weiß aber nicht, was. Nicht einmal für seine Nacktheit kann er sich noch schämen, höchstens für die Fäkalien auf seinem Körper. Der Hund hat sich nicht sauber geleckt.

»Herr Ambani«, sagt der Mann von der Botschaft, »wir sind hier, um Ihnen zu helfen. Sie müssen aber schon ein bisschen kooperieren, oder?«

Sich widersetzen liegt absolut nicht in Sams Natur. Er hat sein Leben lang mitgearbeitet, und das möchte er auch jetzt, wenn es irgendwie geht, doch im Grunde will er nur fragen: »Seht ihr nicht, was mit meiner Nase passiert ist?«

Sam weiß nicht, ob die Nase gebrochen ist oder zertrümmert. Jedenfalls fühlt sie sich an wie eine einzige gigantische Wunde, von der Mitte seines Gesichts bis zu den Ohren.

»Herr Ambani, hören Sie uns? Können Sie mich verstehen?« Sam hört die Ungeduld in Herrn Böcklis Stimme.

»Ich kann Sie verstehen«, antwortet Sam auf Englisch. »Ich will gern kooperieren.« Er legt die Betonung auf das Wort »gern«, um deutlich zu machen, dass er das wirklich sehr gerne will, doch dass Umstände ihn zwingen, etwas weniger eifrig dabei zu sein als sonst.

Der Mann vom Roten Kreuz sagt: »Wir haben Kleidung für Sie dabei. Sie möchten bestimmt etwas anziehen?«

Der Italiener – es muss einer sein, ist Sam nun fest überzeugt – winkt einem anderen Mann, der Sam einen grauen Trainingsanzug hinhält. Doch Sam kann ihn nicht nehmen.

Erst da bemerken sie, dass Sams Hände auf dem Rücken gefesselt sind. Der Mann, der Sam den Trainingsanzug hinhielt, löst mühsam den Strick.

Seltsamerweise spürt Sam den Schmerz an Handgelenken und Unterarmen erst jetzt richtig – auch in seinen Schultern. Seine Arme gehören wieder ihm, und damit der Schmerz. Nur arbeiten Arme und Hände noch nicht ganz mit.

Zum Anziehen der Hose muss er sich setzen. Doch selbst so gelingt es ihm nicht. Seine Handgelenke kribbeln. Der Mann, der ihm die Fesseln gelöst hat, muss wieder helfen. Zum Glück haben Trainingshosen keine Knoten.

Später wird er sich säubern. Worum es jetzt geht, ist, den Trainingsanzug anzubekommen. Schade, dass seine Arme und Hände nicht mitarbeiten, die Befehle seines Hirns nicht so befolgen wie früher.

Während Sam weiter versucht, sich anzuziehen, füllt der Rotkreuzmitarbeiter ein Formular aus.

Der andere Mitarbeiter hilft Sam in die Jacke.

Den Reißverschluss bekommt Sam nicht zu, er hat immer noch kein Gefühl in den Fingern.

Er muss bitten: »Könnte jemand mir helfen?« Offenbar denken sie, er könne es schon allein.

Der Mann vom Roten Kreuz zieht ihm den Reißverschluss mit einem Ruck zu.

Sam kommt sich vor wie ein erwachsener Junge, der sich immer noch nicht allein anziehen kann.

Aus einer Tasche holt jemand Schlappen hervor, einfache Plastikflipflops, und stellt sie Sam hin.

Sam schlüpft hinein.

Jetzt schaut Herr Böckli noch angewiderter drein als zuvor. Der Zustand des Gefangenen scheint ihm endlich zu Bewusstsein zu kommen.

Genau das ist nämlich das Wort: Sam war ein Gefangener, etwas, das ihm während seiner Gefangenschaft überhaupt nicht mehr in den Sinn kam. Er wagt auch nicht zu sagen, wessen Gefangener er war oder immer noch ist. War es die offizielle irakische Armee? Oder eine Miliz? Er hätte es gern gewusst, aber er traute sich nicht zu fragen. Auch jetzt nicht.

Endlich lächelt Herr Böckli und macht einen Schritt auf den Gefangenen zu.

Sam glaubt zu verstehen, warum der Botschaftsmann grinst. Ein Hund im Trainingsanzug, das reizt natürlich zum Lachen, er ist die fleischgewordene Absurdität.

Der Gedanke, den Rest seines Lebens in fremden, grauen Trainingsanzügen herumzulaufen, erscheint Sam plötzlich gar nicht mal mehr so unvorstellbar.

Er schaut an sich hinunter. Der Anzug erinnert ihn an seine Schwester, die sie einfachheitshalber meist ebenfalls in solche Trainingsanzüge stecken, wenn auch von besserer Qualität.

»Kommen Sie mit«, sagt Herr Böckli und scheint Sam am Arm nehmen zu wollen, doch er überlegt es sich anders. Mit keinem Finger fasst er ihn an.

Sie gehen ein paar Schritte Richtung Tür. Sam versucht, sich zu erinnern, wie er hierhergekommen ist. Wann es genau war, wie er da aussah, was er damals hoffte. Es gelingt ihm nicht.

Ihm ist schwindlig.

»Welcher Teufel hat Sie nur geritten«, fragt Herr Böckli plötzlich in gemessenem Ton. »In den Irak zu kommen, was ist da in Sie gefahren? Was um alles in der Welt haben Sie sich dabei gedacht?«

Zur Feier von Sams Rückkehr hat Nina eine Party organisiert. Auch Sam durfte ein paar Freunde einladen, aber ihm fiel nicht so recht jemand ein. Seine Mutter und seine Schwester kamen nicht infrage, und seinen Kompagnon wollte er aus verschiedenen Gründen lieber nicht mit dabeihaben. Der wichtigste Grund ist jedoch, dass er sich schämt. Er kommt sich vor wie ein Paria, seine Rückkehr war schmachvoll. Schmachvoll, ein besseres Wort fällt ihm nicht ein, obwohl er Ninas Idee mit der Party natürlich sehr lieb findet.

Zu guter Letzt schickte er drei Ex-Kommilitonen eine Einladung, aber alle drei hatten schon etwas vor. Darum ist er jetzt mit Nina, zwölf Freunden von ihr und ihren zwei Mitbewohnerinnen allein. Sie sitzen ein wenig gedrängt, aber es geht gerade noch so. Aus Mangel an Stühlen haben fünf Gäste auf dem Bett Platz genommen.

Anlässlich der Party hat Nina das Zimmer noch besser aufgeräumt als sonst und zusammen mit ihrer Mutter Häppchen vorbereitet. Bevor die ersten Gäste kamen, hat die Mutter sich verabschiedet. Sie meinte: »Ihr wollt doch bestimmt viel lieber unter euch sein.« Ninas Vater hat sich seit Sams Rückkehr noch kein einziges Mal blicken lassen, und Sam glaubt auch zu wissen, warum: Er will nicht, dass seine Tochter noch länger ihre Zeit mit ihm vergeudet.

Auf zwei Nachtschränkchen sind drei Sorten Käse, Bündnerfleisch, Oliven, zwei Sorten Brot und eine kleine Terrine Kürbissuppe angerichtet, auf Ninas Schreibtisch noch eine selbst gemachte Lachsquiche. Nina hatte gemeint: »Was Warmes kommt immer gut an.« Als Nachtisch gibt es selbst gemachtes Tiramisu, Ninas Spezialität.

Extra für heute hat Nina sich ein schwarzes Kleid zugelegt und schwarze Stiefel bis zu den Knien. Sie sieht gut darin aus. Ihr Bärtchen hat sie sich entfernen lassen. Zu Sam meinte sie: »Als du den Irak überlebt hattest, dachte ich: Weg mit dem Schnurrbart.« Nie hatte er wegen des Bärtchens etwas zu sagen gewagt, nie hätte er selbst davon angefangen, doch als sie das Wort »Schnurrbart« benutzte, so hart, so unbarmherzig, erschrak er. War es ein Schnurrbart gewesen und kein Bärtchen?

Sam hat sich ein Jackett angezogen, das noch aus seiner Studienzeit stammt, und eine Jeans. Auf Drängen von Nina hat er sich ein neues Oberhemd gekauft. »Du musst dich in Schale werfen«, hat sie gesagt, »du musst dich verwöhnen.«

Nach seiner Rückkehr aus dem Irak wurde er vom *Tages-Anzeiger* interviewt, auch *Die Weltwoche* bat um ein Telefoninterview, er war im Radio und im Regionalfernsehen. Der Irak war in der Schweiz nie ein großes Thema gewesen, und jetzt erst recht nicht. Es gibt andere, dringendere Probleme. Hinzu kommt, dass er insgesamt nicht lang inhaftiert war. Manche Geiseln waren ein halbes Jahr und länger in der Hand ihrer Entführer und wurden zigmal vergewaltigt. Er nicht. Eine freundliche Mitarbeiterin von Tele-Züri, dem Zürcher Regionalsender, hatte nach dem Interview zu ihm gemeint: »Natürlich haben Sie einen Schweizer Pass, aber Sie sind nicht gerade der Modell-Schweizer, oder? Wenn unsere Zuschauer Sie sehen, sehen sie einen Asiaten, und mit so einem wollen sie sich lieber nicht identifizieren. Das heißt, sie *wollen* schon, aber es fällt ihnen schwer, verstehen Sie? Darum muss ich unser Gespräch nachher auf acht Minuten zusammenkürzen.«

Sam antwortete, das könne er verstehen, obwohl er sich eigentlich all die Jahre als Modell-Schweizer gefühlt hatte: auf Hygiene bedacht, zuverlässig, neutral, diszipliniert und gutwillig. Seinem Vater zufolge war der Schweizer distanziert, aber im Grunde immer sehr guten Willens. Auch Sam fand Gutwilligkeit irgendwie eine typisch schweizerische Eigenschaft, aber vielleicht gehörte sie auch bloß zum kultivierten Benehmen ganz allgemein. Der kultivierte Mensch war ein gutwilliger Mensch.

Dass er sich der Illusion hingegeben hatte, selbst ein Modell-Schweizer zu sein, verschwieg er diskret. Hinzu kam, dass die Dame vom Regionalfernsehen es ihm persönlich übel zu nehmen schien, dass sie ein Gespräch von fast einer halben Stunde auf acht Minuten zusammenkürzen musste.

Gegen sieben sind die ersten Gäste gekommen. Als alle da waren, bekam jeder von Nina als warme Grundlage eine Tasse Suppe.

Neben Sam sitzt Ninas beste Freundin Martina, sie studiert Pädagogik. Sie braucht länger für ihr Studium als ursprünglich gedacht. Als sie ihre Suppe gegessen hat – studieren tut sie langsam, Essen und Trinken aber gehen bei ihr rasend schnell –, legt sie Sam die Hand auf die Schulter und sagt: »Ich bin so froh, dass du wieder da bist. Ich meine, dass die dich gefoltert haben, ist etwas, das können wir uns gar nicht richtig vorstellen.«

Sie schaut in die Runde, als könnten die anderen vergessen, warum sie eigentlich hier sind, als könnte es durch die Suppe, den Käse und das Fleisch allzu gemütlich werden.

Beim Wort »gefoltert« wird Sam unbehaglich zumute. »Es war auszuhalten«, sagt er und starrt in die Suppe.

Das World Wide Design Consortium war nicht mehr zu erreichen gewesen. Ein paarmal hat er noch angerufen, bekam aber nur einen Anrufbeantworter dran. Auf drei E-Mails an Ann O'Connell bekam er nur eine automatische Antwort, dass sie momentan nicht im Büro sei, aber versuchen werde, seine Nachricht so schnell wie möglich zu bearbeiten.

Auch an den Architekten in São Paulo hat er sich mit der Frage gewandt, ob er wegen des Wettbewerbs zufällig noch in Bagdad gewesen sei. Die Antwort kam schnell, kurz und bündig: »Ich weiß nicht, welchen Wettbewerb Sie meinen. Ich bin nie in Bagdad gewesen und so soll es auch bleiben.«

»Ein Streich«, meinte Dave. »Jemand hat dir einen Streich gespielt, und du bist drauf reingefallen. Dieser Hamid Shakir Ahmed war ein Witzbold.«

»Mahmoud«, verbesserte Sam. »Hamid Shakir Mahmoud.« Ein Streich, das findet Sam noch am schwierigsten zu ertragen. Sich sagen zu müssen: Ich bin auf einen Streich hereingefallen, einen aus dem Ruder gelaufenen Scherz. So blind, so zufällig.

»Sam, also jetzt sag mal, was war nun am schlimmsten für dich?«, will ein junger Mann wissen, Giovanni heißt er. Er ist Italiener, lebt aber seit seiner Kindheit in der Schweiz.

Ein Arzt hat Sams Nase untersucht, sie war in der Tat gebrochen. Er erklärte: »Richten würde ich sie momentan nicht, dafür ist es zu spät. Lassen Sie der Natur ihren Lauf, der Bruch muss erst vollständig verheilen. Dann können wir immer noch überlegen, ob wir mit einer Schönheitsoperation nachhelfen.«

Sam zeigte sich einverstanden. Seine Nase war eindeutig schief, und das würde sie bleiben, außer, man bräche sie in einer Operation erneut, aber er konnte die Meinung des Doktors verstehen: Erst die Natur, dann die Ästhetik.

Merkwürdig, dass niemand zu ihm sagt: »Was für eine schiefe Nase du hast!« Alle tun so, als sei sie gerade. Ab und zu hört er sogar: »Du siehst gut aus.« Zweifellos wollen die Leute ihn damit aufmuntern.

In der Tram und im Zug starren manche Leute ihn länger an als gewöhnlich und schauen beschämt wieder weg, wenn er ihre Blicke erwidert – die einzigen Momente, in denen die Außenwelt ihm bestätigt, dass seine Nase sich im Irak in etwas Monströses verwandelt hat, einen kolossalen Irrtum. Dieser Ausdruck kommt ihm selbst in den Sinn, wenn er seine Nase studiert und die Arbeit, die der Natur in seinem Gesicht noch bevorsteht.

»Sag, was war nun am schlimmsten für dich?«, fragt Giovanni erneut.

»Am schlimmsten«, sagt Sam nachdenklich. »Das Warten. Die Unsicherheit. Die Verzweiflung.«

An den Handgelenken hat er noch die Narben, die vom Strick herrühren, der sich ihm tief ins Fleisch geschnürt hat. Ein Arzt hat ihm jedoch versichert, die würden langsam verschwinden, und dabei hinzugefügt: »Außerdem: Wer achtet schon auf Handgelenke?«

»Aber Samarendra, man hat dich misshandelt!«, ruft Martina. »Das kannst du doch nicht einfach beiseitewischen.« Sie spricht das Wort »misshandelt« mit unverkennbarer Erregung; indem sie seinen vollen Vornamen benutzt, verleiht sie der Aussage besonderen Nachdruck.

Früher würdigte sie ihn kaum eines Blicks, obwohl er mit ihrer besten Freundin zusammen war, doch seit er aus dem Irak zurück ist, misshandelt und munter, ist er nicht nur ihr Lieblingsgesprächspartner, sie fasst ihn auch immer häufiger an. Als sei das erregend für sie: Misshandelte berühren.

»Bist du nicht wütend, hast du nicht das Bedürfnis, dich an denen zu rächen?«, fragt Martina.

»Rächen?«, fragt Sam zurück. »Ehrlich gesagt: nein.«

Sie schaut leicht enttäuscht. Sie macht den Eindruck, sich selbst gerne rächen zu wollen, nur nicht zu wissen, an wem.

Doch er ist ehrlich: Er wüsste nicht, an wem er sich rächen

und was ihm das bringen sollte. Schon im Voraus scheint es ihm ein Riesentheater, und ob es was helfen würde, ist fraglich.

»Aber das geht doch nicht!«, ruft Martina. »Nach allem, was die dir angetan haben! Ich meine, Nina hat mir erzählt, dass sie … sie haben ihre Notdurft auf dich verrichtet, die Araber. Würdest du sie nicht am liebsten umbringen? Wenn du könntest?«

Von dem Wort »Notdurft« wird Sam fast schlecht. Als hätten sie auf ihn gekackt. So gelassen wie möglich erklärt er: »Urin ist auch Medizin.«

»Jetzt lass ihn doch«, sagt eine andere junge Frau, deren Namen Sam sich nie merken kann. Sie ist Sprechstundenhilfe bei einem Nervenarzt, wie er weiß, allerdings nur, weil sie schon mindestens dreimal zu ihm gesagt hat: »Wenn du mal mit einem Nervenarzt sprechen möchtest, für dich find ich bestimmt noch einen Termin.«

Sam wirft einen Blick auf Nina und versucht sich vorzustellen, wie sie mit ihren Freundinnen über ihn spricht, wenn er nicht dabei ist. Wie sie sagt: »Wisst ihr, was sie mit ihm gemacht haben?«, um dann die Umstände seiner Gefangenschaft bei einem Glas Wein in den schillerndsten Farben zu schildern. Es wäre ihm lieber, sie würde das lassen, aber kann man seiner Freundin verbieten, über einen zu sprechen?

Ihr Bärtchen fehlt ihm. Ohne ist sie allzu vollkommen.

Seine Mutter tut immer noch so, als sei nichts geschehen. »Du bist wieder da«, sagt sie ständig, »das ist das Wichtigste.« Nach der Sendung im Regionalfernsehen meinte sie: »Ich hab mittendrin ausgeschaltet. All diese grässlichen Details – über meinen eigenen Sohn! Dafür zahl ich doch keine Rundfunkgebühr! Das ist doch pure Sensationslust! Im Fernsehen will ich ein bisschen Hoffnung.«

Seiner Mutter, so fürchtet er, ist es peinlich, dass ihr Sohn als erfolgreicher Jungarchitekt nach Bagdad reiste, um sich an einem Wettbewerb zu beteiligen, und als ein Opfer zurückkehrte, ein ruchloser Abenteurer, der hereingelegt worden ist. Niemand wusste, von wem oder wodurch, er selbst auch nicht, doch dass er hereingefallen war, war offensichtlich.

Sam isst seine Kürbissuppe. Nina nimmt ihm die leere Tasse ab und schenkt Martina Wein nach. Sie ist die perfekte Gastgeberin.

Die anderen schauen ihn erwartungsvoll an. Wollen sie hören, wie es ist, wenn Leute einen vollpissen, einem die Nase brechen, oder ob er jemanden umbringen möchte? Sie warten auf etwas, das spürt man, etwas Beängstigendes, in dem sie sich trotzdem wiedererkennen.

Nach längerem Schweigen sagt er: »Es war meine eigene Schuld.«

Martina schlägt sich mit der flachen Hand auf den Schenkel. »Das kann doch nicht wahr sein!«, ruft sie. Ihre Empörung wirkt aufrichtig. »Ich meine, nach allem, was sie dir angetan haben. Sie haben dich …« Sie spricht das Wort nicht aus, doch jeder weiß, was sie meint.

Nach seiner Befreiung hatte Herr Böckli ihm noch versicherte, dass man den Fall offiziell untersuchen werde. Doch seitdem hat Sam nichts mehr von ihm gehört.

»Es war meine eigene Schuld«, wiederholt er, jetzt mit mehr Überzeugung. »Ich bin dorthin gereist, ich bin unvorsichtig gewesen. Ich habe Fehler gemacht. Das war's. Ich hätte besser vorausdenken müssen.«

Ninas Freunde und Freundinnen finden seine Worte unpassend, missbilligendes Gemurmel geht durch den Raum.

»Aber stell dir vor«, sagt Giovanni, »der Mann, der dich misshandelt hat, käme jetzt hier ins Zimmer. Was würdest du tun?« Giovanni schaut zur Tür, als könnte der Mann wirklich jeden Moment hereinkommen.

»Ich würde weggehen«, antwortet Sam. »Ich würde unauffällig aufstehen und gehen.«

»Und Gerechtigkeit?«, fragt Martina. »Gibt es nicht auch noch so etwas wie Gerechtigkeit?«

Sam denkt nach. Das Wort klingt so unpassend in diesem Zusammenhang, er weiß nicht, was er damit anfangen soll. Gerechtigkeit. Das ist etwas für Außenstehende. Man leugnet damit die Intimität, die zwischen Täter und Opfer geherrscht hat, wenn er sich jetzt doch mal so nennen darf. Die Iraker, die ihn für einen Spion hielten, waren intim mit ihm, intimer, als Nina es je war.

»Natürlich«, antwortet er schließlich, weil er einsieht, dass sie mit Schweigen nicht zufrieden sein werden, »aber das ist nicht mein dringlichstes Problem. Ich möchte …« – er sucht einen diplomatischen Ausdruck, einen, der niemanden vor den Kopf stößt, »ich möchte einfach mein Leben fortsetzen.«

Zunächst hatte er in Erwägung gezogen, nach London zu fliegen, um sich das Büro des World Wide Design Consortiums einmal genauer anzusehen, doch Nina meinte: »Was soll dir das bringen? Es kostet nur Zeit und Geld. Konzentrier dich lieber auf mich, Schatz, und auf deine Karriere.«

Und das beschloss er zu tun: Sie hatte recht, er würde sich auf sie und seine Karriere konzentrieren, und auf seine Schwester, die nach Amerika muss, um geheilt zu werden.

Seit er aus dem Irak zurück ist, hat er Konzentrationsschwierigkeiten. Nach einer Stunde Arbeit bekommt er Kopfschmerzen oder wird so nervös, dass er einen Spaziergang braucht, bevor er wieder etwas tun kann. Sein Hausarzt hat ihm Tabletten verschrieben und zu ihm gesagt, er könne natürlich jederzeit mit einem Psychologen sprechen, das aber hält Sam für Humbug. Reden macht die Dinge in der Regel nur schlimmer. Wenn etwas heilt, dann ist es das Schweigen.

Gegen elf Uhr gehen die meisten Gäste nach Hause und die Mitbewohnerinnen auf ihre eigenen Zimmer. Nur Martina ist übrig geblieben. Sie will beim Abwasch helfen, aber Nina erklärt, dass sie schon allein zurechtkommt.

Als Nina in der Küche ist, sagt Martina zu Sam: »Ich wollte es nicht vor den anderen erzählen, aber ich bin auch mal misshandelt worden.«

»Wie schrecklich«, antwortet Sam.

Mit einem heftigen Ruck zieht sie den Kragen ihres Pullovers nach unten, wodurch eine große Narbe knapp über der linken Brust sichtbar wird. »Das war mein Ex«, sagt sie. »Mit einem zersplitterten Bierglas. Es hat lange gedauert, bis ich darüber sprechen konnte.«

»Das kann ich mir vorstellen«, antwortet Sam.

»Es sind nicht nur die Araber«, fährt Martina fort, »manchmal auch ganz gewöhnliche Jungs mit einer guten Stelle. Möchtest du die Narbe mal anfassen?«

»Eigentlich nicht«, sagt Sam. »Ein andermal vielleicht. Ich hatte Glück, ich bin mit dem Schrecken davongekommen. Aber danke.«

Er meint es ernst, er hat Glück gehabt.

»Kannst du schon darüber sprechen?«, fragt Martina. »Es ist so wichtig, dass du drüber sprichst.«

»Ich kann drüber sprechen, aber ich möchte es nicht«, antwortet Sam.

Sie schaut ihn enttäuscht an. Sie will noch etwas sagen, doch in dem Moment kommt Nina herein. »Möchte jemand Tiramisu?«, fragt sie. »Es ist noch viel übrig.«

»Ich gehe nach Hause«, antwortet Martina. »Es war ein schöner Abend. Ich bin so froh, dass Sam wieder da ist. Das ist das Wichtigste.« Sie schaut Sam an, als teilten sie ein Geheimnis, obwohl das aus Sams Sicht absolut nicht so ist.

Als auch Martina gegangen ist – nach einigem Drängen war sie bereit, die Hälfte des übrig gebliebenen Tiramisu mitzunehmen –, setzen Sam und Nina sich an den Computer, um etwas zu spielen. Angry Birds. Mit einer Schleuder muss man Vögel auf Gebäude und andere Objekte schießen, um sie so weit wie möglich zum Einsturz zu bringen. Man muss den Schwachpunkt der Konstruktion finden. Nina mag Computerspiele. »Es entspannt«, sagt sie, »und es trainiert das Reaktionsvermögen.«

Weil Nina schneller ist als Sam, schlägt sie ihn spielend. Danach streichelt sie ihm über den Rücken und über die Schenkel, bis sie ruft: »Seit du aus dem Irak zurück bist, hast du noch kein einziges Mal die Initiative ergriffen. Gefalle ich dir nicht mehr?«

»Doch«, antwortet Sam. »Sehr sogar.«

Er streichelt ihr fahrig über Schultern und Arme.

»Es kommt mir aber so vor«, sagt sie. »Du ekelst dich vor mir.«

Er weist das kategorisch zurück, streicht ihr zerstreut weiter über den Rücken, denkt an seinen Aufenthalt in Bagdad, die Reptilien im Bad unterm Waschbecken, und flüstert ihr dann ins Ohr: »Wollen wir zusammen duschen?«

Sie schaut ihn freudig überrascht an und sagt: »Das wurde aber auch Zeit!«

Von ihrem Bärtchen ist wirklich nichts mehr zu sehen. Er fragt sich, ob sie es selber entfernt hat.

Aus der Küche holt Nina fünf Teelichter und stellt sie im Bad auf das Waschbecken. Sie zündet sie an.

Eine Badewanne haben sie nicht, aber die Dusche ist groß genug. Eine der Mitbewohnerinnen hat gerade geduscht. Der Spiegel ist noch beschlagen, es riecht nach Duschgel.

»Ich muss eine eigene Wohnung finden«, sagt Nina, während sie sich langsam auszieht.

»Ich werde dir helfen«, antwortet Sam automatisch, ohne es wirklich zu meinen.

Als beide nackt sind, stellen sie sich unter die Dusche.

Die Teelichter verbreiten ein Licht, das ihm weniger romantisch vorkommt, als dass es ihn an seine Zelle in Bagdad erinnert.

Er küsst Nina und drückt sie an sich.

Dann setzt er sich im Schneidersitz in die Duschwanne. Früher hätte er sich davor geekelt, wäre nur in Latschen in Ninas Dusche gestiegen, aber die Zeit ist vorüber. Dort, wo Sam sitzt, hat gerade noch ein Fremder gestanden, eine Mitbewohnerin, er weiß nicht, welche, womöglich hat er sich sogar in Rückstände des Wassers gesetzt, das den Körper der Fremden berührt hat. Doch er ist sich selbst ein Fremder geworden.

»Was machst du da?«, fragt Nina.

Er schaut zu ihr hoch. Er sieht ihre Beine, gut rasiert, ihren Bauch, ihr kultiviertes Gesicht. Als Teenager hatte sie mal einen Ring durch den Nabel, doch den hat sie schon lange herausgenommen.

»Stell die Dusche aus«, sagt er. »Könntest du bitte die Dusche abstellen?«

Sie blickt ihn mit gerunzelter Stirn an. Dann folgt sie seinem Wunsch.

»Geht's nicht?«, fragt sie. »Tut dir irgendwas weh?«

»Alles bestens«, erklärt er, »wirklich, alles bestens. Aber darf ich dich um was bitten?«

»Und das wäre?«, erwidert sie zögernd.

Normalerweise bittet er sie um wenig. Experimentierfreudig ist er vor allem auf architektonischem Gebiet.

Sie hat ihm die Hand auf den Scheitel gelegt und massiert

seine Kopfhaut. »Was möchtest du? Mir wird kalt, darf ich die Dusche wieder anstellen?«

»Wenn du keine Lust dazu hast, musst du es sagen.«

»Jetzt sag schon, was du willst.« Sie klingt gereizt.

»Kannst du jetzt pinkeln?«

»Wie bitte?«

»Auf mich.«

Sie lässt seinen Kopf los. »Igitt!«, sagt sie.

Für einen Moment sieht er ihren Vater vor sich, den er nur einmal getroffen hat, in einer Kneipe am Bahnhof. Einen Tierarzt. Er redete hauptsächlich von sich und seinen Patienten.

»Ich möchte dir zusehen, beim Pinkeln«, sagt er.

»Das kannst du ruhig machen.« Sie klingt erleichtert. »Manchmal, wenn ich mit meinen Freundinnen mitten in einem Gespräch bin und pinkeln muss, lass ich die Tür zur Toilette einfach offen, und wir reden weiter.«

Daran hatte er nie gedacht. Er stellt sie sich vor, pinkelnd und redend, eine Freundin in der Türöffnung.

»Aber ich möchte, dass du *auf mich* pisst. So, wie ich jetzt hier sitze.«

»Soll das ein Witz sein?«

»Nein«, sagt er.

»Ich find das nicht witzig. Ich finde das krank.« Sie klingt wieder wütend, und erneut sieht er ihren Vater vor sich, einen stämmigen Mann mit sanften Augen, der das Gespräch mit der Mitteilung abschloss: »Man geht im Leben nicht immer auf Rosen.« Was der Mann genau damit meinte, hat Sam nie recht begriffen.

»Es ist kein Witz, und wir müssen auch keine Gewohnheit draus machen. Nur jetzt. Weil ich wieder da bin. Weil ich wieder zurück bin, weil du das feiern wolltest.«

Wie schmachvoll seine Rückkehr auch ist, seine Freundin sollte ihm etwas Besonderes gönnen, etwas, das sie ihm bisher immer versagte, obwohl er es nie verlangt hat, weil er nicht wusste, dass er sich danach sehnte.

Sie beginnt, mit der Shampooflasche in der Duschablage zu spielen. »Keine Freundin von mir macht so was.«

Das Wort »keine« stößt sie mit großem Nachdruck hervor. Tun, was niemand tut, ist das Schlimmste. Er sagt nichts mehr, streichelt nur weiter ihr Bein. Tadellos rasiert. Keine Verletzung, kein Schnitt, nichts.

Sie lässt die Shampooflasche los. »Ich kann jetzt nicht«, sagt sie leise, fast beschämt.

»Was kannst du nicht?«

»Pinkeln. Es geht nicht. Selbst wenn ich wollte. Unmöglich.«

»Dann warten wir«, sagt er. Er steht auf, spült Ninas Zahnputzglas sorgfältig aus und füllt es mit Wasser. Er gibt es ihr und setzt sich wieder in die Dusche. Die Teelichter flackern.

Nina trinkt, vor ihm stehend, leicht zitternd. »Mir ist kalt«, sagt sie. »Das bringt doch nichts. Ich komm mir vor wie beim Arzt.«

Er nimmt ihr das Glas ab und füllt es noch einmal. Wieder denkt er an ihren Vater und an den Iraker, der Sicherheit als das wichtigste Menschenrecht ansah. In einem anderen Zimmer hört er eine Mitbewohnerin lachen.

Sie trinkt, in Gedanken, träumerisch, scheint es.

»Ist das wirklich nicht schräg?«, fragt sie. Sie klingt nicht mehr wütend oder entrüstet.

»Nein«, sagt er, »wirklich nicht. Viele machen das. Ich glaube sogar, die meisten, aber sie reden nicht drüber. Sie machen noch ganz andere Dinge, aber die behalten sie eben für sich.«

Er nimmt ihr das Glas ab und stellt es aufs Waschbecken.

»Ich muss immer noch nicht.«

Jetzt darf Sam nicht einknicken. »Ich hab mich so drauf gefreut«, sagt er.

Ob das so ist, weiß er eigentlich nicht, aber er sehnt sich nach ihrem Urin.

»Es ist aber schon eklig.« Sie spricht das Wort »eklig« aus wie ein kleines Kind, mit einem Schaudern, das nicht mehr von Erregung zu unterscheiden ist.

»Es würde mir helfen.« Eine Lüge, fürchtet Sam. Aber Hilfe klingt immer gut. Wer um Hilfe gebeten wird, kann die nicht verweigern. Die Bitte um Hilfe ist die fatale, lebensbedrohliche Bitte.

»Bist du dir sicher?«, fragt sie.

»Ja«, antwortet Sam. »Es würde mir helfen.«

»Wirst du davon dann auch ein bisschen geil?«, will Nina noch wissen. Hilfe allein ist offenbar nicht genug.

Er nickt.

»Wenn ich das jetzt für dich tue, musst du nachher aber auch was für mich tun.«

»Sag, was du möchtest«, antwortet Sam. »Ich tue alles für dich.«

Nina denkt nach. »Mir wird kalt«, erklärt sie. »Darf ich die Dusche wieder anstellen?«

Als sie schließlich aus der Dusche steigen, weil der Urin einfach nicht kommt, und sie sich gerade abtrocknen, sagt Nina auf einmal: »Jetzt muss ich.« Unerwartet hoch klingt ihre Stimme, fast schrill.

Schnell stellen sie sich wieder unter die Dusche. Sam setzt sich hin und ergreift mit beiden Händen ihre Beine. Sie pinkelt. Erst noch zögernd, nur ein paar Tropfen, sie wagt nicht, sich gehen zu lassen, doch die Hemmungen schwinden. Während sie pinkelt, schaut sie von ihm weg, zur Wand.

Er macht es ihr leicht, den Urin überall hinkommen zu

lassen. Er bewegt den Kopf so, dass sie ihn überall trifft. In den Nacken, auf die Stirn, auf die Nase, diesen gewaltigen Irrtum, in den Mund. Er schmeckt den Urin.

Als sie fertig ist, hält er weiter ihre Beine, sein Gesicht noch nass von ihr wie von eigenem Schweiß, als sei er laufen gewesen.

»Kannst du noch etwas für mich tun?«, fragt er, ohne ihre Beine loszulassen.

Ihr Urin riecht anders als der der Männer im Irak. Frischer. Genauer kann er es nicht ausdrücken. Vielleicht bildet er es sich auch nur ein, vielleicht ist er nur sentimental.

»Was denn?«, fragt sie. »Mir wird wieder kalt – Sam, können wir die Dusche nicht anstellen?«

»Kannst du mich ›Hund‹ nennen?«

»Wie?«

»Du musst ›Hund‹ zu mir sagen. Mich mit ›Hund‹ ansprechen.«

»Das find ich echt nicht mehr schön«, sagt sie. »Wisch dir den Urin aus dem Gesicht, sonst wirst du noch krank.«

Wieder legt sie ihm die Hand auf den Kopf, doch anders als eben. Wie eine Kindergärtnerin einem kleinen Jungen zuspricht, liebevoll und ermahnend zugleich.

»Du kannst mich doch einfach mal ›Hund‹ nennen, ich bin dein Freund. So viel Mühe ist das doch nicht.«

»Okay«, lenkt sie ein. Sie stützt sich mit der Hand an die Duschwand. »Hund«, sagt sie. »Hund. Hund.«

Er hört ihre Stimme, die Worte. Sie spricht sie nicht mit besonderer Leidenschaft aus, trotzdem tun sie ihm gut.

»Auf Englisch wär es noch besser«, erklärt er. »Kannst du ›dog‹ zu mir sagen?«

Sie lächelt. »Dog«, sagt sie. »Dog. Dog. Dog. Du bist mein dog.«

Es scheint ihr immer weniger auszumachen, ihren Freund

»dog« zu nennen. Vielleicht klingt es ihr auch nicht so schlimm in den Ohren wie »Hund« oder »chien«.

Dann stellt Nina die Dusche wieder an. Sie seift ihren Freund ein und wäscht ihm den Urin ab, wobei sie ihn noch einmal »dog« nennt und kichert, als würde sie den Witz dabei plötzlich verstehen.

Danach trocknet sie sich ab und bläst die Teelichter aus.

Auf ihrem Zimmer stellt sie den Timer auf ihrem Handy. Erst muss er sie zwanzig Minuten massieren und dann zehn Minuten lang lecken.

Als er fertig ist, sagt sie: »Weißt du, was mir jetzt auffällt? Du siehst aus wie ein Hund. Wenn du so hechelst und schleckst – wie ein Hund.«

Nina zieht einen Pullover an, öffnet das Fenster und raucht ihre allwöchentliche Zigarette. »Warum musstest du eigentlich unbedingt dorthin?«

»Wohin?«

»In den Irak.«

Verständnislosigkeit ist in ihrer Frage zu hören, ein Anflug von Hohn. Sie klingt wie Böckli.

»Wegen des Wettbewerbs«, sagt er. »Das hab ich dir doch schon zigmal erklärt. Ich wusste nicht, dass es ein Scherz war.«

Sie schaut ihn nachdenklich an.

»War es eigentlich schön für dich?«, fragt sie nach einer Weile. »Als ich dich angepinkelt habe? War es erregend?«

Gern möchte Sam ihr begreiflich machen, was er dabei empfand, doch dies ist nicht der richtige Moment. »Deine Liebe liegt in deinem Urin, vielleicht ist das bei uns allen so«, wird er ihr später einmal erklären. Für heute jedoch beschränkt er sich auf: »Es war schön.«

II

An einem Sonntagnachmittag, ungefähr zwei Monate nach seiner Rückkehr aus dem Irak, fährt Sam wie fast täglich mit dem Zug von Küsnacht nach Zürich. Er hat seine Schwester am Morgen gewaschen, eine halbe Stunde mit ihr unter der Dusche gestanden. Er stand, sie saß. Er hat ihr erzählt, dass er dabei ist, ihre Heilung in die Wege zu leiten: Er spart, sie braucht nicht langsam zu sterben. Danach hat er mit ihr und seiner Mutter zu Mittag gegessen. Aida muss man das Essen in den Mund stopfen; das Stopfen übernimmt seine Mutter.

Er erzählte ihnen, dass er und Dave einen neuen Auftrag bekommen hätten, für ein buddhistisches Zentrum in Biel, aber daneben auch intensiv Akquise im Ausland betrieben, vor allem in den Golfstaaten und der Türkei. Von da müssten die Aufträge kommen, das sei das neue Mekka für Architekten. Sam merkte, dass seine Schwester besser zuhörte als seine Mutter.

Nach Ankunft im Hauptbahnhof stellt er sich neben einem Zeitungskiosk an einen Geldautomaten. Als er fertig ist, dreht er sich um und schaut ins Gesicht von Heavy. Der steht ungefähr zehn Meter entfernt, doch Sam erkennt ihn sofort: der Schnurrbart, die Augen, der Mund. Sam schaut ihm ins Gesicht, wie man im Museum ein Gemälde anstarrt, das einen spontan berührt. Heavy erwidert den Blick, leicht amüsiert, ein klein wenig spöttisch. Sam eilt Richtung Tramhaltestelle davon.

Heavys Anwesenheit in Zürich beunruhigt ihn, doch an der Haltestelle geht ihm plötzlich auf, dass es absolut keinen Grund dafür gibt. Er und Heavy haben einander nichts getan, sind nicht im Zorn auseinandergegangen. Er könnte sich ein wenig mit ihm unterhalten.

Sam geht in die Bahnhofshalle zurück, doch Heavy ist wie vom Erdboden verschluckt. Zweimal durchquert er die Halle. Auch im Bahnhofsrestaurant und am Zeitungskiosk sucht er, aber von Heavy fehlt jede Spur.

Bei Nina zu Hause erzählt er von der Begegnung. Sie hat gerade Apfelkuchen gebacken. »Warum hast du ihn denn auch noch gesucht?«, fragt sie, während sie Sam eine Portion frisch geschlagener Sahne auftut.

»Ich wollte wissen, was dieser Scherz zu bedeuten hatte. Wenn es ein Scherz war.«

Je länger er darüber nachdenkt, desto sicherer ist er, dass »Scherz« nicht das richtige Wort ist. Es war etwas anderes, kein Scherz, er sucht noch immer eine Vokabel, die den Sachverhalt besser trifft.

Nina schüttelt den Kopf. »Was soll das bringen?«, sagt sie. »Jeder macht mal einen Fehler. Aber du hast deine Lektion doch gelernt.« Sie klingt streng und liebevoll zugleich.

Was soll er gelernt haben? Sie haben ihm die Nase gebrochen, sollte das die Lektion sein? Die Folterkammer als Sanatorium: als ein besserer Mensch wieder herauskommen. Ist es das, was die Leute hören wollen?

Sam nimmt einen Bissen von Ninas Kuchen, er ist gut gelungen. Backen kann sie. Der Geschmack der karamellisierten Äpfel stimmt ihn versöhnlich. Vielleicht hat sie recht. Er wird sein Schicksal akzeptieren, nicht mehr versuchen, die Vergangenheit zu ergründen in der eitlen Hoffnung, dass die sich ändert, wenn man sie richtig versteht.

»Noch etwas Schlagsahne?«, fragt Nina.

Bloß: Das Gefühl, schmutzig zu sein, lässt Sam nicht los. Vor allem in Ninas Nähe quält es ihn. Er könnte dieses Gefühl bekämpfen, indem er sie besudelt, ihre Schönheit, die seit der Haarentfernung unerträglich perfekt ist, beschmutzt, aber so ist er nicht. Er will niemanden besudeln.

Nina sieht zu, wie er den Apfelkuchen aufisst.

»Wollen wir nachher ins Kunsthaus gehen?«, fragt sie. »Mal wieder was unternehmen?«

Sie sagt es, als hätten sie das seit Ewigkeiten nicht mehr gemacht: etwas zusammen unternehmen. Aber sind sie denn jetzt nicht zusammen?

Sam geht zum Fenster. Eine alte Frau läuft an einem Rollator, am Griff eine blaue Einkaufstasche. Wenn Heavy in Zürich ist, sind die anderen vielleicht auch hier. Was aber haben sie in Zürich zu suchen?

Nina stellt sich neben ihn. Sie hat die Haare zu zwei Zöpfen geflochten und trägt einen schwarzen Rock, der Sam an Beerdigungen und Trauerfeiern erinnert.

Er kann sich nur einen Grund denken, warum sie in Zürich sind: wegen ihm. Je länger er die Frau draußen ansieht, desto mehr kommt sie ihm vor wie ein verkleideter Heavy. Schlecht verkleidet, als sollte er sehen, wer sie in Wirklichkeit ist.

Im Bad schluckt Sam zwei Tabletten, die der Arzt ihm gegen seine Konzentrationsschwäche verschrieben hat. Er reibt sich über die Handgelenke. Dann nimmt er sein Handy. Die Nummer des World Wide Design Consortiums ist immer noch eingespeichert. Er wählt sie, wartet auf den Verbindungsaufbau.

Nina klopft an die Tür. »Was machst du da, Sam?«

Er unterbricht den Wählvorgang und öffnet die Tür. »Ich nehme meine Tabletten«, antwortet er.

Sie kommt herein, löst sich die Zöpfe und schüttelt ihr Haar.

»Ich habe grad vorgeschlagen, ins Kunsthaus zu gehen«, erinnert ihn Nina, während sie sich im Spiegel betrachtet. »Gute Idee?«

»Ja, sehr gut.«

»Wir können aber auch gemütlich zu Hause bleiben und Angry Birds spielen.«

Sam schluckt noch eine Tablette. Mehr, als er eigentlich dürfte, aber viel schaden kann's nicht. Am liebsten würde er in den Irak zurückgehen, um zu beweisen, dass er es kann. Worauf dieses »es« sich bezieht, ist ihm selbst nicht ganz klar, auf irgendwie alles, vermutet er. Er will zeigen, dass er durch den Irak reisen kann, ohne sich vom Roten Kreuz retten lassen zu müssen. Von Kindheit an hat er für seine kranke Schwester gesorgt, als sein Vater starb, wurde er Familienoberhaupt, er hat das Praktikum bei Fehmer überlebt und sein eigenes Architekturbüro gegründet – warum sollte er im Irak nicht klarkommen?

»Also was möchtest du nun?«, fragt Nina. »Kunsthaus oder Angry Birds? Könntest du endlich für irgendwas ein bisschen Begeisterung zeigen?«

»Ich würde dich gern in den Irak mitnehmen«, antwortet er. »Dir alles zeigen, was ich dort gesehen habe.«

»Aber du *hast* nichts gesehen. Nur eine Zelle.«

Sam schaut sie im Spiegel an. »Ich hätte aber gern mehr gesehen, ich hatte keine Gelegenheit.«

Nina schließt die Tür, dreht den Schlüssel im Schloss und zieht ihren Pulli aus. Jetzt steht sie im BH vor dem Spiegel.

»Im Irak kommt der Tourismus langsam in Schwung«, erklärt er. »Es soll dort sehr schön sein.«

»Du darfst nie mehr in den Irak«, erklärt Nina. »Von jetzt an musst du bei mir bleiben.«

Sie beginnt, sich die Haare zu bürsten. Dann fährt sie sich mit zwei Fingern über die Oberlippe.

»Du bist mein kleiner Schneck«, sagt sie. »Schnecken verkriechen sich bei Gefahr. Du gehst nicht in den Irak, verkriech dich lieber schön hier in dein Häuschen.«

»Schnecken hinterlassen eine Schleimspur.«

Nina löst ihren BH.

»Du bist ein Mann ohne Autorität«, sagt sie. »Aber das macht nichts, ich liebe dich trotzdem. Du hast andere Talente. Zieh dich aus und setz dich schon mal in die Dusche. Du brauchst nicht in den Irak: Ich sorg schon dafür, dass es hier ein bisschen Irak wird. Damit du kein Heimweh bekommst.«

Langsam zieht er sich aus und setzt sich in die Dusche.

Übertrieben langsam steigt sie aus dem Schlüpfer – das Wort »Slip« widert Sam an. Der Schlüpfer hat ein Muster von Kirschen. Das frivole Motiv passt nicht zu ihr. Sam wird kalt. Als Letztes zieht Nina Stiefel und Socken aus. Mit gespreizten Beinen stellt sie sich über ihn und sagt: »Kleiner Schneck, mach den Mund auf.«

Er weiß nicht, ob es ihm gefällt, dass sie ihn »Schneck« oder »mein kleiner Schneck« nennt. Trotzdem öffnet er gehorsam den Mund. Er konzentriert sich, die Tabletten beginnen endlich zu wirken.

Sie pinkelt Sam übers Gesicht und in den Mund. Er schmeckt ihren Urin, und für einen Moment muss er daran denken, dass er morgen einen Termin zur professionellen Zahnreinigung hat.

»Du brauchst nicht in den Irak«, sagt sie. »Der Irak ist überall bei dir, mein kleiner Schneck.«

Sam schaut zu ihr hoch. Liebevoll streichelt er ihr die Füße.

Sam und Dave werden in Dubai die Nationalbibliothek bauen. Nicht nur Bücher soll das Gebäude aufnehmen, auch die staatlichen Archive. Der Emir will allen Büchern der Welt eine Bleibe bieten, von jedem Buch soll ein Exemplar in der Bibliothek stehen, ungeachtet des Inhalts – obwohl es auch eine Sektion verbotener Bücher geben wird, zu der nur Wissenschaftler oder Personen mit Sondergenehmigung Zugang erhalten. Das Ganze soll mit einer groß angelegten Kampagne verbunden werden: »Dubai rettet das Buch.« Und: »Die Arche der Bücher ankert in Dubai.«

Der Komplex soll Erdbeben, Tsunamis und Bombardements überstehen können, sodass auch im Fall äußerer Kalamitäten das Buch in Dubai auf ewig in Sicherheit ist. Unter der Bibliothek soll zudem ein gigantischer Bunker entstehen.

Sam und Dave haben den Auftrag mithilfe von Fehmer bekommen. Fehmer & Geverelli haben so viel zu tun, dass sie nicht alles allein schaffen. In Dave und Sam meint Fehmer, die idealen Partner gefunden zu haben.

Nach zwei spirituellen Zentren und einigen Sporthallen scheint Sam eine Nationalbibliothek ein Riesenschritt vorwärts. Er hat noch nie eine Bibliothek gebaut und freut sich seltsamerweise auch auf den unterirdischen Teil. Er wird die Phänomene »Bibliothek« und »Bunker« studieren und dafür sowohl die Perspektive des Nutzers annehmen, der ein Buch sucht, als auch desjenigen, der sich unter der Erde befindet.

Fehmer beaufsichtigt das Projekt, die Federführung jedoch liegt bei Samarendra und Dave. Es ist *ihre* Bibliothek, *ihr* Bunker. Fehmer, inzwischen auch schon Mitte sechzig, meinte zu Sam: »Es ist so aufregend, alle in Dubai bauen in die Höhe, nur ihr geht in die Tiefe: der Bunker – das Buch – wundervoll! Als junger Architekt muss man immer gegen den Strom schwimmen.«

An dem Freitagnachmittag, als die Zusage definitiv wird, bestellt Dave eine Kiste Sekt, um den Auftrag zu feiern. Ein australischer Freund von ihm ist auch dabei. Nach drei Flaschen ruft Sam Nina an, dass es am Abend etwas spät werden könnte, doch sie antwortet bloß: »Macht nichts, mein Schneckchen. Wenn du nur irgendwann kommst.«

Dave redet hauptsächlich mit seinem Freund, einem Profi-Surfer, der mit dem Board um die Welt zieht. Liliane sitzt am Computer, trinkt aber eifrig mit. Gesprächsfetzen dringen an Sams Ohr, aber er braucht nicht jeder Bemerkung zu folgen. Gespräche, die nicht von Architektur handeln, sind wie Hintergrundmusik für ihn. Ab und zu nimmt er einen Schluck, er mag keinen Sekt, will aber nicht kneifen. Seit er diese Konzentrationsschwäche hat, arbeitet er auch gern am Wochenende, darum möchte er vor Mitternacht bei Nina sein.

Als Sam mitten in einer Geschichte des Surfers über ein gebrochenes Schlüsselbein aufsteht, um endlich zu Nina zu gehen, sagt Dave mit Nachdruck: »Wir sind ein gutes Team, Sam, bleib sitzen.«

Sam setzt sich wieder. Es stimmt, sie sind ein gutes Team.

Dave fährt sich mit der Zunge über die Schneidezähne. Gewisse Frauen finden ihn sehr charmant. »Ich hab nachgedacht«, sagt er. »Wir müssen bestimmt bald nach Dubai, aber ich kann mir vorstellen, dass das vielleicht nicht so dein Ding ist.«

»Warum nicht?«, fragt Sam. Er wollte nach Hause, doch jetzt schenkt er sich noch ein Glas ein.

»Na ja, ich habe den Eindruck, dass so eine Reise im Moment nicht grad auf deinem Wunschzettel steht.«

Sam schaut auf das Glas; Liliane hat es nicht richtig gespült.

»Ich habe nichts gegen Dubai. Ich war noch nie dort, ich bin neugierig, wie es da ist. Ich bin immer gern gereist.«

Sam kippt das halbe Glas in einem Zug hinunter. Seine Hand zittert ein wenig. Erschöpfung vermutlich.

»Nach allem, was du durchgemacht hast, dachte ich …«

Der Surfer blickt Sam begriffsstutzig an; vermutlich braucht man zum Surfen nicht viel Intelligenz. »Ich habe nichts durchgemacht«, antwortet Sam und leert sein Glas.

»Im Irak. Was du da erlebt hast. Das ist … Das würde mich … Ich meine, ich find's toll, wie du damit umgehst.«

»Womit?«

»Damit, was sie mit dir dort gemacht haben. Mit deiner Nase.«

»Meiner Nase?« Sam fasst sich ins Gesicht. Eine unwillkürliche Geste, aber er fühlt sich ertappt. »Was für ein Unsinn, Dave. Meiner Nase geht's prima und mir auch.«

Doch das schwankt stündlich, manchmal denkt Sam, dass seine Nase nicht mehr zu ihm gehört, man ihm im Irak die eines anderen ins Gesicht geklebt hat. Beim Zähneputzen überkommt ihn vorm Spiegel ab und zu das Verlangen, sie sich mit einem Messerhieb wegzuhauen.

»Ich mein es nur gut«, erwidert Dave langsam. Vielleicht ist er beschwipst. »Und ich sage es aus Respekt. Du hast viel durchgemacht. Wenn du lieber hierbleiben möchtest, dann bleib lieber hier. Dann flieg ich allein.«

Eine Schnecke, die sich in ihr Haus verkriecht, so sehen ihn die Leute. Eine Schnecke, die sich nicht hinauswagen soll.

»Nur weil es *ein* Mal ein bisschen schiefgegangen ist, soll

ich nicht mehr in den Nahen Osten? Also komm! Ich über-
leg sogar ernsthaft, noch mal in den Irak zu fliegen. Als Tou-
rist. Mesopotamien, Zweistromland – denkst du, für Architekten gibt's da nichts Interessantes zu sehen? Wir lassen uns
bangmachen, von Angst regieren. Aber da mach ich nicht
mit.«

Der Surfer mischt sich ins Gespräch. »Könntet ihr bitte
Englisch sprechen? Ich verstehe kein Wort.«

»Halt den Mund«, sagt Sam auf Schweizerdeutsch. Er
steht auf und trinkt in der Teeküche ein Glas Wasser. Und
noch eins. Das hätte er nicht sagen dürfen: Halt den Mund.
Die Wut hat seine empfindliche Stelle verraten.

Als er aus der Küche zurückkommt, stehen Dave und der
Surfer in ihren Jacken im Flur. »Ich muss los«, sagt Dave.
»Frau und Kind warten. Und bald kommt ein neues, hab ich
dir das schon erzählt? Noch so 'n kleiner Racker. Schließt
du ab?«

»Herzlichen Glückwunsch«, sagt Sam. »Zum kleinen Racker. Wie schön! Wann ist es so weit?«

»In fünf Monaten.«

Sam umarmt Dave pflichtschuldigst.

Der Surfer gibt Sam einen Klaps auf die Schulter, sagt
aber nichts mehr.

Sam schließt die Tür hinter ihnen. Er ist gern allein im
Büro, aber Liliane sitzt immer noch am Computer.

Er schaut noch einmal in seinen Posteingang; am Bieler
Entwurf hat er noch eine Kleinigkeit geändert und am Früh-
nachmittag den Auftraggebern gemailt. Er ist gespannt, ob
sie schon geantwortet haben.

Biel hat noch nicht reagiert, dafür hat er eine Mail von einem gewissen John Brady bekommen, ein Name, der ihm
nichts sagt.

»Hi, Samarendra«, schreibt Brady,

»du kennst mich nicht, aber wir haben einen gemeinsamen Freund in Bagdad. Nach deinem Aufenthalt dort
hat der Geheimdienst alle Leute besucht, mit denen du
gesprochen hast. Wie du ja weißt, kann der Freund dich
nicht mehr kontaktieren, und nun habe ich gehört, dass
du vorhast, die Region noch mal zu besuchen. Darum
wäre es wichtig, wenn wir uns einmal treffen.

Könnten wir uns bald sehen? Ich habe eine persönliche
Nachricht für dich.

Mit freundlichen Grüßen,

John Brady.«

Sam liest die E-Mail zweimal, dann schreibt er:

»Lieber John,

während meines kurzen Aufenthalts im Irak habe ich
niemanden gesprochen, nicht im üblichen Sinne des
Worts jedenfalls. Die Leute, die ich hatte sprechen wollen, waren tot oder anderweitig nicht zu erreichen.
Freunde im Irak habe ich nicht, und die Wahrscheinlichkeit, dass ich das Land in nächster Zeit noch einmal
besuchen werde, ist eher gering. Daher vermute ich,
dass Ihre Mail für jemand anderen bestimmt ist.

Mit freundlichen Grüßen,

Samarendra Ambani.«

Er schickt die Mail ab, will seinen Computer herunterfahren, überlegt es sich dann aber anders und löscht erst Bradys Mail.

»Könntest du die Gläser bitte noch abspülen? Aber diesmal bitte gründlich«, trägt er Liliane auf.

Weil die Trams nicht mehr fahren, nimmt er ein Taxi zu Nina.

Sie sitzt im Nachthemd an ihrem Notebook und spielt Angry Birds.

»Schon wieder Angry Birds?«, fragt er.

»Es trainiert das Reaktionsvermögen. War's schön? Möchtest du noch etwas essen?« Sie hält die Augen auf den Bildschirm gerichtet.

»Dann stell wenigstens den Ton ab, der macht mich verrückt. Ich hör überall Angry Birds.« Er erzählt ihr kurz von dem Auftrag, der Bibliothek in Dubai, den Büchern, den staatlichen Archiven. Den Teil mit dem Bunker behält er für sich.

Nina behauptet, dass er ihr schon mal von Dubai erzählt hat, das neue Mekka für Architekten. Er kann sich nicht daran erinnern. Obwohl sie ununterbrochen weiterspielt, klingt sie begeistert.

Als das Spiel zu Ende ist, essen sie auf dem Sofa marokkanischen Orangenkuchen, auf den sie etwas Olivenöl träufelt, damit er nicht so trocken ist. Sam denkt an die Mail von John Brady. In der Schule hat er mit dem Motorroller eines Klassenkameraden mal einen Unfall gebaut. Der Vater des Freunds riet ihm damals, sich so schnell wie möglich wieder auf einen Roller zu setzen, weil er sonst immer Angst davor behielte. Er hat den Rat nicht befolgt. Ein Fehler.

Während Nina sich im Bad abschminkt, beginnt er auf einem Schmierblock eine Zeichnung von Fehmer: Fehmers ewiger Regenmantel, der leicht aggressive und doch wehmütige Blick, das glatte Haar, der Mund, der den Eindruck erweckt, im Grunde gern lächeln zu wollen, wenn er nur die Zeit dazu hätte.

Nina kommt aus dem Bad und wirft einen kurzen Blick auf die Skizze. »Wer ist das?«, fragt sie.

»Siehst du das nicht?«, fragt Sam zurück, während er noch eine Kleinigkeit retuschiert.

Sie schaut noch mal hin. »Ein Mann im Regenmantel«, sagt sie, »ein schmieriger Typ.«

Eine persönliche Zurückweisung, so empfindet es Sam. »Das ist Max Fehmer.« Er knüllt die Zeichnung zusammen.

Sie streicht sie wieder glatt, schaut sie sich noch einmal an. »Ein Kinderschänder«, sagt sie.

Der Auftrag für die gigantische Bibliothek samt zugehörigem Bunker – in Dubai denkt man nicht klein, offenbar auch nicht bei Bunkern – stammt von der Regierung in Dubai, oder besser: vom Emir persönlich. Der Verantwortliche jedoch, der sich bei Sam und Dave vorstellt und der vor Ort das Projekt koordinieren wird, stammt nicht von dort, sondern ist Amerikaner. Ein großer, schlanker Mann und zuvorkommend, auch wenn seine Freundlichkeit etwas Oberflächlich-Floskelhaftes hat. Dan Lankford heißt er, und er ist auf der Durchreise.

Nachdem er ein paar Minuten in Daves und Samarendras kleinem Büro ist, erklärt er: »Außer Englisch spreche ich Deutsch, Urdu, Russisch und ein bisschen Arabisch.«

»Beeindruckend«, antwortet Sam. »Ich spreche Deutsch, Englisch, Französisch, etwas Hindi und ein wenig Italienisch. Letzteres aber wirklich nur ein paar Brocken.«

Dann erzählt Dave, dass er Englisch und Deutsch spricht und ein klein wenig Französisch.

Der Amerikaner lacht und behauptet, die vielfältige Sprachgewandtheit der Europäer so zu bewundern, um sofort zu erklären, dass er seit Jahren in Dubai lebt und fast ebenso lang für die Dubai Engineering Authority arbeitet, die Behörde, die die Bibliothek nebst Bunker bauen will. Er, Lankford, sei die Schnittstelle zwischen Bauherrn, Architekten und Bauunternehmern – mit allen Fragen sollten Sam und Dave sich vertrauensvoll an ihn wenden.

Lankford holt eine Karte hervor und breitet sie auf dem Tisch aus. »Das hier ist Dubai«, erklärt er, »hier, wo die Bewässerung aufhört, beginnt die Wüste – und da soll die Bibliothek hin.«

Mit dem Bleistift zeichnet er ein Kreuz auf die Karte. Dave und Sam starren auf das Kreuz.

»Nicht ins Zentrum?«, fragt Sam.

»Nicht ins Zentrum«, bestätigt Dan Lankford. »Außerdem hat Dubai kein Zentrum. Dubai selbst ist das Zentrum. Das Zentrum bewegt sich durch die Stadt wie ein riesiger Vogel.«

»Aha«, sagt Sam.

»Fehmer & Geverelli haben in Dubai und Abu Dhabi sehr viel gebaut«, fährt der Amerikaner fort, »und sie bauen noch mehr. Unglaublich, was dieser Fehmer alles kann. Wenn er Vertrauen zu euch hat, kann ich nur sagen: Chapeau! Gerade baut er einen Wohnturm, der aussehen soll wie eine Champagnerflasche, und wie es heißt, ist im Korken ein fantastisches Apartment vorgesehen: Mit eigenem Pool, eigenem Tennisplatz, Restaurant, Fitnesscenter. Muss eine Stange Geld kosten, fünfzig Millionen oder so, aber dann hat man auch was. Leute wie Fehmer sind die neuen Götter. Wir spielen mit dem, was sie für uns schaffen.«

»Der Turm in Form einer Champagnerflasche ist nicht von Fehmer«, korrigiert Sam. »Man kann Fehmer viel vorwerfen, aber er ist nicht vulgär. Wohntürme in Form von Champagnerflaschen, so was würde er nie bauen. Soviel ich weiß, ist der Turm von Hahnemann, dem Schweden.«

»Sagte ich Fehmer? Hahnemann natürlich – auch ein Genie! Aber ihr versteht, was ich meine: Wenn Fehmer Vertrauen zu euch hat, hab ich das auch. Wenn ihr noch Fragen habt, könnt ihr mich jederzeit kontaktieren. Aber ich denke, ihr kommt ja bald selbst nach Dubai. Das hier bin jedenfalls ich.« Theatralisch legt er zwei Visitenkarten vor sie auf den Tisch.

»Da es um ein vertrauliches Projekt geht, muss ich euch allerdings bitten, diese Geheimhaltungserklärung zu unterschreiben. Offiziell wird in Dubai kein Bunker gebaut.«

Dave schaut Sam an.

»Ist das üblich?«, fragt Sam.

»Nun ja«, erklärt Lankford, »bisher habt ihr immer in der Schweiz gebaut. Hier gibt es nur ein Geheimnis, und das ist das Bankgeheimnis – und auch damit ist es nicht mehr weit her. Aber Dubai ist Dubai, und dort ist man vorsichtig. Ich meine … es ist eine unruhige Region.«

Sam beginnt, die Geheimhaltungserklärung sorgfältig zu lesen, sie enthält nichts, wogegen man irgendwelche Einwände erheben könnte. Er denkt an den Motorroller, an Fehmer, an Nina – und unterschreibt.

»Aber ich darf meiner Frau doch erzählen, dass wir in Dubai was bauen?«, fragt Dave.

»Natürlich«, antwortet Lankford, »ich würde nur das Wort ›Bunker‹ dabei nicht verwenden. ›Bibliothek‹, würde ich sagen, ihr baut eine Bibliothek.«

»Noch eine Frage«, sagt Sam. »Als Architekt interessiert mich immer der Kontext. Wenn ich zum Beispiel ein buddhistisches Zentrum in Winterthur baue, setze ich mich zuvor mit der Geschichte des Buddhismus am Ort auseinander. So beschäftige ich mich im Moment mit der Tradition von Bunkern, aber was ich mich frage, und davon haben wir noch gar nicht gesprochen: Wer sind die angestrebten Nutzer?«

»Die Nutzer?« Lankford schaut zu Dave, doch der spielt mit einem Teelöffel. Dann schaut er Sam wieder an. Er hebt die Augenbrauen.

»Ich meine: Wer wird den Bunker benutzen?« Sam gibt sich Mühe, Lankfords gerunzelte Stirn nicht zu beachten.

»Wer die Bibliothek benutzt, ist ziemlich klar – aber den Bunker?«

»Menschen«, antwortet Lankford. »Ich hatte schon öfter mit Bunkern zu tun, und ich sag dir: Menschen wie du und ich.«

»Aber wen soll ich mir unter dem gewöhnlichen Nutzer des Bunkers vorstellen?«, fragt Sam. Lankfords Ton irritiert ihn. »Wer ist das? Wie alt ist er? Ist er verheiratet? Was sind seine Hobbys?«

Lankford steht auf. Obwohl er die ganze Zeit über Englisch gesprochen hat, sagt er jetzt auf Deutsch: »Da bin ich überfragt.«

»Da bin ich überfragt«, wiederholt Sam.

Sie begleiten Lankford zur Tür. »Wo haben Sie eigentlich Deutsch gelernt?«, fragt Samarendra.

»Ein Weilchen in Deutschland gelebt. Viel rumgekommen. Nicht gut für die Ehe. Aktuell befinde ich mich im Epilog meiner dritten.« Der Amerikaner lächelt unsicher. »Aber ich will mich nicht beklagen, nichts geht übers Herumkommen.«

Als Lankford gegangen ist und Liliane die Kaffeetassen weggeräumt, sagt Dave: »Was bist du doch manchmal für'n Schnösel, Sam! ›Die Hobbys der Nutzer!‹ Was spielt das für eine Rolle? Sie wollen eine Bibliothek und einen Bunker – und das kriegen sie, fertig! Du darfst dich nicht so in Kleinigkeiten verlieren. Es geht ums große Ganze.«

Dave legt Sam den Arm um die Schulter. »Versteh mich nicht falsch, Sam, ich schätze dich sehr, aber du nimmst alles zu ernst. Sieh's als ein Spiel: Wenn ich meinen Sohn mit seinen Bauklötzen sehe, dann weiß ich, was Architektur ist: Bauklötze Spielen für Erwachsene.«

Sam lässt Daves Arm liegen. »Und wann kommt der neue kleine Racker gleich wieder?«, fragt er.

Ein paar Tage hat Sam die neue E-Mail von John Brady in seinem Posteingang gelassen, ohne sie zu beantworten. Zweimal war er versucht, sie zu löschen, doch irgendetwas hielt ihn zurück. »Hi, Samarendra«, hat Brady geschrieben, »nein, kein Versehen. Ich bin bald in Zürich. Wenn du möchtest, können wir uns treffen, dann kann ich dir das eine oder andere erklären. Gruß, John.«

Eigentlich wollte Sam sich lieber voll auf das neue Projekt konzentrieren, doch zuletzt siegt die Neugier. Er will wissen, wer ihn da warnt und wovor. Erklärungen sind immer willkommen. Nach längerem Zögern stimmt er einer Verabredung zu.

Brady schlägt darauf einen Lunch im »Strozzi's Seefeld« am folgenden Mittwoch vor. Sam hat noch nie da gegessen. Er leiht sich Daves Fahrrad. Dave ist überzeugter Radfahrer, mit seiner Frau unternimmt er häufig Mountainbiketouren.

Sam ist schweißnass, als er im Restaurant ankommt. Viel Betrieb ist dort nicht. Ein Mann im hinteren Teil des Lokals winkt ihm zu, er sitzt in einer Ecke neben drei Champagnerkühlern und einer schon vor längerer Zeit eingegangenen Pflanze im Schilfübertopf.

John Brady ist älter, als Sam ihn sich vorgestellt hat, er hat kurzes dunkelblondes Haar, trägt einen kleinen Kinnbart und einen blauen Kaschmirpullover.

Nach einem kurzen Gespräch über Zürich und eine Soap, die Sam nie gesehen hat, bestellt Brady Risotto und eine große Flasche Mineralwasser. Sam nimmt die Ravioli mit Kalbfleischfüllung und Champignon-Rahmsoße. Er überlegt, ein Glas Wein zu bestellen, aber Brady bleibt bei Mineralwasser, und also tut er das auch.

Während des Essens erzählt Brady ein paar Anekdoten zum Thema Jetlag. Sam wagt nicht, ihn zu unterbrechen, er will nicht zeigen, dass er Erklärungen sucht, dass Neugier ihn hierhertrieb. Seinem Akzent nach zu urteilen, ist Brady Engländer.

Erst als sein Teller leer ist, sagt Brady: »Was ich mache, ist eigentlich ›risk assessment‹. So könnte man's vielleicht am besten beschreiben.«

»Und was muss ich mir darunter vorstellen?«, fragt Sam. »Risk assessment?«

»Firmen machen Geschäfte in brenzligen Regionen, und aus verständlichen Gründen wollen sie natürlich gern wissen, wie sicher oder unsicher ihr Investment dort ist. Dann heuern sie mich an. Ich schätze Risiken ein. Darum reise ich viel, vor allem im Nahen Osten. Da laufen jede Menge Geschäfte, aber es ist nicht immer sehr sicher.« Brady lächelt.

»Sie schätzen also Risiken ein«, fasst Sam den Gedanken zusammen. Er weiß nicht, was er sagen soll, doch er findet es unhöflich zu schweigen. Aus dem Grund wiederholt er, was der andere gesagt hat, nur so, dass es sich wie eine Frage anhört. Dieser Strategie folgt er öfter.

»So könnte man es nennen. Wie sind die Ravioli?«

Sam schaut auf seinen Teller. »Ganz lecker.«

»So habe ich auch unseren gemeinsamen Freund im Irak kennengelernt«, fährt Brady fort. »Du dachtest vielleicht: Wann redet er endlich von ihm?«

Sam legt sein Besteck neben den Teller. »Ich habe keine Freunde im Irak.«

Brady mustert ihn wie ein Arzt einen renitenten Patienten, einen Besserwisser, der die ärztliche Autorität grundlos infrage stellt.

»Hamid Shakir Mahmoud«, präzisiert Brady. »War das kein Freund von dir?«

»Ich habe einmal mit ihm telefoniert. Freund würde ich ihn nicht nennen.«

»Wann ist jemand ein Freund?«, fragt der Mann, der von Beruf Risiken einschätzt. »Könnte ich zum Beispiel ein Freund sein?«

Auf Sams Teller liegt noch ein Raviolo, doch er lässt ihn liegen. Er hat keinen Hunger mehr. »Wann jemand ein Freund ist, weiß man intuitiv«, antwortet er. »Dafür gibt es keine Regeln.«

Brady wischt sich den Mund ab. »Ihr seid Freunde auf Facebook, Hamid Shakir Mahmoud und du.« Brady schaut Sam gespannt ins Gesicht

Erst jetzt sieht er meine Nase, schießt es Sam durch den Kopf. Jetzt erst sieht er das Monstrum.

John Brady lächelt und legt die Handflächen zusammen. »Ich schätze Risiken ein«, sagt er. »Das tue ich nach bestem Wissen und Gewissen und gründlicher Analyse natürlich. So sag ich zum Beispiel: Mit achtzigprozentiger Wahrscheinlichkeit geht dies und das gut. Aber dann gibt es immer noch die anderen zwanzig Prozent. Es gibt immer Unsicherheiten.«

Brady niest zweimal, ziemlich laut, winkt dem Ober und bittet um die Dessertkarte, bekennt, dass er ein Schleckermaul ist, und bestellt Torta di Nocciole. Sam hält sich an einen Espresso.

»Eigentlich ist auch das Risikoeinschätzung«, erklärt Brady, »eine Bestellung in einem Restaurant aufgeben. Jeder von uns getroffenen Entscheidung geht im Idealfall eine Risikobewertung voraus. Das World Wide Design Consortium ist ein guter Kunde von uns. Sie und wir sind letztlich im gleichen Geschäft. Die Rohstoffe werden verschwinden. Öl. Wasser. Doch für all diese Probleme gibt es eine Lösung. Der einzige Rohstoff, der weiter eine Rolle spielen wird, ist Wissen – und was bedeutet Wissen? Dass man die Risiken kennt, weiß, wo es sicher ist und wo nicht. Wem man vertrauen kann und vor allem – und das vergessen die meisten: wie lange. Denn wie eine Dose Ravioli hat auch Vertrauen ein bestimmtes Haltbarkeitsdatum.«

Sams Meinung zufolge gilt das gerade nicht für Vertrauen, aber er hat keine Lust, jetzt darüber zu diskutieren. »Ich dachte, das World Wide Design Consortium gehört Hamid Shakir Mahmoud?«

Brady hebt die Arme in einer unbestimmten Geste. »Das World Wide Design Consortium gehört niemandem«, sagt er mit angestrengtem Gesicht, als sei es quälend für ihn, hierüber zu sprechen. »Das World Wide Design Consortium gehört keinem Menschen, jedenfalls nicht, wie dir oder mir etwas gehört. Es übersteigt jede Individualität. Es verfolgt eigene Ziele, hat seine eigenen Gesetze, gehorcht Regeln, die es selber bestimmt.«

Während Sam länger als nötig seinen Espresso umrührt, überfällt ihn eine für ihn ungewöhnliche Wut. Über Brady und seine Risiken, über Nina, die ihn »mein kleiner Schneck« nennt, über Dave, der findet, dass Sam nicht reisen darf, weil er im Irak einmal eine unangenehme Erfahrung gemacht hat, über Aida, die lieber sterben als gesund werden will, über seinen Vater, dessen Erfindungen es nie zur Patentreife geschafft haben.

»Fällt Ihnen eigentlich nichts an mir auf?«, fragt Sam.

Brady wartet, bis der Ober, der ihm gerade sein Stück Nusskuchen gebracht hat, wieder weg ist. Dann sagt er: »Um ehrlich zu sein: eigentlich nicht.«

Sam dreht sein Gesicht nach links, damit Brady es im Profil sehen kann. Dann langsam nach rechts. Jetzt hat Brady es von allen Seiten studieren können.

»Ihnen fällt also nichts auf?«, fragt er, etwas lauter, als er ansonsten mit Leuten spricht.

»Nein«, antwortet Brady, »tut mir leid. Die Torta di Nocciole ist köstlich. In einem italienischen Restaurant immer ein Wagnis, Tiramisu ist die ungefährlichere Entscheidung, Nusskuchen kann fürchterlich sein, steinhart und trocken, aber das Wagnis hat sich gelohnt.«

Sam möchte am liebsten schreien: »Sehen Sie nicht, dass die mir die Nase gebrochen haben?«, möchte die Arme auf den Tisch legen und sich die Ärmel hochkrempeln. »Da!«, möchte er rufen, »schauen Sie sie sich an, meine Handgelenke! Wegen des World Wide Design Consortiums bin ich nach Bagdad gegangen, und sehen Sie, was die mit mir gemacht haben!«

Doch er tut es nicht. Plötzlich scheint ihm alles so nichtig: seine Nase, die Narben.

Sam sieht durchs Fenster das Rad seines Kompagnons stehen. Ein schönes Ding, funkelnagelneu. Eine Frau schiebt einen Kinderwagen vorbei, sie lächelt. Frauen mit Kinderwagen hat Sam immer anziehend gefunden.

Seine Wut ist verschwunden, und beherrscht sagt er: »Ich bin einmal in Bagdad gewesen. Das war ein Fehler, oder vielmehr: ein Irrtum. Nicht die Reise selbst, aber was dort geschehen ist. Was wollten sie gerade von mir, habe ich mich natürlich gefragt. Ich glaube …« Er wischt sich grundlos den Mund ab. »Ein Kommilitone sagte mir mal, dass Nichtwissen die Quelle aller Vitalität sei. Vielleicht muss ich mich damit abfinden, dass die Antwort auf diese Frage – was sie von mir, von mir im Speziellen, wollten – meiner Vitalität im Weg steht. Ich möchte gern ein vitaler Architekt sein.«

Sam sehnt sich nach seinem Büro, wo er an seinem Entwurf weiterarbeiten könnte.

Doch Brady bestellt zwei Espresso, die er beide selbst trinkt. Er sagt: »Zwei Espresso sind besser als ein Doppelter«, und fährt fort: »Als Architekt bewertest du eigentlich auch Risiken, sehe ich das richtig?«

Sam stellt sich Brady als Familienvater vor, an einem Sommertag mit seinen zwei Kindern im Garten. Er hält einen Gartenschlauch. Er sieht seine Familie nur am Wochenende, aber dann gehört er auch ganz allein ihnen.

»Du scheinst mir der analytische Typ zu sein«, erklärt Brady. »Du sammelst Informationen, und ich bin überzeugt, du wählst dafür die jeweils angemessene Methode. Warum also nicht auch andere Informationen sammeln, warum mir nicht helfen? Du reist viel, bist intelligent. Wir bieten eine gute Bezahlung.«

Sam wirft einen Blick auf Daves Fahrrad und denkt an Aida und ihre Behandlung. »Ich habe kaum Zeit«, erklärt er.

»Es kostet nicht viel Zeit, wie ich schon sagte. Du redest mit Leuten, stellst eine Frage, hörst zu, bist aufmerksam, stellst noch eine Frage. Du tust dasselbe wie immer, nur besser. Und du hilfst mir beim Risikeneinschätzen. Wenn es gut läuft, rettest du Leben.«

»Ich habe noch nie ein Leben gerettet, ich weiß nicht, ob mir das liegt.«

Wieder niest Brady. »'Tschuldigung«, sagt er, »Heuschnupfen. Das Problem mit dem Nahen Osten sind die Kulturunterschiede. Ich habe die arabische Kultur studiert, ich spreche fließend Arabisch. Die Araber lügen. Sie können nicht anders. Es liegt ihnen im Blut, es ist ihre Kultur. Und wir sind nicht darauf vorbereitet: Wir erleben ihre Gastfreundschaft, sind beeindruckt, nicht in der Lage, uns vorzustellen, dass so gastfreundliche Leute uns anlügen, aber ihre Gastfreundschaft selbst ist die Lüge – und die Wahrheit dahinter der Dolch, den sie dir am Ende in den Rücken stoßen. Du lügst nicht.«

»Ich bin kein Araber«, erwidert Sam.

»Du bist Inder.«

»Schweizer.«

»Asiatischer Herkunft.«

»Meine Mutter ist Schweizerin. Mein Vater hat die Schweizer Staatsbürgerschaft angenommen.«

»Wie auch immer, du lügst nicht.«

»Ich bin Architekt«, unterbricht Sam ihn. »Ein Entwurf kann gut oder schlecht sein. Man kann auf ästhetischer Grundlage über ihn streiten, ihn als schön oder weniger schön empfinden, je nach Kontext, aber *lügen* kann ein Entwurf nicht. Ein Architekt kann nicht lügen. Stein lügt nicht, Beton ebenso wenig.«

»Genau«, fährt Brady unerschütterlich fort, »aber der Araber lügt, und das meine ich nicht persönlich. Der Dolch, den er dir in den Rücken stößt, das ist seine Kultur. Das kann man ihm selbst kaum verübeln. Hamid Shakir Mahmoud war ein guter Araber, und er hat einen hohen Preis dafür bezahlt. Der dogmatische Pazifismus hat die Europäer verweichlicht, sie sind nicht mehr bereit, für etwas zu kämpfen, süchtig nach Luxus, wie sie jetzt sind. Sie sind die Dinosaurier der menschlichen Rasse, verurteilt, sich selbst abzuschaffen. Andere, stärkere Völker werden ihren Platz einnehmen. Du könntest eine Rolle spielen, eine bescheidene Rolle, dich von den dahinsiechenden Dinosauriern um dich herum unterscheiden. Durch und durch dekadent sind sie, ängstlich vor jedem kleinen Wehwehchen. Du nicht. Du hast Schmerzen durchlitten und bist noch da. Strahlend vor Gesundheit, strotzend vor Stärke.«

Sam steht auf. Auf der Toilette nimmt er seine Tabletten.

»Ich müsste erst mehr wissen«, sagt er, als er zurück ist. »Ich verstehe noch nicht ganz.«

»Okay«, antwortet Brady und beginnt, ihm ausführlich von seinem Leben als Risikoanalyst zu erzählen, und wie Sam ihm dabei behilflich sein könnte.

Bevor sie sich verabschieden, fragt Sam: »Eine komische Frage vielleicht, aber: Haben Sie eigentlich Kinder?«

»Zwei«, antwortet Brady, während die Rechnung in seiner Hosentasche verschwindet.

Es ist fast fünf Uhr, als Sam ins Büro zurückkommt. Er hängt seine Jacke an die Garderobe. »Ich wurde aufgehalten«, erklärt er. »'Tschuldigung, dass es etwas später geworden ist.«

Dave ist Sams Verspätung offenbar gar nicht aufgefallen. Er nickt abwesend.

Dave hat ihn nicht vermisst, für Dave ist er überflüssig. John Brady hingegen hat zu ihm gesagt: »Jemand wie du ist genau, was wir brauchen.«

An einem Sonntagnachmittag betritt Sam die Wohnung in Küsnacht. Er hatte eigentlich arbeiten wollen, doch er hat sich freigenommen. Seine Mutter musste zum Geburtstag einer Verwandten in Bregenz und wollte nicht, dass Aida allein bleibt.

Behutsam ist er hereingekommen. Vielleicht schläft Aida, und er will sie nicht wecken.

Auf dem Wohnzimmertisch liegt eine Nachricht von seiner Mutter.

Aida sitzt in ihrem Rollstuhl, obwohl »hängen« vielleicht das passendere Wort wäre. Sam ist sich nicht sicher, ob sie ihn erkennt; als er das Zimmer betritt, hebt sie kurz den Kopf und bringt so etwas wie ein Lächeln hervor.

Er setzt sich ihr gegenüber aufs Sofa.

Es ist ein kalter, wolkenloser Tag im Dezember. Die Sonne scheint Aida gnadenlos ins Gesicht, jede Unebenheit ist zu sehen.

Sam hat Fehmers neuestes Buch dabei, *Architecture in the Era of Faust*. Trotz seiner Tabletten kann er sich nicht darauf konzentrieren.

Er schaut zu seiner Schwester. »Bald wirst du gesund«, sagt er. »Es wird Zeit und Geld kosten, aber ich setze alle Hebel in Bewegung.«

Wieder hebt Aida ein wenig den Kopf. Er sieht Rotz aus ihrer Nase tropfen.

Er steht auf, nimmt das Schnupftuch, das sich immer

143

in ihrer Hosentasche befindet, wischt ihr damit den Mund ab und hält es ihr vor die Nase. »Jetzt tüchtig schnäuzen!«, sagt er.

Sie tut es, jedenfalls gibt sie sich Mühe.

Er faltet das Taschentuch zusammen, steckt es ihr in die Trainingshose zurück und geht zum CD-Ständer. Er zieht *Madame Butterfly* heraus und legt die CD auf.

Im Stehen lauscht er der Musik. Das also bringt Menschen zum Weinen, rührte Hamid Shakir Mahmoud oft zu Tränen. Er versucht, es zu verstehen.

Ungefähr zwanzig Minuten bleibt er regungslos stehen. Er meint, die Vollkommenheit der Komposition zu erkennen, doch wie einen das zu Tränen rühren soll, ist ihm weiter ein Rätsel.

Während des Studiums hat er einmal mit einer italienischen Kommilitonin gesprochen, die von Gebäuden zu Tränen gerührt werden konnte. Er selbst hat Übung darin, vor allem in der Architektur, das Vollkommene vom weniger Vollkommenen zu unterscheiden, er ist nicht unempfänglich für Schönheit, doch das Mysterium, das die Kommilitonin bei manchen Gebäuden erfuhr, hat er nie erlebt. Sam glaubt, dass sein emotionsloser Blick zu seinem Beruf als Architekt gehört. Er konstruiert, beschäftigt sich mit Strukturen: einer Sporthalle, einem spirituellen Zentrum, einer Bibliothek, einem Bunker – Gebäuden, die für bestimmte Zwecke gebaut werden und spezifischen Anforderungen genügen müssen. Das Gefühl würde der Konstruktion nur im Weg stehen.

Sam stellt die Musik leiser. »Ich geb dir jetzt deine Tabletten«, sagt er zu Aida.

Er geht in die Küche und holt die Tabletten aus dem Portionsdöschen, in dem seine Mutter sie bereitgelegt hat. Aus der Küche ruft er: »Ich muss bald nach Dubai. Wir haben einen Auftrag bekommen, ein Riesending! Ein wenig außerhalb der Stadt. Ich brauchte unbedingt mal was Neues.«

Sam kommt aus der Küche zurück, betrachtet den Rücken seiner Schwester. Regungslos sitzt sie in ihrem Rollstuhl.

Es fängt schon an, dunkel zu werden, er gibt ihr die Tabletten. »Gleich kommt Mama nach Hause«, sagt er. Er massiert Aida behutsam die Schultern und küsst sie auf den Nacken. Ohne dass sie es hören kann, murmelt er: »Eine Bibliothek und einen Bunker.«

Das Wort »Bunker« entlockt ihm ein Lächeln.

Er lässt *Madame Butterfly* ein weiteres Mal laufen, diesmal noch lauter. »Hiervon musste Hamid Shakir Mahmoud weinen«, flüstert er Aida ins Ohr. Aber natürlich weiß sie nicht, wer Hamid Shakir Mahmoud war.

Wochenlang nimmt die Bibliothek nebst zugehörigem Bunker Sam und Dave voll in Beschlag. Mindestens zehn Stunden am Tag arbeiten sie daran. Immer wieder muss Sam wegen seiner Konzentrationsschwäche die Arbeit unterbrechen, das macht seine Tage besonders lang. Liliane haben sie inzwischen als Vollzeitkraft eingestellt sowie eine Praktikantin, die außerdem putzt und den Abwasch erledigt.

Zeit für eine gründliche Studie des Phänomens Bibliothek und seiner Geschichte hat Sam nicht, ganz zu schweigen von einer zur architektonischen Geschichte des Bunkers, doch weil ein Bunker sich ohnehin halb oder ganz unter der Erde befindet, muss er auch weniger strengen ästhetischen Ansprüchen genügen als zum Beispiel ein Operngebäude.

In der zweiten Januarwoche werden sie für drei Tage nach Dubai gebeten, um den Bauherren ihren Entwurf zu präsentieren. Dave hat Sam noch einmal gefragt, ob die arabische Welt ihm nicht für den Rest seines Lebens gestohlen bleiben könne, doch er antwortete: »Ganz und gar nicht, ich freu mich darauf!«

Nina ist schwerer zu überzeugen. »Gerade geht's dir etwas besser«, sagt sie. »Und jetzt das. Hat dir die *eine* Lektion nicht gelangt?«

Das Wort »Lektion« ärgert ihn. Niemand hat ihm eine Lektion erteilt. Er fasst sich an die Nase, als wolle er sie losrütteln. »Wenn das hier die Lehrmethode ist«, sagt er, »weigere ich mich zu lernen.« Dann fügt er hinzu: »Was bist du doch manchmal für eine Tusse.«

Nina fängt an zu weinen, doch am nächsten Tag entschuldigt Sam sich und kauft ihr ein Armband. »Danke, Schatz«, sagt sie und führt ihn sanft Richtung Dusche.

Eine Woche vor seinem Abflug isst Sam bei seiner Mutter. Sie hat Doraden gebraten, und während er den Fisch entgrätet, sagt sie: »Wenn ich du wäre, würde ich nicht wieder dorthin fahren.«

Er lässt das Besteck sinken. »Mama«, sagt er, »die Emirate sind vor allem kapitalistisch und nicht so streng muslimisch. Ein Ort, wo die meisten Probleme mit Geld gelöst werden können, sollte es überhaupt welche geben. Wie in der Schweiz eigentlich.«

Der kleine Vortrag macht ihm Freude.

»Wenn Geld die Probleme dort löst, ist es wahrscheinlich sicher«, erwidert die Mutter. »Aber wenn dir was zustößt, habe ich nur noch Aida.«

Es klingt, als würde Aida ihr nicht genügen. Darum sagt Sam: »Wo Geld Probleme löst, besteht wirklich keine Gefahr, Mama. Das weißt du doch?«

Vor ihrer Abreise muss Sam noch eine Reihe von Dingen erledigen: Sie haben eine Besprechung bei Fehmer & Geverelli, Fehmer selbst kann leider nicht kommen, er ist gerade in Taiwan, Sam trifft sich mit Brady, fährt einen Tag mit Nina zum Skifahren und feiert Aidas Geburtstag. Er gibt jedem, was er verlangt, bleibt überall am Ball, und am 17. Januar fliegt er mit Dave zusammen nach Dubai.

Zum ersten Mal sieht Sam seinen Kompagnon im Anzug. Er steht ihm gut, Dave hat etwas von einem Popstar.

Sie fliegen Businessclass. Während des Flugs trinkt Dave Bier, Wein und Whisky wild durcheinander, bis Sam ihn erinnert: »Denk dran, es ist ein Arbeitstermin, wir fliegen nicht in den Urlaub.«

Eine asiatische Mitarbeiterin der Dubai Engineering Authority holt sie vom Flughafen ab. Sie heißt Rose. Im Taxi übernimmt Dave die Konversation, Sam beschränkt sich aufs Nicken und Zuhören, bis Rose irgendwann vergessen zu haben scheint, dass Sam überhaupt da ist.

Sie sind im Al Bustan Rotana untergebracht, einem Luxushotel in der Nähe des Flughafens. »Weil Sie das erste Mal in Dubai sind, möchte die Dubai Engineering Authority Sie zu einer kleinen Stadtführung einladen«, erklärt Rose.

Sam hat Mühe, sich gleichzeitig auf die Stadt und die Fremdenführerin zu konzentrieren, eine aus Rumänien stammende Stadtplanerin, die ständig nervös zwinkert.

Zu Abend essen sie im Pai Thai Restaurant, wo sie mit einem kleinen Boot hinfahren müssen. »Es ist eins der ausgefallensten Restaurants von Dubai«, erklärt Rose unterwegs, aber Sam findet das »romantische Flair« kitschig und das Essen langweilig, fast alles schmeckt gleich.

Der Direktor der Dubai Engineering Authority ist ebenfalls gekommen. »Der Emir liebt Architektur«, erklärt er, »und auch die Architekten. Gerade erst hat er Hahnemann einen hohen Orden verliehen. Mögen Sie Hahnemanns Werk?«

»Ich habe oft das Gefühl, dass er mehr für andere Architekten entwirft als für die Nutzer. Er verwendet ausschließlich Zitate, fügt nichts Eigenes hinzu«, antwortet Sam, doch plötzlich kassiert er von Dave einen Tritt.

Ansonsten lässt der Direktor Rose das Wort führen. Noch vor dem Dessert verabschiedet er sich. Er murmelt irgendwelche Entschuldigungen, doch was genau, kann Sam nicht verstehen.

Im Hotel raubt ein streitendes Pärchen Sam den Schlaf.

In den frühen Morgenstunden ruft er die Rezeption an und bittet um ein ruhigeres Zimmer.

»Ich bin in ein anderes Stockwerk gezogen«, sagt Sam beim Frühstück zu Dave. »Bei dem Krawall konnte ich kein Auge zutun.«

Dave hat geschlafen wie ein Murmeltier. Für ihn verkörpert Dubai die Zukunft, und das heißt: Mobilität. Dubai ist die mobile Stadt par excellence.

Sie stellen ihren Entwurf im Hauptquartier der Dubai Engineering Authority vor, im zweiundvierzigsten Stock eines Wolkenkratzers.

Auch der Direktor nimmt an der Präsentation teil. Sam bemerkt, dass er kurz nach Beginn einnickt und erst wieder wach wird, als der Applaus erklingt.

In der anschließenden Fragerunde will er nur wissen, ob Sam und Dave der geheime Charakter dieses Projekts auch ausreichend klar ist.

Nach dem Diner werden Sam und Dave Frauen angeboten. Sie schlagen das Angebot aus. Einer von Roses Assistenten betont: Schwarze und Chinesinnen stünden den Architekten auf Wunsch die ganze Nacht zur Verfügung, ebenso wie eine schwangere Russin.

»Die schwangere Russin würd mich schon interessieren«, flüstert Dave, doch wegen schwangerer Russinnen ist Sam nicht hier. Fehmer hat die ihm angebotenen Frauen auch immer abgelehnt, seine wahre Geliebte sei die Architektur. Doch obwohl er eine feste Freundin hat, munkelt man, dass er erst bei knapp achtzehn-, neunzehnjährigen nordafrikanischen Herren wirklich auf Touren gerät. Auch erzählt man sich, dass er in Algerien eine Villa mit ein paar jungen Berbern besitzt, wohin er fährt, wenn er einmal richtig entspannen will.

»Wenn Fehmer uns sehen könnte, er wäre stolz auf uns«,

sagt Sam auf dem Weg zurück ins Hotel. Dave nickt zerstreut, seine Gedanken sind offenbar noch bei der schwangeren Russin.

Ein paar Wochen zuvor hat Sam an einer Konferenz über die Zukunft der Architektur teilgenommen, bei der auch Fehmer einen Vortrag hielt. Im Saal des großen Hotels schob Sam schließlich alle Hemmungen beiseite und ging auf Fehmer zu, als seien sie alte Freunde. Gut fünf Minuten hatten sie miteinander gesprochen, da fasste Sam sich ein Herz: »Normalerweise tu ich das nie, aber wären Sie so freundlich, mir das hier zu signieren?« Während er das sagte, holte er ein Buch aus der Einschweißfolie hervor: *Architecture in the Era of Faust*, Fehmers neuestes Opus. »Für Sam! Nach den Golfstaaten der Ferne Osten«, hatte Fehmer geschrieben. Und: »Die Zukunft gehört denen, die sie gestalten.«

Die letzten Stunden vor dem Rückflug haben sie frei, doch wohin sie auch gehen, überall begleitet sie Rose.

»Ich fände es schön, mal ein Momentchen allein zu sein«, flüstert Sam Dave ins Ohr. »Ich brauche nicht rund um die Uhr einen Wachhund.«

Als Dave am Spätnachmittag an den Strand geht, bleibt Sam im Hotel. Er ruft Nina an und erklärt ihr, Dubai sei eine verbesserte Version des Westens, Westen 2.0 sozusagen. Auch sagt er, dass er sie vermisse. Danach setzt er sich in die Lobby und überdenkt seine Zukunft. Es ist an der Zeit, seine Ziele für die kommenden Jahrzehnte zu formulieren. Fehmer hat den Pritzker-Preis mit sechsundfünfzig bekommen, Sam will ihn sich zehn Jahre früher holen.

Auf seinem Zimmer packt er langsam seine Reisetasche, die eigentlich Nina gehört. Dave ist immer noch nicht zurück vom Strand. Im Nebenzimmer hört man Gepolter wie von einer Tanzveranstaltung. Seit dem Irak findet Sam Lärm unerträglich. Es scheint mit seiner Konzentrationsschwäche zusammenzuhängen.

Fünf Minuten vor dem verabredeten Aufbruch zum Flughafen kommt Dave vom Strand zurück. Er riecht nach Schweiß und Sonnencreme. »Ich dusche zu Hause«, erklärt er.

Sam schaut seinen Kompagnon an. Das kann er nicht verstehen: Wenn man Talent hat, legt man sich doch nicht stundenlang an den Strand?

Beim Auschecken sehen sie, wie Sanitäter einen mit einem Laken bedeckten Körper aus dem Hotel tragen.

Der Rezeptionist sieht ihre verwunderten Blicke und teilt ihnen diskret mit, dass ein älterer Gast nach dem Sport auf seinem Zimmer einen Schlaganfall bekommen habe. Leider hätten alle Wiederbelebungsversuche nichts mehr genutzt.

»Vielleicht ist ihm die schwangere Russin zum Verhängnis geworden«, sagt Dave auf Deutsch.

Das Projekt in Dubai hat ihnen kein Unglück gebracht. Zwei neue Aufträge für Bibliotheken haben sie bekommen, eine in Innsbruck und eine in Frederiksberg in der Agglomeration Kopenhagen. Das ist zwar noch nicht gerade China, aber Ausland schon, immerhin.

Einen knappen Monat nach ihrem Besuch in Dubai wird ihnen mitgeteilt, dass der Bauherr einige Änderungen am Entwurf wünsche. Man möchte einen größeren Bunker haben, und darum auch eine größere Bibliothek. Die Architekten werden gebeten, nach Dubai zu kommen, um die Sache vor Ort zu besprechen; außerdem könnten sie so den Fortschritt des Projekts persönlich in Augenschein nehmen. Die Dubai Engineering Authority rechne damit, dass Besprechungen und Ortstermine knapp zwei Wochen in Anspruch nehmen würden.

»Du hast dein Kind«, meint Sam zu Dave, »oder besser: anderthalb Kinder. Ich fliege allein.«

»Na ja«, antwortet Dave, »ich bin Vater *und* Architekt ...«, doch Sam lässt ihn nicht ausreden. Nina sagt, er habe keine Autorität, doch er wird der Welt zeigen, was Autorität ist. Die Schnecke schießt aus ihrem Haus. »Ich erledige das«, wiederholt er. »Ich fliege nach Dubai. Ich trage keine Verantwortung für Kinder. Bleib du bei Liliane.«

»Das stimmt«, räumt Dave ein. »Du hast keine Kinder, nicht mal ein iPad. Mach Nina ein Kind und schenk ihr ein iPad, und sie ist dir dankbar für immer.«

Liliane, die bei der Arbeit gerne Musik hört, schaut auf. Die Männer lächeln. Sie lächelt leicht unsicher zurück und arbeitet weiter.

Einmal hat Sam ihre E-Mails gelesen. Ihr Account war zufällig geöffnet. Er überflog alle Mails der vergangenen Wochen. Sie hatte ihre Arbeitsadresse benutzt, um ein Hotel in Sardinien zu buchen, und sich außerdem mit ihrem Freund gestritten.

Das war unverzeihlich. Fehmer würde so etwas nie tun, der hatte keine Zeit für solche Dinge, der las kaum seine eigenen E-Mails. Sams Neugier jedoch hatte über sein schlechtes Gewissen gesiegt.

Zusammen mit Nina hat er einen neuen Koffer gekauft. Für drei Tage in Dubai war eine Reisetasche genug, jetzt fliegt er für länger, da brauchte er etwas Großes, und der blaue Rollkoffer von Samsonite hatte ihm gefallen. Diesmal hat Nina kein Haarband um den Griff gebunden.

Sie sitzen im Taxi zum Flughafen. Jetzt kann er sich das leisten. Es ist spät am Vormittag. Nina hat sich eine gelbe Blume ins Haar gesteckt. Auch Dave will zum Flughafen kommen, um sich von seinem Kompagnon zu verabschieden.

In Sams Handgepäck – er hat sich eine Gehaltserhöhung genehmigt und von dem Geld eine elegante lederne Umhängetasche gekauft – stecken sein Notebook und ein Plot des Entwurfs für die Bibliothekserweiterung, an der er zusammen mit Dave rund um die Uhr gearbeitet hat. Er ist noch immer zufrieden darüber, er würde behaupten, der Entwurf zeugt von Originalität, selbst im unterirdischen Teil. Er hat ein paar ironische Späße untergebracht. Eine augenzwinkernde Anspielung auf das Werk von Frank Gehry, auf die er ziemlich stolz ist.

Heute Morgen ließ Fehmer ihm über seine Sekretärin per Mail mitteilen: »Lass dich von den Auftraggebern nicht kopfscheu machen. Auftraggeber sind von Natur aus konservativ. Die Avantgarde ist tot, nur in der Architektur lebt sie weiter.«

Die E-Mail hat ihn gefreut. Er sah sie als Zeichen der Wertschätzung, vielleicht sogar mehr.

Gestern Abend hat er mit seiner Schwester und seiner Mutter gegessen und davor mit Aida lange unter der Dusche gestanden. Nur dort, in der Intimität des Badezimmers, ist seine Schwester mehr als ein Stück leidendes Fleisch, wird sie ein Mensch mit Sehnsüchten und komplizierten Ideen, das vermutet er jedenfalls. Wenn er den Schwamm über ihnen Rücken gleiten lässt, über ihren zerbrechlichen Körper, dann äußert sie manchmal so etwas wie einen Gedanken, auch wenn der schwer zu verstehen ist, etwas, das sich auf die Vergangenheit bezieht oder die Zukunft und woraus man entnehmen kann, dass sie ziemlich viel vom Geschehen in der Küsnachter Wohnung mitbekommt.

Wie vor seiner Reise in den Irak bettelte Aida: »Nimm mich mit!«

Wieder hat Nina ein Buch für ihn gekauft, *Ewig Dein*, von Daniel Glattauer.

»Ich weiß, eigentlich liest du keine Romane«, sagt sie. »Aber der hier ist wirklich spannend.« Auf die Titelseite hat sie geschrieben: »Komm gut und schnell wieder nach Hause, kleiner Schneck. Ich brauche dich. Tausend Küsse. Ich bin und bleibe: Deine Nina.«

Sicherheitshalber hat er zwei Handys dabei. Für das eine will er sich in Dubai eine SIM-Karte kaufen und mit dem anderen, wenn alles normal läuft, unter seiner Schweizer Nummer erreichbar bleiben.

Er checkt bei Emirates ein, die Dubai Engineering Authority hat ihm wieder ein Businessclass-Ticket spendiert. Während er sich von Nina verabschiedet, erscheint Dave mit seinem Sohn und seiner hochschwangeren Frau. Auf Drängen von Nina und Dave hebt Sam den kleinen Matthew kurz in die Luft.

»Kannst du dir mich mit *so* einem Bauch vorstellen?«, fragt Nina leise.

»Natürlich«, flüstert Sam zurück, »aber ich glaube nicht, dass du so dick würdest.«

Dave besteht darauf, schnell noch mit Sekt anzustoßen; seine Frau bekommt Apfelsaft. Ein Foto wird gemacht. Alle geben sich ausgelassen. Dann verabschiedet Sam sich noch mal von allen, erleichtert, dass er es hinter sich hat. Als er sich umdreht, sieht er, wie die Erwachsenen sich unterhalten, Daves Sohn an der Hand seines Vaters. Junge, fröhliche, erfolgreiche Menschen. Ihn scheinen sie schon vergessen zu haben.

Daves Frau fängt seinen Blick auf, dann sieht ihn auch Dave. Er brüllt, laut und schamlos: »Zeig's ihnen, Sam!« Sam winkt zurück, dann geht er schnell weiter. Eigentlich sollte er sich dazugehörig fühlen, aber er wird den Eindruck nicht los, dass er das nicht ist, er stets neben ihrer Fröhlichkeit steht, wie seine Schwester neben den Gesunden.

Im Flugzeug schläft er die meiste Zeit. Er wird wach, liest ein paar Seiten in *Ewig Dein* – richtig spannend findet er es nicht, aber vielleicht muss er einfach noch ein paar Tabletten nehmen – und schläft wieder ein. Das Bedürfnis, den Entwurf noch mal durchzugehen, hat er nicht, er kennt ihn im Schlaf.

Es ist Mitternacht, als er in Dubai ankommt. Man hat ihm versichert, dass er abgeholt wird, man wusste nur noch nicht, von wem.

Nach einigem Suchen entdeckt er Rose in der Ankunftshalle, in der Hand ein Schild mit der Aufschrift: »S. AMBANI« und darunter: »DUBAI ENGINEERING AUTHORITY«.

»Hatten Sie einen guten Flug?«, fragt sie. »Mein Name ist Rose.«

»Aber wir kennen uns doch, oder?«, fragt er zurück. »Von vor ein paar Wochen?«

»Ja«, sagt sie, aber es klingt nicht überzeugend, und er beginnt zu grübeln, ob sie wirklich die Frau ist, die er bei seinem ersten Besuch kennengelernt hat. Vielleicht gibt es ja noch eine Rose?

Sie bringt ihn zu einer Geländelimousine. Der livrierte Chauffeur hilft ihm, sein Gepäck im Kofferraum zu verstauen. Rose und Sam setzen sich auf den Rücksitz. Jetzt, wo Dave nicht dabei ist, muss Sam die Konversation führen. Er wüsste gern, ob Rose aus China oder Korea stammt, befürchtet jedoch, dass solch eine Frage jetzt unpassend wäre.

Rose vermittelt den Eindruck außerordentlicher Professionalität. Doch wenn der Irak ihn eines gelehrt hat, dann, dass Professionalität allein wenig bedeutet. Was Rose ihm wirklich nützt, muss sich erst noch erweisen. Sie ist stärker geschminkt als beim vorigen Mal. Vielleicht ist das Bedingung, wenn man bei der DEA vorankommen will.

»Wir haben Ihnen ein Apartment im MAG 214 Tower gemietet. Es ist ein gutes Apartment, wir haben schon viele Architekten dort untergebracht. Ich hoffe, Sie werden zufrieden sein.«

»Zweifellos«, antwortet Sam.

Die Fahrt vom Flughafen zum MAG 214 dauert rund eine halbe Stunde. Um die Stille im Wagen zu beleben, stellt er ein paar Fragen zu Dubai, die Rose mit professioneller Begeisterung beantwortet.

»Jetzt geht es«, sagt sie beim Aussteigen, »aber im Sommer hält man's kaum aus, dann rennt man von einem klimatisierten Bereich zum nächsten, auch nachts. Die Sonne ist unser Feind.«

»Jeder hat seine eigenen Feinde«, antwortet Sam.

Der Chauffeur holt das Gepäck aus dem Wagen, doch offenbar hat er nicht vor, es für Sam nach oben zu tragen. Ab hier muss er allein zurechtkommen.

»Die Schweizer haben doch keine Feinde?«, bemerkt Rose im Fahrstuhl nach oben.

»Stimmt«, antwortet Sam. »Die Schweizer nicht.« Ihre körperliche Nähe in dem beengten Raum beginnt ihn nervös zu machen.

Das Apartment liegt im neunundzwanzigsten Stock.

»Swimmingpool und Fitnessraum befinden sich im Erdgeschoss«, erklärt Rose noch im Fahrstuhl. »Ich gehe ziemlich oft trainieren. Ehrlich gesagt, gibt es auch kaum was anderes zu tun.«

»Wohnen Sie auch hier im Gebäude?«, fragt Sam.

»Ein paar Hochhäuser weiter, in den Green Lake Towers, auch sehr angenehm.«

Sein Apartment hat alles, was man so braucht, ist sonst

aber eher spartanisch eingerichtet. Zwei Schlafzimmer. Ein Wohnzimmer mit Sofa, Esstisch und Couchtisch sowie ein paar Stühlen. Eine Küche.

»Ich habe Brot, Käse und Orangensaft in den Kühlschrank stellen lassen«, erklärt Rose. »Ich wusste nicht, was Sie mögen. Aber so haben Sie morgen auf jeden Fall was zum Frühstück. Der Reinigungsdienst ist gestern erst hier gewesen. Zweimal pro Woche kommt die Putzfrau. Das Gebäude wird rund um die Uhr bewacht, alles gesichert. In Notfällen können Sie die Nummer anrufen, die ich Ihnen hier auf den Zettel geschrieben habe.«

Sie denkt nach. »O ja, und natürlich gibt es auch WLAN, der Code lautet ›DEA2010‹. Mit Großbuchstaben, aber auch das steht alles hier auf dem Zettel. Ich nehme an, Sie werden ausschlafen wollen, darum warte ich morgen bis zwölf mit dem Abholen, dann können wir zusammen lunchen, und ich stelle Sie den anderen im Team vor.«

Er gibt ihr die Hand. »Danke«, sagt er.

»Auf gute Zusammenarbeit, Sam«, fügt sie abschließend hinzu. »Davon gehe ich jedenfalls aus. Es ist ein so wundervolles Projekt.«

Jetzt ist er sich fast sicher: Sie ist nicht dieselbe wie vor ein paar Wochen. Es müssen mehrere Leute unter gleichem Namen und mit fast gleichem Aussehen für die Dubai Engineering Authority arbeiten.

Sie überreicht ihm den Schlüssel und lässt ihn allein.

Er legt ihn auf den Tisch und versucht, das Fenster zu öffnen, doch ohne Erfolg. Dann schaut er bei geschlossenen Scheiben eine Weile nach draußen. Aus dieser Höhe sieht die Stadt beeindruckend aus. Er muss sich von dem Anblick regelrecht losreißen, die Lichter haben etwas Hypnotisierendes. Die Alpen sind schön, aber Wolkenkratzer sind schöner. Er holt die zwei Handys aus seiner ledernen Umhängetasche.

Er setzt sich aufs Sofa.

Er ruft Nina an und sagt, dass er gut angekommen ist. Sie fragt, ob er sie vermisse. Er bejaht, aber während er das sagt, wird ihm klar, dass er nicht weiß, was dieses Gefühl wirklich bedeutet. Selbst wenn er an den Irak zurückdenkt, was er so selten wie möglich tut, kommt es ihm vor, als ob er nicht mal den Schmerz wirklich kennt.

Er legt auf mit dem Versprechen, morgen wieder anzurufen. Seiner Mutter schickt er eine SMS, dann öffnet er sein Notebook. Das Internet funktioniert, Sam beantwortet ein paar E-Mails. Zu guter Letzt öffnet er den Koffer und räumt seine Kleidung in den Schrank.

In der Küche will er Wasser aus dem Hahn trinken, doch dann zögert er, schaut in den Kühlschrank. Orangensaft, aber kein Wasser. Plötzlich bemerkt er, wie kleine Insekten über die Anrichte huschen. Er macht mehr Licht und betrachtet die Insekten genauer: Winzige Kakerlaken, Zwergkakerlaken.

Wie seine Inspektion ergibt, befinden die Tierchen sich auch anderswo im Apartment, vor allem im Bad. Als er im großen Schlafzimmer die Tagesdecke vom Bett nimmt, sieht er sie auch dort hin und her huschen. Im anderen Schlafraum scheinen die Kakerlaken ebenfalls auf dem Vormarsch zu sein.

Sam kehrt ins Wohnzimmer zurück und überlegt, die Nummer anzurufen, die Rose ihm gegeben hat, doch dafür ist es jetzt zu spät, fast halb drei in der Nacht.

Er nimmt den Lift in die Eingangshalle. Dort sitzt ein uniformierter Concierge. Sam gibt ihm die Hand, obwohl er nicht weiß, ob das hier üblich ist. »Ich wohne vorübergehend in 29F«, erklärt er, »und es wimmelt dort von kleinen Kakerlaken.«

Der Concierge nickt. »Soll ich den Kammerjäger rufen?«, fragt er.

»Das wäre gut«, antwortet Sam. »Es sind ziemlich viele.«

Er wartet, ob der Concierge noch etwas sagt, eine Einschätzung vielleicht, wann der Kammerjäger kommt, doch der Mann lächelt ihn nur unterwürfig an. Im Fahrstuhl nach oben begegnet Sam einem anderen Bewohner, er trägt Zehensandalen. Sam schaut zu Boden. Er hat das Gefühl, dass man es ihm ansieht: Er ist der Mann mit dem Kakerlakenapartment.

Oben angekommen, spült er die Tierchen im Bad aus der Dusche, bevor er sich hineinstellt. Das lauwarme Wasser tut ihm gut, er lässt es mindestens zwanzig Minuten lang über sich laufen.

Nach dem Duschen setzt er sich im Schneidersitz ans Fenster, um über die Stadt zu blicken. Er weiß nicht, ob er sich zufrieden oder unzufrieden fühlen, sich freuen oder dem unbestimmten Schmerz hingeben soll, der sich irgendwo in seinem Körper befindet. So wie man manchmal das Gefühl hat, unbedingt auf die Toilette zu müssen, doch einmal dort, nichts hervorpressen kann, so steckt der Schmerz in ihm.

Bevor er sich schlafen legt, verjagt er die Tierchen vom Bett. Eigentlich sind sie so klein, dass sie vollkommen harmlos wirken, doch als er unter dem Bett nachschaut, bemerkt er, dass sie vor allem dort sitzen.

Er streift ein T-Shirt über und legt sich ins Bett. Obwohl er versucht, nicht zu träumen, schreckt er einige Male aus dem Schlaf, weil er meint, dass die Viecher über ihn laufen und ihm ins Ohr und in die Nase hineinkriechen. Er will lieber kein Licht anmachen, um diese Annahme zu überprüfen.

Kurz vor sieben ist er hellwach. Draußen scheint schon grell die Sonne.

Er steht auf, zieht sich an und verlässt das Gebäude. Fußgänger gibt es hier fast keine, zweimal wird er von einem

Jogger überholt. Der öffentliche Raum zwischen den Gebäuden scheint in der Tat ausschließlich dazu zu dienen, die Bürger so effektiv von einem klimatisierten Bereich in den nächsten zu bringen.

Sam hat das Gefühl, nirgends lang stehen bleiben zu können, ohne Aufmerksamkeit zu erregen, und so begibt er sich zurück in sein Apartment. Er zieht eine Badehose an, schlüpft in seine Flipflops, bindet sich ein Handtuch um und geht an den Pool.

In einem Liegestuhl rekelt sich dort eine Dame. Das Wasser ist warm, er schwimmt zwanzig Bahnen.

Als er aus dem Wasser kommt, nimmt er einen Essensgeruch wahr. Offenbar endet ein Dunstabzug direkt hier am Pool. Schon früh am Morgen beginnt man in den Restaurants des Landes offensichtlich zu kochen. Ihm wird übel von dem Geruch.

Er mustert die Frau, die auf dem Bauch in der Sonne liegt. Für einen Moment betrachtet er sie mit einem leichten Begehren, doch vielleicht ist es auch bloß gewöhnliche Neugier. Neugier auf das, was sich unter dem Bikini befindet, Neugier auf ihre Stimme, aber auch auf ihren Beruf. Was sie um diese Uhrzeit am Pool macht. Dann geht sein Blick wieder über das Wasser und das Gebäude, in dem er vorübergehend wohnt. Alles könnte viel origineller sein, der MAG 214 hat etwas Konventionelles, schlichtweg Langweiliges. Er denkt an Fehmers Worte, dass ein Anfänger immer gegen den Strom schwimmen muss, wenn er auffallen will. Unter solchen Ambitionen hat der Architekt des vorliegenden Gebäudes offenbar nicht gelitten. Zurück im Apartment, zieht er sich an. Für Dubai hat er sich mit Nina ein sandfarbenes Jackett zugelegt; es war ihre Idee.

Er öffnet den Kühlschrank und inspiziert den Inhalt. Das Brot steckt in einer feuchten Plastiktüte und sieht schmuddlig aus und wie Schaumgummi. Der Cheddar wirkt verschwitzt. Sam riecht daran. Er wirft Brot und Käse in den Mülleimer und lässt den Orangensaft stehen. Er hat etwas Hunger, doch der kann warten. In den Schränken unter der Anrichte sucht er Insektenvernichter. Er findet nur Klopapier und WC-Reiniger. Mithilfe des Reinigungsmittels versucht er, ein paar Kakerlaken im Badezimmer zu töten. Ein hoffnungsloses Unterfangen.

Um zwei Minuten vor zwölf nimmt er den Fahrstuhl nach unten. Rose steht schon in der Lobby, makellos, unnahbar, wie am Abend zuvor. Vielleicht noch makelloser.

Sie fragt, ob er gut geschlafen hat. Sam nickt und beschließt, nichts wegen der kleinen Kakerlaken zu sagen. Weiter als »Wann kommt eigentlich die Putzfrau?« will er nicht gehen.

»Montags und donnerstags«, antwortet Rose.

Heute gibt es keinen Chauffeur, Rose fährt selbst. Sie sagt: »Ich hab ein Auto für dich gemietet, es kommt heute Nachmittag.«

Sie fahren zur Baustelle etwas außerhalb der Stadt. »Auch für die DEA ist es der erste Bunker«, erklärt Rose.

Sam war sich nicht sicher, ob er mit ihr über den Bunker reden durfte, doch wenn sie das Wort in den Mund nimmt, wird er es ebenfalls dürfen, vermutet er.

»Und auch die erste Bibliothek?«, fragt er.

»Auch das, ja«, antwortet sie.

Er lernt den Projektmanager kennen, einen Inder. Zunächst ist der Mann sehr distanziert, doch nach einer halben Stunde taut er auf. »Die Regierung wollte einen größeren Bunker«, sagt er. »Darum musste die Bibliothek auf einmal auch größer werden. So läuft das hier. Im letzten Moment will man immer alles noch größer. Gott mag wissen, warum. Ich habe so meine Vermutung, aber von mir wirst du nichts hören.«

Sam fällt auf, dass fast niemand hier über die Bibliothek spricht, alle reden nur über den Bunker. Wohingegen der wichtigste Teil des Gebäudes sich seiner Ansicht nach über der Erde befindet.

In einem Container neben der Baustelle bespricht der Projektmanager mit ihm den Fortschritt der Arbeiten und einige kleinere Probleme. Sam und Dave haben den Entwurf mit ein paar lustigen Einfällen gespickt, die Konzepte »Bibliothek« und »Bunker« ironisiert. Dave hat Sam einmal vorgeworfen, keinen Humor zu besitzen, und Sam hat sich darauf intensiv mit dessen Erscheinungsformen beschäftigt. Mittlerweile beherrscht er sie seiner Meinung nach ziemlich gut. Natürlich haben sie die Vorgaben der Auftraggeber peinlichst befolgt, doch nicht mal die ironischen Schlenker des Entwurfs hat der Projektmanager bemerkt. Von Frank Gehry hat er offenbar nie gehört.

Plötzlich sagt der Mann in gedämpftem Ton: »Du musst den Leuten von Anfang an klarmachen, dass du der Architekt bist. Damit keine Missverständnisse entstehen.«

»Warum? Jeder weiß doch, dass ich der Architekt bin.«

»Weil du aus Indien kommst.«

»Ich bin nicht aus Indien, ich bin aus der Schweiz.«

»So siehst du aber nicht aus. Hier am Bau arbeiten viele Bengalen. Am Anfang haben sie mich für einen Bauarbeiter gehalten. Den Arbeitern geht es nicht schlecht, oft können sie von ihrem Lohn eine ganze Familie in Bangladesch unterhalten. Sie können sich nicht beklagen und doch werden sie fast wie Tiere behandelt.«

»Ich werde drauf achten«, sagt Sam in gemessenem Ton. »Aber ich denke doch, dass jeder mitkriegt, dass ich der Architekt bin. Das Projekt wird von Max Fehmer betreut, aber der Entwurf stammt von David Luscombe und mir.«

Der Projektmanager zuckt mit den Schultern.

Als die Besprechung zu Ende ist und Sam eine kleine Führung bekommt, sieht er Arbeiter in identischen Overalls aus einem Bus steigen. Der Projektmanager bemerkt Sams befremdeten Blick. »Die eine Schicht kommt, die andere geht«, erklärt er, wieder in flüsterndem Ton. »So können sie ein Bett an drei verschiedene Bauarbeiter vermieten. Man kann sagen, was man will, aber von Effizienz verstehen sie hier was. Tu einfach, als ob du sie nicht siehst, das ist für alle das Beste.«

Sam nickt und fragt sich, wie es mit dem Lunch aussieht, den Rose ihm gestern versprochen hat. Seit seiner Mahlzeit im Flugzeug hat er nichts mehr gegessen.

»Wofür ist der Bunker eigentlich gedacht?«, fragt Sam den Projektmanager. »Notfälle«, antwortet der und bietet ihm ein Kaugummi an. »Jetzt wachsen die Bäume hier noch in den Himmel, aber vom einen auf den anderen Tag kann es aus sein.«

Am Spätnachmittag ist Sam wieder in seinem Apartment. Sein Mietwagen ist gekommen, ein Toyota Camry, in gebrochenem Weiß. »Nicht gerade eine Schönheit«, sagt Rose, »aber seinen Zweck erfüllt er, sogar wunderbar. Wenn du mich brauchst oder dich einsam fühlst, ruf mich ruhig an.«

Sam ist sich nicht sicher, ob das ein Annäherungsversuch war oder einfach nur professionelle Freundlichkeit. Doch selbst wenn es ein Annäherungsversuch wäre, würde er nicht darauf eingehen. Er ist monogam, und das möchte er auch bleiben.

»Wenn ich keine Lust habe zu kochen«, fragt er, »wo bekomme ich am besten etwas zu essen?«

»In den Shoppingmalls«, antwortet Rose. »Da findest du alles.« Sie reicht ihm die Hand. »Im Namen der Dubai Engineering Authority will ich dir noch sagen, dass wir die Zusammenarbeit mit dir bislang außerordentlich schätzen.

Darf ich dich morgen um halb acht abholen? Dann fahren wir zusammen in die Zentrale, und du lernst den Weg kennen.«

Sie sind zufrieden, aber den Humor in seinem Entwurf haben sie nicht begriffen. Sie verstehen seine Sprache nicht. Der Anblick eines Gebäudes hat ihn vielleicht nie zu Tränen gerührt, aber er hat architektonischen Humor. Es gibt Gebäude, die ihn zum Lachen gebracht haben.

»Gern«, sagt er.

Im Apartment weist nichts darauf hin, dass ein Kammerjäger dort irgendwie aktiv gewesen ist. Die Kakerlaken haben sich eher noch vermehrt.

Weil er lange nicht Auto gefahren ist, bittet er den Concierge, ihm ein Taxi zu rufen.

»Zu einer Shoppingmall, bitte«, sagt er zum Fahrer. Morgen wird er den Toyota nehmen.

In der Mall kauft Sam eine SIM-Karte und setzt sich in ein Café namens St. Moritz. Es liegt neben einer Halle mit Skipiste. Er bestellt Salat und Suppe und verfolgt durch die Scheibe das winterliche Treiben. Kinder in identischen Skianzügen rennen durch den Schnee – bei dreißig Grad Celsius draußen. Die Künstlichkeit des Schnees, der Skipiste, ja, der ganzen Situation überhaupt fasziniert ihn, doch nach einiger Zeit wird es langweilig. Lieber die richtigen Alpen als künstlichen Schnee. »Haben Sie eine Zeitung für mich?«, fragt er die Kellnerin.

Sie bringt ihm eine zerknitterte *Gulf News*. Es steht wenig drin, trotzdem liest er sie komplett.

Der Betrieb im Café hat zugenommen. Neben ihm essen zwei verschleierte Frauen Käsekuchen. Er denkt an die verschiedenen Funktionen des öffentlichen Raums: Bürger von einem klimatisierten Bereich in den nächsten zu bringen, vom Arbeits- zum Schlafplatz, den Fluss der Güter und des Konsums zu gewährleisten, Leuten beim Blick aus dem Fenster etwas Schönes zu bieten. In den Shoppingmalls kommt vor allem die zweite Funktion zum Tragen: der öffentliche Raum als Fließband, das den Kunden von einem Geschäft ins andere befördert, von einem Genuss, einem Erlebnis zum nächsten, noch viel schöneren.

Ein Mann mit Strohhut fragt, ob an Sams Tisch noch etwas frei ist.

Sam nickt und macht eine einladende Geste. Der Mann setzt sich und legt vorsichtig seinen Hut auf den Tisch. Schweigend schauen sie den spielenden Kindern zu.

»Waren Sie schon mal in den Alpen?«, fragt der Mann nach einer Weile.

»Ich bin Schweizer«, antwortet Sam, »da kenne ich die Alpen recht gut.«

Sams Nationalität scheint den Mann nicht zu verwundern. »In die Schweiz war ich einmal verliebt«, erklärt er mit einem feinen Lächeln. »Aber jetzt habe ich eine neue Liebe gefunden: Dubai.«

Sie sprechen kurz über das Nachtleben der Stadt, der Mann kennt sich hier ziemlich gut aus. »In der Jockeys Bar«, sagt er, »finden Sie die afrikanischen Frauen. Bevorzugen Sie Osteuropäerinnen? Dann die Imperial Suites. Chinesinnen und Philippininnen gibt's im Stayin' Alive im Regal Plaza Hotel. Geben Sie dem Portier ein ordentliches Trinkgeld, dann brauchen Sie keinen Eintritt zu zahlen. Aber ich an Ihrer Stelle würde in die Jockeys Bar gehen, die haben vorgestern eine Flugzeugladung neuer Schwarzer bekommen. Eine Frau ist wie Fisch. Sie muss frisch sein, sonst fängt sie an zu stinken, und man fängt sich was ein.«

Um halb sieben läutet sein Wecker. Er stellt sich unter die Dusche. Die Mühe, die kleinen Kakerlaken erst wegzuspülen, macht er sich nicht mehr, er schlüpft einfach in seine Badesandalen.

Als er aus der Dusche steigt, hört er in der Küche Wasser laufen. Zunächst denkt er an einen Rohrbruch, doch dann hört er Gepolter.

Er ist sich nicht sicher, ob er den Geräuschen nachgehen soll, nackt und noch nass, wie er ist. Aber er kommt zu dem Schluss, dass der Eindringling, wenn es ein Eindringling ist, ihn früher oder später ohnehin findet. Er schlingt sich ein Handtuch um und geht in die Küche.

Dort steht eine ungefähr dreißigjährige asiatische Frau, vielleicht etwas jünger.

»Wer sind Sie?«, fragt er. Aus seinen Haaren tropft Wasser.

»Ich Putzfrau«, antwortet sie.

»Sie kommen aber früh.«

»Immer früh, immer früh komme. Nie Problem.«

Ihr Englisch ist gut zu verstehen, doch mit den grammatischen Regeln scheint sie es nicht so genau zu nehmen.

Sam nickt. »Okay, ich bin fast fertig.«

Er dreht sich um, doch die Putzfrau ruft: »Für fünfzig Dirham ich gebe Massage.«

»Sehr freundlich«, antwortet Sam. »Aber das ist nicht nötig.«

»Halbe Stunde«, erläutert die junge Frau.

»Nein danke, nicht nötig«, wiederholt Sam.

Er hält kurz inne; er spürt, dass er sie enttäuscht hat. »Ich habe ein Kakerlakenproblem«, sagt er. »Vielleicht könntest du etwas dagegen unternehmen?« Er zeigt auf die Anrichte.

»Ja«, sagt sie, »Insekten.«

Die Insektenplage scheint sie nicht besonders zu interessieren. Sie zeigt ihm ihre Hände. »Fünfzig Dirham«, erklärt sie. »Sanfte Hände. Gute Hände. Du relaxt.«

Im Schlafzimmer sucht Sam sein Geld. Er legt hundert Dirham auf die Anrichte. »Das ist für dich«, sagt er, »wenn du mir hilfst, die Kakerlaken loszuwerden, okay?«

Sie schaut ihn eindringlich an, sichtlich unzufrieden. Vielleicht ist sie in erster Linie Masseuse und verdient sich als Putzfrau nur etwas dazu.

»Woher kommst du?«, fragt er. Er hat etwas gutzumachen, ein kleines Gespräch wirkt da oft Wunder. Kurz und doch freundlich.

»Philippinen.« Sie lässt den Wassereimer volllaufen.

»Und wie lange lebst du schon hier?«

»Sechs Jahre.«

»Geht es dir gut?«

Sie nimmt den Eimer und stellt ihn auf den Boden. »Besser als Hause.«

Im Fahrstuhl nach unten bemerkt Sam die Überwachungskameras. Zwei für einen Lift, das ist übertrieben. Er fragt sich, ob auch in seinem Apartment Kameras installiert sind. Das wäre unmoralisch, ein Apartment ist kein öffentlicher Raum, in seinem Apartment sollte man sich unbeobachtet fühlen dürfen.

In der Eingangshalle erwartet ihn Rose. Wie immer wirkt sie gut gelaunt, begrüßt ihn mit fast übertriebener Begeisterung. Es ist die Art Fröhlichkeit, die Leute zu härterem Arbeiten antreiben soll.

Er folgt Rose mit dem Wagen zur Baustelle des Bunkers, ein wenig unsicher. Ein paarmal wird gehupt, aber sonst geht alles gut.

Auf der Baustelle spricht der Projektmanager einige Änderungen im Zusammenhang mit der gewünschten Erweiterung mit ihm durch, heute etwas weniger freundlich als gestern. Vielleicht gefiel es ihm nicht, dass Sam seine Schweizer Nationalität so sehr betonte.

Wie am Vortag beobachtet Sam leicht angewidert die Bauarbeiter beim Schichtwechsel – ein ganz anderer Schlag Mensch, das sieht man sofort: an den Bussen, die sie von der Baustelle wegbringen oder herankarren, an ihren Overalls und auch ihrem Blick. Ausdruckslos, leer.

Er schämt sich für seine Gedanken, aber er kann es nicht ändern. Zweifellos haben sie es hier besser als dort, wo sie herkommen.

Gegen Mittag ist seine Arbeit auf der Baustelle erledigt, er ist fertig für heute.

»Sollen wir lunchen?«, fragt Rose. »Gestern hat es nicht mehr geklappt, ich muss mich dafür entschuldigen.«

»Ich gehe in mein Apartment«, erwidert Sam. »Aber danke für das Angebot, ein andermal gern.«

»Wenn du ein Büro zum Arbeiten brauchst, können wir dir eins zur Verfügung stellen, wir haben Platz genug. Sonst alles nach Wunsch?«

Dies wäre der ideale Moment, das Kakerlakenproblem zur Sprache zu bringen, doch er findet es unangenehm und auf merkwürdige Weise sogar obszön. »Ich bleibe zu Hause, danke«, wiederholt er. »Alles nach Wunsch.«

»Es ist vielleicht seltsam, so was von einem Laien zu hören«, wechselt Rose schnell das Thema, »denn was verstehe ich schon von Architektur? Ich erfülle verschiedene praktische Aufgaben für die Dubai Engineering Authority, von

Haus aus bin ich Archäologin. Aber ich finde, es wird eine herrliche Bibliothek, auf merkwürdige Weise passt sie irgendwie gut hierher. Die Idee des Emirs, alle Bücher der Welt in Sicherheit zu bringen, ist so schön und nobel. Und ich finde es wundervoll, wie du diesem Ideal konstruktiv Gestalt gibst.«

Er nickt, er weiß nicht, ob er sich bedanken soll.

»Wo ist Dan Lankford eigentlich?«, fragt er plötzlich. »Ich habe ihn überhaupt nicht mehr gesehen.«

»Dan? Der arbeitet nicht mehr für uns.«

Damit ist das Gespräch offenbar beendet. Obwohl das vermutlich etwas sehr förmlich rüberkommt, schüttelt Sam Rose die Hand. Er geht zu seinem Auto.

Auf der Rückfahrt fühlt er sich weniger unsicher, niemand hupt. Er fährt zwar fast einen Fußgänger um, aber Fußgänger haben in Dubai auf der Straße auch nichts zu suchen.

Als er nach Hause kommt, ist die Putzfrau verschwunden, ohne eine Nachricht zu hinterlassen. Dafür hat jemand eine Visitenkarte unter der Tür durchgeschoben: »RELAXING MASSAGE«. Daneben die Abbildung eines asiatischen Frauenkopfs mit einer Telefonnummer darunter.

Offenbar wird in Dubai in großem Maßstab massiert. Er legt die Karte auf die Küchenanrichte.

Dort hat die Zahl der Kakerlaken ein wenig abgenommen, im Bad jedoch feiern sie noch immer Triumphe.

Sam setzt sich aufs Sofa, schreibt eine SMS an Nina, telefoniert mit seiner Mutter, spricht mit ihr über Aida und Dubai und überprüft online sein Bankkonto. Er bräuchte ein paar Flaschen Wasser, fällt ihm ein, er trinkt zu wenig.

Zuerst aber schreibt er eine lange E-Mail an Dave. Der größte Teil handelt von den Fortschritten des Projekts. Am Ende der Mail fügt er ein paar persönliche Bemerkungen hinzu, fast eine Pflichtübung, aber doch warmherzig genug, um interessiert zu wirken.

Dann schaut er auf seine Facebookseite. Ein Architekt aus Montreal möchte sich mit ihm befreunden. Er kennt den Mann nicht. Sam zögert kurz, beschließt aber dann, die Anfrage anzunehmen.

Er legt seine zwei Handys auf den Wohnzimmertisch, bestückt eines mit der neuen SIM-Karte und gibt den Code ein, um das Gesprächsguthaben zu aktivieren.

Nachdem er eine Weile so dagesessen hat, steht er auf. Er rasiert sich, am Morgen ist es nicht mehr dazu gekommen. Dann fährt er ins Erdgeschoss und fragt den Concierge: »Wo gibt es hier in der Nähe einen Supermarkt? Ich möchte Wasser kaufen.«

Der Mann erklärt ihm den Weg. Draußen ist es heiß, noch heißer als gestern. Das sandfarbene Jackett ist viel zu warm. Er hätte seine Sandalen anziehen sollen, keine geschlossenen Schuhe.

Im Supermarkt kauft er Wasser, Joghurt und Bananen.

Als er in seinem Apartment den Kühlschrank bestückt, entdeckt er im Tiefkühlfach eine Packung Erdbeereis vom vorigen Gast. Er wirft es sofort weg, er mag kein Erdbeereis.

Am Fenster stehend, führt er ein Telefongespräch mit Nina. Sie hat eine Stelle bei einer Kulturorganisation gefunden, einer gemeinnützigen Stiftung für afrikanische Kunst. Drei Tage pro Woche. »War das dein Berufsziel?«, fragt er. »Ich meine: Du hast Italienisch studiert.«

»Es erweitert meinen Horizont«, erklärt sie und erzählt noch etwas von afrikanischer Kunst, dann fragt sie: »Wollen wir zusammen ein Kind machen?«

»Okay«, antwortet er. »Wenn ich zurück bin, machen wir eins. Du bist lieb.« Er ist sich nicht sicher, ob er das tatsächlich möchte, aber das spielt keine Rolle. Wenn sie ein Kind will, soll sie eins haben. Es macht nicht viel Mühe, vor allem im Vergleich zur Planung einer Bibliothek mit zugehörigem Bunker. Er hat ohnehin vor, bei ihr zu bleiben. Fortpflanzung hat etwas Liebevolles und ist obendrein menschlich.

»Heute in der Stadt habe ich eine Schwangere gesehen, und da wusste ich: Ich bin so weit. Geht es dir auch so, kleiner Schneck?«

»Natürlich«, antwortet er. »Aber du hast gerade erst deine Stelle bekommen. Ist das kein ungünstiger Zeitpunkt?«

»Nicht jetzt, Dummchen«, sagt sie. »In ein paar Jahren, wenn du mehr verdienst. Aber inzwischen können wir uns schon mal an den Gedanken gewöhnen.«

Im Swimmingpool zieht Sam dreißig Bahnen. Die Frau von gestern liegt wieder da. Wie am Vortag steigen ihm Essensgerüche in die Nase. Hier hat der Architekt versagt, er hätte auch für Küchengerüche eine Lösung finden müssen, aber vielleicht haben die Nutzer die Entlüftung auf eigene Faust eingebaut oder ein Restaurant an einer Stelle eröffnet, die ursprünglich nicht dafür vorgesehen war. Ein bisschen müssen die Nutzer eines Gebäudes sich schon an den Entwurf halten. Freiheit – schön und gut, aber auch der Wille des Architekten muss ein wenig respektiert werden, sonst gibt es ein heilloses Durcheinander.

Nach dem Schwimmen duscht er ausgiebig. Ihm wird klar, dass das Wegwerfen des Erdbeereises keine gute Idee war. Er steckt die Packung inklusive einiger mittlerweile daran klebender Kakerlaken zurück ins Eisfach. Als er den Kühlschrank gerade zumachen will, klingelt sein Handy. Rose.

»Was ich vergessen hatte zu sagen: Jeden Donnerstag treffen wir uns mit ein paar Expats zum Pokern. Nächsten Donnerstag bin ich wieder dabei. Wenn du Lust hast, komm doch dazu. Es ist immer reihum bei einem zu Hause und der Höhepunkt der Woche.«

Obwohl er nicht besonders gern Karten spielt, antwortet er: »Tolle Idee! Einen kleinen Höhepunkt kann ich gut brauchen!«

»Wundervoll«, erklärt Rose. »Es kommen sonst nur Männer, dass du's nur weißt. Ich bin die einzige Frau, aber ich kann das Pokern nicht lassen.« Sie lacht.

»Ich habe nichts gegen Männer«, erwidert er. »Aber ein großer Pokercrack bin ich nicht. Du wirst mich leicht schlagen.«

»Macht nichts, das lernst du ganz schnell. Wir spielen ausschließlich *Texas Hold'em*. Ach, und bring was zu trinken mit. Jeder besorgt immer seine eigenen Getränke.«

»Was soll ich denn mitbringen?«, fragt er.

»Was du selbst gerne trinkst«, antwortet sie. »Toll, dass du kommst. Du bist eine echte Bereicherung!«

Sam zieht sich an und fährt zu einer anderen Shoppingmall. Nach zwanzig Minuten Schlendern vorbei an Geschäften betritt er ein libanesisches Restaurant und bestellt Kabab. Danach nimmt er einen Espresso. Er bestellt einen zweiten und noch einen dritten, er will die Rückkehr in sein Apartment so lange wie möglich hinauszögern.

Als er sich auf der Toilette die Hände wäscht, wirft er einen Blick in den Spiegel. Im grellen Licht fällt ihm auf, wie sehr seine Nase entstellt ist. Der Schmerz ist verschwunden, die Entstellung ist immer noch da.

Auf merkwürdige Weise scheint ihm in diesem Licht, mehr noch als im Spiegel zu Hause, als würde seine Nase das Gesicht überwuchern, wie eine Kletterpflanze einen Balkon. Seine Nase scheint der Welt etwas mitteilen zu wollen, doch was, ist Sam nicht recht klar.

Er verlangt die Rechnung und sucht im Parkhaus gehetzt seinen Toyota.

Zu Hause im MAG 214 hat wieder jemand eine Visitenkarte unter der Tür durchgeschoben. »THAI MASSAGE« steht diesmal drauf. Daneben eine Zeichnung, die von einem zwölfjährigen Kind stammen könnte. Er legt die Visitenkarte neben die andere in der Küche.

Er spritzt Toilettenreiniger über die Anrichte und um den Abfalleimer, in dem zwischendurch das Erdbeereis gelegen hat. Der Reiniger zwingt das Ungeziefer, eine andere, Sam genehmere Route zu nehmen.

Er setzt sich mit seinem Notebook aufs Sofa, hört ›In the Port of Amsterdam‹ von David Bowie und singt lauthals mit.

Auf Facebook hat ihm jemand eine Nachricht geschickt: Hamid Shakir Mahmoud. Er schreibt: »Hi, Samarendra, wie ist es in Dubai?«

Sam bleibt das Lied im Hals stecken. Er will die Facebookseite schon wegklicken, aber aus einem plötzlichen Impuls antwortet er: »Ich dachte, du wärest tot?«

Er klappt das Notebook zu, wählt Ninas Nummer, doch die geht nicht ran. Er telefoniert mit seiner Mutter, die ihm erzählt, dass Aida einen schlechten Tag hatte. Das Gespräch dauert lange, denn an Aidas schlechten Tagen gibt es immer viel zu erzählen. Unvermittelt wird die Verbindung unterbrochen, die Batterie seines Handys ist leer. Er bringt es in die Küche und lädt es am Stecker des Wasserkochers auf.

Es ist nicht mal halb zehn, viel zu früh, um schlafen zu gehen. Sam ist sich unschlüssig, was er tun soll. Er liest ein paar Seiten in *Ewig Dein*, wird unruhig, schluckt eine Tablette, nimmt die Visitenkarte, auf der THAI MASSAGE steht, und wählt auf dem Zweithandy die Nummer.

Kurz darauf hört er eine schrille Stimme: »Hallo?!« Er drückt sie sofort weg. Er schämt sich, es fühlt sich an wie Fremdgehen.

Er wird zurückgerufen, und in äußerst gebrochenem Englisch beginnt die Frau auf ihn einzureden. Seine Scham wird fast unerträglich. »Sorry, wrong number«, sagt er. »Entschuldigung.«

Sie insistiert, doch er legt auf.

Er muss sich auf seine Arbeit konzentrieren. Er setzt sich wieder ans Notebook und sucht seinen Diplomentwurf für das Kloster, in dem eine Gemeinschaft schweigender Mönche zusammenleben sollte. Bezeichnend, dass er damals ein Kloster als Diplomthema wählte, als verlaufe eine direkte Linie von dieser Entscheidung zum Zustand seiner Nase heute. Offenbar hat er schon damals geahnt, dass eine Zelle einmal sein natürlicher Lebensraum würde.

Mitten in der Nacht wird er wach, er steht auf und liest sich einige Mails von John Brady noch einmal durch.

»Lieber John«, schreibt er zurück,

»nach längerem Nachdenken komme ich zu der Überzeugung, dass ich im Risikoeinschätzen vermutlich doch nicht so gut bin. Die von mir gesammelten Informationen – wenn ›Informationen‹ überhaupt das richtige Wort ist – kommen mir völlig bedeutungslos vor. Ich habe Deine Instruktionen befolgt, aber vielleicht habe ich Dich falsch verstanden. Mittlerweile gehe ich eigentlich von Letzterem aus.

Je länger ich darüber nachdenke, desto mehr komme ich zu dem Schluss, dass ich doch nicht der Typ Mann bin, den ihr sucht.

Mit herzlichem Gruß,
Sam.«

Am Montagmorgen ist die Putzfrau nicht da, doch als er am Nachmittag ins Apartment zurückkommt, bezieht sie gerade das Bett.

Er grüßt sie freundlich.

»Massage?«, fragt sie. »Fünfzig Dirham.«

»Nein«, sagt er, »danke, dieses Gespräch haben wir schon mal geführt. Aber ich wäre dir dankbar, wenn wir zusammen etwas gegen das Ungeziefer unternehmen könnten.« Er holt hundert Dirham aus der Tasche. Sofort beschleicht ihn erneut das Gefühl, die hier herrschenden Konventionen mit Füßen zu treten, wo er sie sich so gern zu eigen machen möchte – ohne seiner Freundin untreu zu werden, versteht sich: So weit will er nicht gehen. Er ist noch nie jemandem untreu gewesen, das liegt nicht in seiner Natur.

Die Putzfrau nimmt den Hundertdirhamschein schweigend an. Er spürt ihre Missbilligung. Dann holt sie eine Spraydose mit Insektenvernichter hervor.

»Schön, dass du daran gedacht hast«, sagt er.

Am Nachmittag will Sam in einem Ferienresort in der Nähe von Schardscha-City ein paar Flaschen Alkohol kaufen. Rose, die er diskret um Rat gefragt hat, hat es ihm empfohlen. Zwar gebe es in Dubai auch Läden, wo Ausländer mit einer speziellen Genehmigung Alkohol kaufen könnten, aber der sei unbezahlbar.

Er will auf dem Pokerabend einen guten Eindruck machen, mit verschiedenen Sorten Alkohol und dieser Fröhlichkeit, wie sie sonst typisch für Rose ist. Unnahbare Fröhlichkeit.

Mit einiger Mühe findet er das Resort. Einen Alkoholladen gibt es hier allerdings nicht. Stattdessen wird in einer der Bars unter der Theke Alkohol auch zum Mitnehmen verkauft.

Der Barkeeper ist ein über und über tätowierter Brite. Sam kauft einen ordentlichen Vorrat, weil er gemerkt hat, dass Alkohol in Dubai viel mehr ist als einfach nur Alkohol: ein Gleitmittel im gesellschaftlichen Verkehr. Er kauft zwei Flaschen Whisky, obwohl er eigentlich gar keinen mag, drei Flaschen Weißwein und noch zwei Flaschen Roten, er kann schwer einschätzen, wie viel getrunken wird. Notfalls kann er immer noch ein paar Flaschen zu Hause lassen.

Die Rechnung ist haarsträubend hoch.

Der Pokerabend findet in der Villa eines Bankiers auf Jumeirah, der Palmeninsel, statt. Sam hat die zwei Flaschen Whisky ins Auto gepackt, doch zuletzt eine – gut in sein Jackett eingewickelt – im Kofferraum liegen lassen. Zwei wären übertrieben, man würde ihn für einen Angeber halten.

Sie sind zu neunt, inklusive Rose, die herausfordernd gekleidet ist, doch sonst genauso professionell auftritt wie immer.

Man pokert und trinkt im Garten unter einem großen Sonnenschirm, damit die Nachbarn nicht sehen, was sich auf dem Grundstück so alles abspielt.

Der Rasen wurde soeben erst angelegt. »Zieh die Schuhe aus«, hat der Bankier gesagt, »dann spürst du das Gras! Himmlisch!«

Natürlich hat Sam sofort Schuhe und Socken ausgezogen. Die meisten Männer tragen Flipflops.

»Herrlich«, hat er geantwortet. »Diese Frische!«

Man bestellt Pizza. Er isst ein Stück, nimmt kleine Schlucke von seinem Whisky und große von seinem Wasser.

Zu seinem Erstaunen gewinnt er ein paarmal. Das ist ihm so peinlich, dass er in den folgenden Runden besonders hohe Beträge setzt, obwohl seine Karten nichts taugen.

Die Männer hier haben schon überall auf der Welt gelebt. Manche kennen sich von früher. Der eine redet von Hongkong, der andere von Indien, wieder ein anderer erzählt, wie er nach einem Verkehrsunfall mit einem Mitglied der könig-

lichen Familie unter Lebensgefahr aus Saudi Arabien flie-
hen musste. Plötzlich hört Sam einen Mann mit Halbglatze
im hellblauen Poloshirt sagen: »Für das World Wide Design
Consortium arbeite ich jetzt auch schon mindestens fünf
Jahre.« Sam ist sich nicht sicher, ob er es richtig verstanden
hat, die Männer reden laut und am liebsten durcheinander.

Zu Beginn des Abends war Sam ziemlich schweigsam,
doch je mehr Whisky er trinkt, desto mehr kommt er in
Fahrt. »Ich war im Irak«, erzählt er. »Schöne Zustände da!«

Durch die Hinzufügung hofft er deutlich zu machen, dass
er dort nicht bloß ein Weilchen gewesen, sondern geradezu
ein Experte für das Land ist.

Ein paar Männer schauen ihn an, andere konzentrieren
sich auf ihre Karten. »Was hattest du da denn zu tun?«, will
ein Rechtsanwalt wissen, der lange in Hongkong gelebt hat.

»Ich bin Architekt«, antwortet Sam. »Ich war in Bagdad
für das World Wide Design Consortium.«

Sam schaut den Mann mit dem hellblauen Poloshirt an.
Keinerlei Reaktion.

»Und was hast du gebaut?«, fragt der Anwalt.

»Ölförderanlagen«, antwortet Sam. Er weiß nicht, warum
er lügt, aber die Lüge gefällt ihm. Der Mann fragt nicht weiter. Sam würde gern noch etwas über die von ihm gebauten
Förderanlagen erzählen, aber ihm fällt nichts ein.

Morgen ist Freitag, Feiertag hier im Land. Sie brauchen
nicht früh aufzustehen. Gegen eins verabschiedet Sam sich
als Erster. Er zieht seine Socken und Schuhe wieder an.

»Soll ich dir ein Taxi rufen?«, fragt der Gastgeber.

»Nein, danke«, antwortet Sam. »Ich habe viel Wasser getrunken.«

»Also bis Sonntag«, sagt Rose. »Brauchst du wirklich kein
Taxi?«

Er schüttelt den Kopf und gibt ihr die Hand. Sam ist zufrieden mit sich, er hat sich von seiner unterhaltsamen Seite gezeigt.

Nicht weit vom MAG 214 wird er von einer schwarzen Geländelimousine geschnitten. Sam kann nicht rechtzeitig bremsen und stößt mit dem Wagen zusammen.

Zwei Araber steigen aus. Sie schweigen. Schauen erst auf ihr Auto, dann auf seins, dann wieder auf ihres.

Sam stellt sich daneben und wartet, dass sie das Wort an ihn richten. Ein kleiner Zusammenstoß, leichter Blechschaden. Er könnte problemlos nach Hause fahren, obwohl sein Auto viel stärker beschädigt ist als ihres.

Andere Autos fahren vorbei. Es ist eine schwüle Nacht, wie alle Nächte am Golf, doch irgendwie kommt es Sam heute besonders schwül vor. Der Schweiß bricht ihm aus.

»Bist du Inder?«, fragt schließlich einer der Männer.

»Schweizer«, antwortet Sam. »Das hier übernimmt bestimmt die Versicherung?«

Der Mann nimmt sein Handy, würdigt Sam keines Blicks.

Sam hat nicht die geringste Ahnung, wie man solche Angelegenheiten in Dubai regelt. Am liebsten würde er nach Hause fahren, aber ihm ist klar, dass das die Sache nur verkomplizieren würde.

Binnen zehn Minuten ist die Verkehrspolizei da. Zwei Männer. Sie wollen Sams Ausweis und Führerschein sehen, umrunden ein paarmal die Wagen und sprechen ihm beruhigend zu. »Wir wollen Sie nicht lange aufhalten. Es ist niemand verletzt, da sind wir schnell fertig.«

Dann öffnet einer den Kofferraum des Toyotas und holt die Flasche Whisky hervor.

»Was ist das?«, fragt er.

»Das gehört mir«, sagt Sam. »Ein Geschenk.«

Der Polizist beugt sich weiter in den Kofferraum, um nachzusehen, ob noch mehr darin ist.

Dann baut er sich vor Sam auf und sagt: »Darf ich Ihre Alkoholgenehmigung sehen?«

Die Araber, mit denen Sam so unglücklich zusammengestoßen ist, fahren weg. Offenbar sind sie hier nicht mehr nötig.

»Ich bin nur vorübergehend in Dubai«, erklärt Sam. »Ich bin Architekt.«

»Sie riechen nach Alkohol«, erwidert der Polizist.

»Ich war zu Besuch bei Freunden.«

»Genehmigung«, sagt der Mann, der mehr zu sein scheint als bloß Verkehrspolizist, offenbar fallen auch Alkoholgenehmigungen unter seine Befugnis. Seine Stimme ist härter geworden, die Stimme eines Mannes, der zu befehlen gewohnt ist.

Sam tut, als suche er in seinen Taschen, doch schnell wird ihm klar, dass das wenig bringt. Er hört auf zu suchen und sagt: »Ich will ehrlich zu Ihnen sein: Ich habe keine Genehmigung. Ich bin Architekt und arbeite an einem Projekt in Ihrem Land: der Bibliothek. Der neuen, großen Bibliothek.«

Er ist ein Mann mit ehrbarem Beruf und aus ehrenwerten Gründen in Dubai.

Der Polizist sagt: »Es ist mir egal, woran Sie arbeiten. Dies ist ein islamisches Land. Alkohol ohne Erlaubnis mit sich zu führen ist ein Verbrechen und alkoholisiert Autofahren erst recht.«

Es klingt logisch, aber ist es das wirklich? In den Hotels hier kann man sich besinnungslos saufen, hat Sam mit eigenen Augen gesehen. Doch ihm ist klar, dass solche Diskussionen nichts bringen, er muss die Sache effektiver angehen. »Das mit der Genehmigung wusste ich nicht«, versucht er zu erklären. »Ich bin gerade erst angekommen. Und ich reise auch bald wieder ab. Ich bin aus der Schweiz.«

»Dies ist ein islamisches Land«, wiederholt der Polizist.

»Es gibt Gesetze, und die gibt es nicht umsonst.« Er hält die Whiskyflasche noch immer in der Hand, wie ein Beweisstück, wie ein Ankläger vor Gericht.

»Sie riechen nach Alkohol«, wiederholt er. Noch immer schwenkt er die Flasche wie eine Trophäe.

Sam sucht erneut in seinen Taschen, diesmal wirklich. Er hat noch gut achthundert Dirham. Kein Vermögen, aber doch ein ganz hübsches Sümmchen. »Ich entschuldige mich für diesen Gesetzesverstoß«, sagt er. »Ich schlage vor, Sie beschlagnahmen die Flasche und betrachten das hier als Spende für einen guten Zweck.«

Er streckt dem Beamten die achthundert Dirham hin.

Sie stehen an der Schnellstraße, die von Schardscha über Dubai nach Abu Dhabi führt. Dubai scheint aus nichts als dieser gigantischen Straße zu bestehen, neben einigen Oasen des Luxus: Hotels, Shoppingmalls, noch mehr Hotels, Luxusapartments. Sam versucht, sich zu erinnern, wer ihm erzählt hat, dass Roger Federer ein Haus in Dubai besitzt. Er weiß es nicht mehr. Die Häuser von Prominenten interessieren ihn nur in architektonischer Hinsicht.

»Sie haben uns eine Menge zu erklären«, sagt der Polizist in einem Ton, der sowohl ernst als auch ironisch sein könnte.

Die Flasche wird im Polizeiauto sichergestellt, und man fordert Sam auf, darin Platz zu nehmen. Er fragt noch: »Können wir das nicht hier an Ort und Stelle regeln?«, aber er bekommt keine Antwort.

Im Polizeiauto dreht er sich zu seinem Mietwagen um, der am Straßenrand steht. Wenn er früher ein Auto am Straßenrand sah, fragte er sich immer, was mit dem Fahrer geschehen war. Langsam bekommt er eine Ahnung.

Man bringt ihn in eine Art Warteraum und lässt ihn mindestens drei Stunden lang schmoren. Eine kopftuchtragende, aber sehr attraktive Polizistin bringt ihm eine Flasche Wasser. Durchsucht hat man ihn nicht, nur eine Kopie seines Ausweises und Führerscheins hat man gezogen. Sam fragt sich, wann sie mit dem Papierkram endlich fertig sein werden, er möchte nach Hause.

Sein Handy hat er noch. Obwohl er sich eigentlich keine Sorgen macht, ruft er mitten in der Nacht Nina an. Sie klingt beunruhigt. »Musst du eine hohe Geldstrafe zahlen?«, will sie wissen.

Er antwortet: »Das hier ist Dubai, ein ziemlich gut funktionierender Rechtsstaat. Wahrscheinlich wird die Buße saftig, aber heute Abend bin ich wieder in meinem Apartment.«

Dave wagt er nicht anzurufen. Seinen Fehltritt, sein Pech, eigentlich ist es doch vor allem ein Fehltritt, will er ihm nicht gestehen. Noch nicht.

Sicherheitshalber ruft er Rose an, vielleicht kann sie ihm helfen. »Ach, wie blöd«, sagt sie, genauso fröhlich wie immer, »wir hätten dich nicht so gehen lassen dürfen. Ich sitze jetzt im Taxi. Du hättest dir auch eins nehmen sollen.«

»Brauche ich einen Anwalt?«, fragt Sam.

Rose schweigt einen Moment. Dann antwortet sie: »Anwälte mögen sie hier nicht so besonders. Schon gar nicht in Fällen wie diesem. Oft macht ein Anwalt alles nur schlimmer. Ich würde die Buße einfach bezahlen. Hinterher kannst du sie bei uns ja als Spesen deklarieren. Kann ich sonst noch was für dich tun?«

»Nein«, antwortet er. »Nicht, dass ich wüsste. Ich hoffe, sie akzeptieren Kreditkarten.«

Früh am Morgen bringt ein Wächter ihn in einen Raum zu sechs anderen Männern. Einige sitzen, andere stehen. Zwei von ihnen tragen traditionelle arabische Kleidung, vier sind uniformiert.

Die Whiskyflasche steht auf dem Tisch. Seine Flasche.

Man drückt ihn auf einen Stuhl.

Einer der Uniformierten sagt: »Du fährst betrunken auf unseren Straßen, kaufst Alkohol ohne Genehmigung. Du versuchst, Polizisten zu bestechen.«

Der Mann stellt sich direkt vor Sam hin und atmet tief ein; dann murmelt er etwas auf Arabisch.

Sam sagt: »Ich muss mich entschuldigen …«, doch der Mann unterbricht ihn. »Was machst du hier?«, fragt er.

Meint er »hier in Dubai« oder »hier im Polizeipräsidium«? Einfachheitshalber geht Sam davon aus, dass die Frage sich auf seine Anwesenheit in Dubai bezieht.

»Ich bin Architekt«, erklärt er. »Ich arbeite auf Einladung an einem Projekt. Ich bin Schweizer. Ich baue die neue Bibliothek.«

»Was machst du hier?«, wiederholt der Mann seine Frage. Sein Englisch ist nicht perfekt, aber es klingt Sam angenehm in den Ohren. Melodiös.

Was er hier tut? Hat er doch gerade erklärt, aber vielleicht hat der Mann ihn nicht richtig verstanden. »Ich bin hier, um etwas zu bauen. Ich bin Architekt«, versucht er es noch einmal.

»Was baust du denn?«, fragt ein anderer Uniformierter.

185

Jetzt wendet Sam sich an ihn. »Ich habe eine Geheimhaltungserklärung unterschrieben. Ich bin mir nicht sicher, ob diese Umstände mich von der Erklärung entbinden. Vorläufig gehe ich davon aus, dass sie noch gilt. Aber es gibt auch einen nicht geheimen Teil, das ist die Bibliothek. Und die baue ich. Das Prestigeprojekt eures obersten Führers. Des Emirs.«

Er klingt frech. Eine gewisse Förmlichkeit kann als Frechheit aufgefasst werden. Obwohl er vollstes Vertrauen in den hiesigen Rechtsstaat besitzt, fürchtet er jetzt, da er den Rechtsstaat in Aktion sieht, dass man ihn schlagen wird, wenn er Informationen im falschen Ton von sich gibt.

»Für wen arbeitest du?«, fragt der erste Mann wieder.

»Für mich allein«, antwortet Sam. »Ich habe mein eigenes Architekturbüro, mit einem Kompagnon. Das Projekt in Dubai leiten wir in Zusammenarbeit mit Max Fehmer.«

Es ist naiv, er weiß, aber er hofft, dass der Name Max Fehmer sie beeindrucken wird.

»Was machst du in Dubai?«, fragt nun der Mann, der hier offenbar der ranghöchste ist. »Was tust du wirklich? Außer betrunken auf unseren Straßen herumfahren?«

»Ich bin wegen eines Projekts der Dubai Engineering Authority hier. Ich unterliege partieller Geheimhaltungspflicht. Der Emir will von allen Büchern der Welt ein Exemplar in Sicherheit bringen, wie Sie vielleicht wissen. Ein wundervolles Projekt. Jeder, der Bücher liebt, kann sich nur tief vor dem Emir verneigen.«

Weder die Dubai Engineering Authority noch die neue Bibliothek bringt bei den Männern offensichtlich etwas zum Klingeln. Und die tiefe Verneigung beeindruckt sie auch nicht. Sie schauen ihn an wie ein Rudel hungriger Wölfe.

»Was sagt dir der Name Mahmoud al-Mabhouh, Samarendra Ambani?«, fragt der erste Uniformierte.

»Wer?«, fragt Sam zurück. Er muss an Hamid Shakir Mahmoud denken. Offenbar kann Mahmoud sowohl Vor- als auch Nachname sein. Oder meinen sie Hamid Shakir Mahmoud? Führt Hamid Shakir Mahmoud mehrere Namen? Glauben sie, er hätte etwas mit dessen tragischem Ende zu tun?

Der Mann wiederholt seine Frage.

»Dieser Name sagt mir nichts«, erklärt Sam. »Nicht, dass ich wüsste jedenfalls. Tut mir leid.«

Erst beginnt der Leiter der Vernehmung zu lachen, dann stimmen auch die anderen Männer mit ein. Sam versteht nicht, was an seiner Aussage so lustig ist. Höflichkeitshalber lächelt er mit.

Als alle zu Ende gelacht haben, sagt der Wortführer: »Du willst uns also weismachen, dass du nicht weißt, wer Mahmoud al-Mabhouh ist?«

Eine Fangfrage. Sie wollen ihn aufs Glatteis führen, indem sie von Leuten anfangen, die er noch niemals gesehen hat. Darum antwortet er so ruhig wie möglich: »Ich kenne diesen Mahmoud nicht. Es tut mir sehr leid, dass ich die Alkoholbestimmungen Ihres Landes verletzt habe. Innerhalb vernünftiger Grenzen will ich mich einer Geldbuße gern unterwerfen.«

Wieder beginnen die Männer zu lachen. Einer der Uniformierten steht auf und führt Sam aus dem Zimmer. Auf dem Flur hört er die anderen immer noch lachen.

Über eine Treppe steigen sie in eine Art Keller hinunter.

Schlecht instandgehalten ist eine zu freundliche Beschreibung für diese Treppe. »Nie ganz zu Ende gebaut« träfe wohl eher zu. Sie macht einen trostlosen Eindruck, wie alles, was nie ganz zu Ende gebaut wurde.

Sam leistet keinerlei Widerstand. Ein paarmal fragt er höflich: »Müssen wir hier nach links oder nach rechts?«, denn sie gehen durch scheinbar endlose unterirdische Gänge des Polizeipräsidiums von Dubai.

Sam hofft, durch ein gewisses Maß an Unterwürfigkeit unnötige Schläge zu vermeiden.

Zu guter Letzt halten sie an. Wie aus dem Nichts tauchen zwei andere Uniformierte auf und durchsuchen ihn. Sie nehmen ihm alle Habseligkeiten ab inklusive der Schuhe.

»Bekomme ich eine Empfangsbestätigung?«, fragt Sam.

Hartnäckig klammert er sich an den Gedanken, dass das Missverständnis sich früher oder später aufklären wird, sie einsehen werden, dass er nichts anderes getan hat, als Alkohol ohne Genehmigung zu kaufen und mit ein paar Gläsern Whisky intus Auto zu fahren. Dumm natürlich, unprofessionell, aber mit Geld müsste die Sache zu regeln sein. Plötzlich jedoch ist da die Angst. Das war sie wohl schon früher, wird ihm jetzt klar, doch er hat die Angst unter Kontrolle.

Sie werfen ihn in einen Raum ohne Licht. Erst als er sich ans Dunkel gewöhnt hat – ein wenig Licht kommt unter der Tür durch –, kann er in einer Ecke eine Matratze erkennen und in der anderen einen Eimer.

Als er sich auf die Matratze setzt, bemerkt er die kleinen Kakerlaken.

Er weiß nicht, wie spät es ist, als zwei Wächter ihn holen kommen. Er hat geschlafen, in den Eimer gepinkelt, zu Essen bekommen, Pitabrot mit Oliven und etwas, das entfernt an Hummus erinnert.

Sie bringen ihn zu einem Mann, der mit Schere und Haarschneider hantiert.

Der Mann leidet an Fettsucht, ist ansonsten aber nicht unfreundlich. Ein paarmal klopft er Sam auf die Schulter, wühlt ihm durchs Haar, sagt »schön!, schön!« und legt ihm dann einen Umhang um. Sam protestiert. Selbst im Irak haben sie seine Haare in Ruhe gelassen. Er will nicht kahl geschoren werden. Doch der Frisör bedeutet ihm, dass alle Gefangenen eine Glatze bekommen. Standardbehandlung.

»Ich bin kein Gefangener«, widerspricht Sam. »Ich habe versehentlich die Alkoholgesetze Ihres Landes übertreten. Das war dumm von mir.«

Der Frisör beginnt zu singen, und singend schert er Sam kahl.

Sams Blick folgt den Haaren, die vor ihm zu Boden rieseln. Vielleicht tut das dem Haar sogar gut, und es wächst kräftiger nach.

Dann wird er in ein Vernehmungszimmer geführt. Auch das befindet sich unter der Erde. Viel hier im Land spielt sich unterirdisch ab. Er muss an seinen Bunker denken.

Bevor er das Vernehmungszimmer betritt, bittet er, noch schnell austreten zu dürfen.

Die Männer begleiten ihn zur Toilette, die sich als nicht mehr als ein Loch im Boden entpuppt, aber für solch eine primitive Einrichtung recht sauber ist. Seine Begleiter warten vor der Tür, während er seine Notdurft verrichtet. Er schämt sich, dass sie all die Geräusche hören, die mit einem Toilettengang fast unvermeidlich einhergehen.

Im Vernehmungszimmer befinden sich dieselben Männer wie in der Nacht oder am Morgen zuvor. Obwohl er langsam das Zeitgefühl verliert, vermutet er, dass es inzwischen einen Tag später sein muss.

Man bietet ihm Tee an, er nickt und beginnt, noch ehe jemand etwas hat sagen können, zu reden. Wieder entschuldigt er sich für den Alkohol und betont, dass er vollkommen bereit ist, jede angemessene Strafe für seinen Gesetzesverstoß zu akzeptieren.

Der Mann, der schon gestern die Fragen stellte, schüttelt den Kopf. »Reden wir vom 19. Januar. Was hast du am 19. Januar dieses Jahres gemacht?«

Sam lächelt. 19. Januar – was hat das hiermit zu tun? Er überlegt. Dann sagt er: »Da war ich in Dubai, um meinen Projektentwurf zu präsentieren. Für die neue Bibliothek.«

»Wo hast du gewohnt?«, fragt der Mann weiter.

Wieder überlegt Sam. »Im Bustan Rostana«, antwortet er.

»Das Al Bustan Rotana«, verbessert der Mann. »Was hattest du da zu suchen? Was hast du am 19. Januar im Al Bustan Rotana gemacht?«

»Ich habe den Entwurf für die Bibliothek präsentiert.«

Der Leiter des Verhörs lacht, und wie auf Kommando lachen auch die anderen Männer. Weniger lang und schallend als am Morgen, als sei ihnen das Lachen mittlerweile ein wenig vergangen.

»Unsinn«, sagt der Verhörleiter, als alle zu Ende gelacht haben. »Du warst im Al Bustan Rotana wegen Mahmoud al-

Mabhouh. Wenn du kooperierst, kann dein Leben geschont werden.«

Nach dieser Mitteilung nickt er zufrieden. Er scheint erleichtert, dass das große Wort heraus ist: Das Leben Samarendra Ambanis kann geschont werden.

»Wir wissen alles«, sagt der Uniformierte, während er mit der Rechten auf die Armlehne seines Stuhls tippt. Dieses Wissen macht ihm sichtlich Vergnügen.

Sam räuspert sich. »Ich habe den Eindruck, dass Sie mich für jemand anderen halten, für jemanden, der ich nicht bin und auch niemals war. Ich schlage vor, dass Sie die Dubai Engineering Authority anrufen und sich mit dem renommierten Architekturbüro Fehmer & Geverelli in Zürich in Verbindung setzen. Versuchen Sie, Max Fehmer zu sprechen, der kann alles erklären. Fehmer, der weltberühmte Architekt, der ganz allein eine Revolution in der Architektur ausgelöst hat.«

Sams Gegenüber zückt ein großes Schwarz-Weiß-Foto und wirft es vor ihm auf den Tisch.

Das Foto zeigt Sam im Gespräch mit John Brady im Strozzi's Seefeld in Zürich, es scheint eine Ewigkeit her. Das Foto ist ziemlich scharf.

Der Gedanke an den Mittag in dem Restaurant erfüllt ihn mit Wehmut. Vielleicht ist es auch der Gedanke an Zürich, der ihn wehmütig stimmt, als sei sein Leben dort nur ein leichtsinniger Anlauf zu seiner jetzigen Lage, zu diesen Verhören gewesen, dieser Demütigung.

»Wo haben Sie das her?«

Der Verhörleiter lacht, und wieder lachen die anderen Männer. Langsam hat Sam das Gefühl, auf einer Bühne zu stehen, wie der dumme August im Zirkus.

Als es wieder still ist, nimmt Sam einen Schluck Tee. Er will zeigen, dass weder ihr Lachen noch ihre Beschuldigungen ihn besonders beeindrucken.

Der Verhörleiter tippt mit dem Finger auf das Foto, genau auf die Stelle, wo John Bradys Kopf sich befindet. »Dieser Mann«, sagt er, »arbeitet für einen Geheimdienst. Woher kennst du ihn? In was für einem Verhältnis steht ihr zueinander?«

»In gar keinem«, antwortet Sam. »Er hat mir gesagt, dass er sich mit Risiken beschäftigt, Risk Management oder so ähnlich, ich weiß es nicht mehr genau. Wir haben *ein* Mal zusammen gegessen. Das ist alles.«

Er zögert einen Moment, und ihm ist klar, dass das, was er jetzt sagen will, keinen Sinn hat, aber er sagt es trotzdem: »Noch einmal: Ich bin Architekt und Schweizer Staatsbürger. Mehr nicht. Rufen Sie Rose von der Dubai Engineering Authority an oder jemand anderen von der Behörde. Fragen Sie nach Rose.« Ihm fällt ein, dass er nicht einmal ihren Nachnamen weiß. Rose, mehr als den Vornamen hat er nicht.

Der Uniformierte stellt eine Dose Tabletten auf den Tisch: Sams Medizin gegen die Konzentrationsschwäche, die er immer dabeihat. »Habt ihr Mahmoud al-Mabhouh diese Tabletten gegeben?«

Sam nimmt die Dose, schaut sie sich an und stellt sie zurück auf den Tisch. »Das sind die Tabletten, die mir mein Hausarzt verschrieben hat. Die gebe ich niemandem.«

»Diese Tabletten sind hier verboten.«

»Das wusste ich nicht.«

»Hast du's wegen dem Geld gemacht?«

»Hab ich was wegen Geld gemacht?«

Es kommt keinerlei Reaktion, darum sagt er: »Ich bin hier auf Einladung des Emirs. Ich baue eine Bibliothek für ihn. Es wird ihn bestimmt ärgern, wenn er erfährt, wie ich hier behandelt werde. Vielleicht haben Sie mich eben nicht richtig verstanden: Ich bin hier im Auftrag des Emirs, Ihres obersten Führers. Er will die Bücher der Welt retten, und ich bin ihm dabei behilflich.«

Die Männer flüstern untereinander.

Er wird in seine Zelle gebracht, wo er nach einiger Zeit ein stummes Gespräch mit Fehmer beginnt. »Fehmer«, flüstert er, »du sagtest, der vielversprechende junge Architekt soll gegen den Strom schwimmen, und jetzt sieh, wo mich das hingebracht hat.«

Sam fragt sich, ob Fehmer hier wohl gelandet wäre, hätte er den Auftrag selbst übernommen. Als Fehmers Tochter in Kambodscha drogensüchtig wurde, reiste er nicht dorthin, sondern schickte Geld für ihren Entzug. Fehmer kennt seine Prioritäten.

Einen Tag lang werden die Verhöre unterbrochen. Dann gehen sie weiter. Der Verhörleiter sagt: »Wir haben mit dem Emir gesprochen. Er kennt dich nicht. Er kann die Bücher auch gut ohne dich retten. Fehmer kennt er, im Zusammenhang mit der Bibliothek, aber er bevorzugt die Bauten von Hahnemann.«

Sam schüttelt den Kopf. »*Ich* habe die Bibliothek für den Emir entworfen. Nicht Fehmer, ich und mein Kompagnon David Luscombe. Für den Emir. Um ihm bei seiner Bücherarche zu helfen.«

Die Männer lachen ihn aus.

Die Verhöre werden in unregelmäßigen Abständen fortgesetzt. Von dem Alkoholverstoß wird nicht mehr gesprochen, von Mahmoud al-Mabhouh aber dafür umso mehr. Wie Sam erfährt, war Al-Mabhouh Waffenhändler, 1960 in Gaza geboren. Er habe eigenhändig mehrere Morde begangen, der Hamas iranische Waffen besorgt und sei ständig zwischen China, dem Sudan, Syrien, den Emiraten und dem Iran hin und her gependelt.

Immer wieder beteuert Sam, dass er von all dem zum ersten Mal höre, er sich noch nie mit Waffen eingelassen habe und schon gar nicht mit Politik, nie in China, dem Sudan, Syrien oder dem Iran gewesen sei und in Dubai aus keinem anderen Grund als wegen des schon genannten Regierungsprojekts.

»Fragen Sie die Dubai Engineering Authority«, wiederholt er ständig. Aber die Männer behaupten, das hätten sie längst schon getan.

Zweimal lassen sie den Namen »World Wide Design Consortium« fallen. Sam tut, als habe er den Namen noch nie gehört. Jede Wahrheit, so viel ist ihm klar, kann falsch interpretiert werden. Es gibt Leute, die sich immer die für dich ungünstigste Interpretation aussuchen, und solchen Leuten gegenüber muss man lügen.

Mit der Außenwelt darf er nicht kommunizieren, doch wenigstens wird er nicht geschlagen. Zu Essen bekommt er immer das Gleiche: Pitabrot, Hummus, Oliven, manchmal ein bisschen Fleisch, doch immerhin bekommt er etwas und hat keine – oder nur geringe – Durchfallprobleme.

Je länger die Vernehmungen dauern, desto mehr sind die Männer davon überzeugt, dass er seine wahre Identität verbirgt, jedenfalls hat Sam diesen Eindruck.

»Warum bist du ein Freund der Juden?«, wollen die Verhörenden wissen.

»Ich bin kein Freund der Juden«, widerspricht Sam. »Ich bin neutral.«

»Bist du ein Freund der Amerikaner?«

»Nein, ich bin neutral, wie ich schon sagte.«

»Sind alle Inder Juden-Speichellecker wie du?«

»Ich bin Schweizer, kein Inder.«

So geht es oft stundenlang. Sie denken, dass er für eine feindliche Macht arbeitet, doch er weist hartnäckig alle Beschuldigungen zurück. Höflich, aber bestimmt.

Ungefähr eine Woche, nachdem man ihn in die unterirdische Zelle geworfen hat, bekommt er Besuch von einer Mitarbeiterin der Schweizer Botschaft, die ihn mit den Worten begrüßt: »Da sind Sie ja endlich! Ich hab Sie schon so lange gesucht!« Sie seufzt tief.

Als seine Mutter, Nina und Dave nichts mehr von ihm hörten, haben sie die Schweizer Botschaft verständigt. Die Mühlen der Diplomatie mahlen aber bekanntlich langsam.

Weil die Frau von der Botschaft sich solche Mühe gegeben hat, will er ihr Respekt und Dankbarkeit zeigen. Zweimal sagt er: »Bin ich froh, dass Sie mich gefunden haben!« Seine Worte scheinen zu wirken: Ihr Geseufze hört auf, und sie lächelt.

Die Frau von der Botschaft ist groß und recht attraktiv. Er reibt sich über den Kopf, der sich anders anfühlt als früher, als noch Haare darauf waren. Er schämt sich für seine Kahlheit.

»Ich habe Ihnen etwas zu lesen mitgebracht«, sagt sie.

Aus ihrer Tasche holt sie einen Stapel deutscher und Schweizer Magazine und Zeitungen. Wie es aussieht, weiß sie nicht recht, wo sie die hinlegen soll, und zuletzt legt sie den Stapel kurzerhand auf den Boden. »Sie sind ein paar Monate alt«, sagt sie entschuldigend. »Neuere darf ich Ihnen leider nicht bringen. Da sind sie sehr streng hier.«

»Entschuldigung, eine dumme Frage vielleicht …«, beginnt Sam, »aber wissen Sie, warum ich hier festgehalten werde?«

»Wir sind gerade dabei, Ihnen einen Rechtsbeistand zu suchen«, erklärt die Botschaftsmitarbeiterin, »es hat uns schon ziemlich viel Mühe gekostet, Sie überhaupt hier zu finden. Soll ich Ihrer Familie mitteilen, dass Sie so weit wohlauf sind?«

Vielleicht hat sie eben wirklich gelächelt, doch es sieht tatsächlich so aus, als wollte sie schon wieder gehen.

»Gern«, antwortet Sam. »Und Sie wissen also nicht, warum ich hier festgehalten werde?«

»Selbst wenn ich es wüsste«, sagt die Frau, »dürfte ich es Ihnen nicht sagen. Wir Diplomaten dürfen dem Gastland nicht zu sehr auf die Füße treten, und mir wurde mitgeteilt, dass Ihr Fall ziemlich kompliziert ist. Aber seien Sie versichert, Herr Ambani, auf unsere Weise tun wir alles dafür, Sie so schnell wie möglich hier herauszubekommen. Wir setzen alle Schalter und Hebel in Bewegung. Kann ich Ihrer Familie sonst noch irgendwas mitteilen?«

»Außer, dass ich gesund bin?«, fragt Sam. »Nein, vielen Dank. Aber – was an meinem ›Fall‹ ist denn so kompliziert? Dürfen Sie mir das sagen? Ich meine: Man hat mich festgenommen, weil ich die Alkoholgesetze dieses Landes übertreten habe.«

»Ihr Fall hat komplizierte Aspekte«, erklärt die Dame. »Aber seien Sie versichert, dass Ihr Fall die vollste Aufmerksamkeit unserer Regierung besitzt. Und sehen Sie auch mal die positiven Seiten: Sie haben den Raum für sich allein, das ist schon eine Vorzugsbehandlung. Die meisten Gefangenen werden mit zig anderen in kleine Zellen gesteckt, und Sie können sich hier ganz alleine ausbreiten.«

Sie erinnert Sam an einen Immobilienmakler, der ein Apartment anpreist. Sie holt eine Visitenkarte hervor und überreicht sie ihm. Dann wirft sie einen Blick auf Matratze und Eimer und sagt: »Wie ich sehe, haben Sie vorläufig alles

Notwendige. Ich versuche, so schnell wie möglich wieder-
zukommen.«

Sie verlässt die Zelle, offenbar mit einer gewissen Erleichterung.

Die Wächter schließen die Tür.

Als er sich wieder an das spärliche Licht gewöhnt hat, kann
er endlich lesen, was auf der Visitenkarte steht: »URSINA
GEISENDORF«.

Ursina Geisendorf ist seine Hoffnung.

Er spricht den Namen ein paarmal laut vor sich hin.

Tagelang haben seine Befrager mit ihm über Mahmoud al-Mabhouh und das Al Bustan Rotana Hotel gesprochen. Wieder und wieder haben sie gefragt, warum er zwei Handys dabeihatte, und waren nicht von der Idee abzubringen, dass das zweite zur Kommunikation mit einer ausländischen Macht dienen sollte. Offenbar waren sie sogar in seinem Apartment gewesen, denn selbst die Visitenkarten der Masseusen, die auf der Küchenanrichte gelegen hatten, waren in ihrem Besitz. Sie hingen der irrwitzigen Vorstellung an, die Nummer auf einer der Karten müsse die der Kontaktperson der ausländischen Macht sein.

Sam antwortet immer dasselbe: »Jetzt bringen Sie mich aber zum Lachen, meine Herren. Sie haben eine blühende Fantasie.«

Doch was Sam zum Lachen bringt, nehmen die Herren äußerst ernst.

»Warum bist du in ihre Dienste getreten?«, wollen sie wissen. »War es das Geld? Oder etwas anderes? Eine Frau?«

»Ich arbeite für mich«, antwortet Sam. »Geld und Frauen interessieren mich nicht. Ich liebe meine Freundin Nina, ich brauche niemanden sonst.«

Alle Fragen kommen in verschiedenen Varianten zurück: »Was für einen Auftrag hast du für John Brady erledigt? Wann hast du Mahmoud al-Mabhouh zum letzten Mal gesehen? Hattest du noch mit anderen Leuten Kontakt wegen ihm?«

»Ich habe diesen Mann nie gesehen«, antwortet Sam mit der Selbstsicherheit desjenigen, der absolut davon überzeugt ist, dass alles auf einem Missverständnis beruht.

Zwischendurch vertreibt er sich die Zeit mit dem Lesen alter Magazine und Zeitungen. Seine Konzentrationsprobleme sind wie weggeblasen. Mühelos kann er die Zeitungen lesen, manchmal stundenlang hintereinander. Aber je öfter er dieselben Artikel liest, desto rätselhafter wird ihm die Bedeutung der einzelnen Sätze.

Nicht verschwunden dagegen ist die fixe Idee, dass seine Nase nicht zu ihm gehört. Unzählige Male tippt er mit dem Finger dagegen, als sei sie ein Rieseninsekt, das er aus seinem Gesicht verjagen will.

Heute wollen die Männer mit ihm über Architektur reden. Dieser Themenwechsel erleichtert ihn sehr. Auf wie viele verschiedene Weisen soll er ihnen noch erklären, dass er Mahmoud al-Mabhouh nie gesehen hat?

Der Verhörleiter fragt: »Du bist also Architekt?«

Sam nickt. »Das habe ich schon mehrmals gesagt«, erklärt er. »Darum bin ich in Dubai. Ich habe etwas für den Emir entworfen. Eine Bibliothek.«

»Was entwirfst du denn, ein Architekt wofür bist du?«, fragen sie.

Seltsame Frage. Was könnten sie meinen?

»Ich bin ein Schüler Max Fehmers. Ich will Fehmers Werk weiterentwickeln. Er hat kein Vertrauen zu den Menschen, er meint, dass sie gelenkt werden müssen. Ich aber glaube, ein Architekt muss die Nutzer zwar lenken, ihnen zugleich aber auch vertrauen, ihnen Freiheit gewähren.«

Die Männer öffnen ein Notebook und zeigen ihm eine DVD: den Vortrag eines Offiziers der israelischen Armee bei der Konferenz über die Zukunft der Architektur, die Sam vor einer Weile besucht hat.

Der Offizier sagt: »Dieser Raum ist eine Interpretation – *Ihre* Interpretation. Natürlich können Sie nicht alles hineininterpretieren, was Sie gerade so wollen: Es gibt Naturgesetze, es gibt Häuser, Gassen und Mauern. Aber die Frage ist doch: Wie interpretiert man eine Gasse? Ist sie ein Ort, ein Durchgang, den man jederzeit frei benutzen kann, wie offenbar jeder Stadtplaner denkt? Oder ist sie vielmehr ein Ort, den man gerade nicht einfach durchqueren kann? Ist sie verbotenes Gebiet? Weil an ihrem Ende jemand mit der Waffe in der Hand auf einen lauert, sich hinter jeder Tür eine Sprengfalle befindet. Der Feind interpretiert den Raum auf klassische Weise. Aber diese Interpretation übernehme ich nicht – um nicht in seine Falle zu tappen: Ich will ihn überraschen, das ist das Wesen des Krieges. Ich will überraschen, gewinnen, und dazu muss ich aus dem Nichts auftauchen. – Und das haben wir versucht: Darum haben wir bei der Aktion damals Häuserwände durchgebrochen. Wie Würmer haben wir uns durch die Wände gefressen, sind aufgetaucht und wieder verschwunden und haben den Feind, der uns auf der Straße erwartete, überrascht.«

Die DVD wird gestoppt.

Sie starren ihn an. Offenbar soll er etwas dazu sagen.

»Ja«, meint Sam, »ich war auch auf dieser Konferenz. Ihr Thema war die Zukunft der Architektur. Fehmer sprach vom Raum als Fastfood, den wir konsumieren wie Fritten oder einen Big Mac. Fehmers Rede war umwerfend, inspirierend. Es waren aber auch ein paar Militärtheoretiker dabei, weil Militärs auf ihre Weise viel mit Architektur zu tun haben. Der Feind kann sich in einem Gebäude verschanzen. Wie bekommt man ihn da wieder raus? Der Architekt versucht zu bestimmen, wie sich ein Nutzer durch ein Gebäude bewegt. Doch wer architektonischen Vorgaben einfach nur folgt, wird für den Feind vorhersehbar. Eine Tür ist etwas, das Leute benutzen, um einen Raum zu betreten. Wer originell sein will, kommt vielleicht mal durchs Fenster, aber für eine richtige Überraschung muss man durch die Wand oder durchs Dach kommen. Wer wirklich unerwartet auftauchen will, darf nicht die Türen oder Fenster benutzen. Für uns Architekten war dieser Konferenzbeitrag sehr interessant, weil der Offizier uns daran erinnerte, dass die Interpretation eines Gebäudes nie eindeutig ist, jedenfalls weniger eindeutig, als wir gerne denken. Fehmer meinte, dass für die Architekten der Zukunft alle Grenzen relativ sind.«

Während er das sagt, spürt Sam Fieber in sich aufsteigen, als hätte er Grippe. Er möchte Fehmers Worte so zusammenhängend wie möglich wiedergeben, Fehmers Beitrag zur Konferenz adäquat zusammenfassen, doch es gelingt ihm nicht.

»Das tust du also«, sagt der Verhörleiter. »Das ist dein Beruf, so hilfst du dem Feind?«

Sam zögert. Er befeuchtet Zunge und Lippen. »Ich denke nicht in solchen Kategorien«, sagt er: »›Freund‹, ›Feind‹. Ich denke in Kategorien von Auftraggebern und Nutzern. Es ist immer interessant, die Meinung verschiedener Nutzer zu hören. Auch wer ein Gebäude zerstören will, *nutzt* es in gewissem Sinn.«

Ursina Geisendorf erscheint in einem Business-Kostüm und auf hohen Absätzen, die in seiner Zelle fast obszön wirken. Diesmal hat sie nicht nur deutschsprachige Magazine und Zeitschriften dabei, sondern auch ein Exemplar von *Le Monde diplomatique* und einen Brief Fehmers. Sie legt die Zeitungen und Zeitschriften samt dem Brief Fehmers auf Sams Matratze, als könnte die durchaus auch als Lesetisch dienen.

»Ich habe gute Nachrichten für Sie!«, sagt die Botschaftsmitarbeiterin. »Morgen darf Ihre Familie Sie besuchen. Da werden Sie sich bestimmt freuen?«

»Natürlich«, antwortet Sam.

Er will seine Gefühle nicht zeigen. Er unterdrückt den Impuls, ihr ausführlich zu danken, ebenso wie das Bedürfnis zu heulen, er behält sich im Griff.

»Wissen Sie inzwischen etwas mehr über meinen Fall?«, fragt er die Frau von der Botschaft.

»Wir haben einen hervorragenden Anwalt für Sie gefunden und die Behörden darauf hingewiesen, dass Sie formal noch immer nicht angeklagt sind. Aber, Sie wissen ja, Herr Ambani: Wir sind hier nicht in Westeuropa, unsere Mittel sind beschränkt.«

»Ich will nicht unhöflich sein, Frau Geisendorf«, erwidert Sam, »aber eigentlich habe ich doch gar nichts verbrochen, nur gegen die Alkoholgesetze verstoßen. Ich soll für etwas bestraft werden, das ich nicht getan habe, und von dem ursprünglichen Verstoß redet niemand.«

Frau Geisendorf seufzt. Sie schaut wehmütig drein. »Konzentrieren wir uns aufs Positive«, erklärt sie. »Morgen kommt Ihre Familie. Und Ihre Freundin. Kann ich sonst noch irgendwas für Sie tun?«

»Toilettenpapier«, antwortet Sam, »ich bekomme nicht genug Toilettenpapier. Eine etwas banale Bitte vielleicht, aber Toilettenpapier gehört doch zu den Essentials.«

»Toilettenpapier«, wiederholt die Botschaftsmitarbeiterin und verabschiedet sich eilig von ihm.

Als sie gegangen ist, öffnet er den Brief.

»Sam«, schreibt Fehmer per Hand,

»Was für eine schreckliche Verkettung von Umständen! Hoffe, dass Du schnell wieder freikommst. Habe Deinem Büro in Zürich einen Scheck zukommen lassen, um mich an den Prozesskosten zu beteiligen; auch dreimal versucht, den Emir anzurufen, bekomme ihn aber einfach nicht dran. Hatte vor, nach Dubai zu kommen, muss aber dringend nach Sydney wegen eines wichtigen Auftrags. Ich denke an Dich. Alles wird gut. Bis bald,

mit wärmsten Grüßen,

Max Fehmer.«

Sam setzt sich auf die Matratze und nimmt Notizblock und Bleistift, die er zu seinem Erstaunen auf sein Bitten hin von den Wächtern bekommen hat.

Er arbeitet wieder an einem Entwurf: einer Weiterentwicklung des Operngebäudes für Bagdad. Er ist dabei, es radikal umzugestalten.

»Fehmer«, flüstert er, »du gehst zu weit. Du warst ein Prophet, am Anfang, aber deine Ideen über Architektur haben sich in Wahnsinn verkehrt. Wir können den Nutzern unserer Gebäude unsere Interpretation des Raums nicht aufzwingen. Die Interpretation liegt bei ihnen, wir stehen ihr machtlos gegenüber. Wir können nur hoffen, dass sie die von uns entworfene Tür auch wirklich als solche benutzen.«

Am Tag nach Frau Geisendorfs Besuch – jedenfalls vermutet er das, ganz sicher ist er sich nicht, so wie er manchmal auch nicht mehr weiß, ob er bestimmte Verhöre wirklich erlebt oder geträumt hat, denn in seinen Träumen setzen die Befragungen sich fort – wird er sorgfältig geduscht. Man zwingt ihn, sich mit einem ziemlich stumpfen Wegwerfrasierer die Bartstoppeln abzukratzen. Dann führt man ihn in einen Raum, wo ihn an einem Holztisch seine Mutter erwartet.

Es gibt vier Bewacher.

Er darf sich seiner Mutter gegenüber hinsetzen. Sie schaut zu Boden, sie trägt eine weiße Bluse. Sam muss an ihre goldene Regel denken: »Holt man eine Bluse sofort nach dem Waschen aus der Maschine und hängt sie noch feucht auf, braucht man sie nicht mehr zu bügeln. Aber viele sind einfach zu faul und lassen die Wäsche stundenlang in der Trommel.«

Seine Mutter weint. Als sie Sam die Hand auf den Arm legt, tritt sofort ein Wächter hinzu und ruft: »Loslassen!«

Am liebsten würde Sam ebenfalls weinen, doch es gelingt ihm nicht. Das heißt: Das Gefühl ist schon da, aber er kann es nicht ausdrücken, nicht einmal mithilfe von Tränen.

Als seine Mutter ihre Augen getrocknet hat, sagt sie: »Wie du aussiehst! Was haben sie mit dir gemacht? Deine schönen Haare!«

Sam erschrickt. Er hielt sein Aussehen für immer noch ganz passabel, vor allem in Anbetracht der Umstände.

»Die wachsen schon wieder«, versucht er sie zu beruhigen. »Es geht mir gut, Mama. Wie geht's euch? Wo ist Aida?«

»Zu Hause, es ist jemand bei ihr.«

Wieder beginnt seine Mutter zu heulen. »Warum tust du uns das an?«, fragt sie. »Warum hast du das nur gemacht?«

»Aber ich hab doch gar nichts gemacht«, erwidert er. »Vielleicht war ich naiv und unvorsichtig, aber ich hab nichts verbrochen. Die Wahrheit wird schon ans Licht kommen. Die Wahrheit wird siegen.«

Seine Mutter nickt.

Einer der Wächter sagt: »Ihre Zeit ist um«, und die Männer führen Sams Mutter aus dem Besuchszimmer.

»Wann sehe ich dich wieder?«, ruft Sam ihr noch hinterher. Er bekommt keine Antwort.

Er vermutet, dass er jetzt in seine Zelle zurückmuss, doch stattdessen führt man Nina herein.

Auch sie hat geweint, man sieht es. Doch ihm gegenüber reißt sie sich zusammen.

Sie beginnt mit einer Liebeserklärung. »Ich habe dich geliebt«, sagt sie. »Ich liebe dich noch immer. Ich werde dich immer lieben. Wenn dir was zustößt, will ich nicht mehr leben.« Und immer so weiter.

Sam ist gerührt, doch er würde auch gern selbst etwas sagen. Als sie mit ihrer Liebeserklärung fertig ist, fragt sie: »Sam, führst du ein Doppelleben?«

Sam ist entgeistert. »Ich bin dir nie untreu gewesen. Ich hatte keine Zeit für andere Frauen, nicht das geringste Interesse.«

»Weißt du, was sie in der Schweiz über dich schreiben?« Ihre Frage klingt misstrauisch.

»Nein«, antwortet er. »Ich darf nur alte Zeitungen lesen, von vor meiner Festnahme. Ich weiß nicht, was sie über mich schreiben.«

»In manchen Zeitungen steht, dass du ein Spion bist. Und es gibt Leute, die das glauben, sogar welche, von denen man das niemals gedacht hätte.«

»Aber du glaubst das doch nicht?«

»Nein, natürlich nicht«, antwortet sie.

Doch während sie das sagt, muss Sam an seine Nase denken – den Efeu, der den Balkon seines Gesichts überwuchert.

Heute soll Sam der Öffentlichkeit vorgeführt und mit den Anklagepunkten konfrontiert werden, so hat man ihm mitgeteilt. Auch die Presse wird anwesend sein.

Wieder stellt man ihn unter die Dusche. Ein Wärter wäscht ihn, als sei er selbst nicht mehr dazu in der Lage, was Sam höchst unangenehm findet. Er wird sorgfältig rasiert.

Sie haben einen Anzug für ihn bereitgelegt, der ihm aber zu weit ist. Ein anderer Wächter macht ihn ihm mithilfe von Sicherheitsnadeln enger, damit er einigermaßen passt.

Aus dem Keller wird Sam ins Erdgeschoss des Polizeipräsidiums gebracht, in einen großen Raum, der ihn entfernt an den Konferenzsaal eines Mittelklassehotels erinnert. Noch ist niemand anwesend; auf einem kleinen Podium vor einem Schreibtisch und einem Stuhl steht eine Stahlkonstruktion: ein mannshoher Käfig.

Einer der Wächter bittet ihn, in dem Käfig Platz zu nehmen.

Sam weigert sich. »Man braucht mich nicht in einen Käfig zu sperren«, sagt er.

»Es ist für alle das Beste«, erwidert der Wächter und öffnet die Tür. Er macht eine einladende Geste.

Sam gibt sich geschlagen und folgt der Aufforderung. Die Tür des Käfigs wird sofort geschlossen.

Im Käfig befindet sich ein kleiner Hocker, aber Sam steht lieber.

Mindestens eine Viertelstunde dauert es noch, bis man

die ersten Zuschauer in den Saal lässt. Es sind viele Fotografen gekommen. Sie betrachten den Käfig interessiert, wenn auch etwas ängstlich.

Manche beginnen sofort, Sam zu fotografieren, die meisten aus einer gewissen Distanz, einige jedoch nähern sich dem Käfig bis auf wenige Zentimeter, um Nahaufnahmen von ihm zu machen.

Seltsamerweise schämt Sam sich im Moment am meisten für seinen Aufzug: das Jackett und die Hose, die mit Sicherheitsnadeln enger gemacht wurden.

Manche Fotografen sind unglaublich dreist. Einer von ihnen steckt die Finger durch die Gitterstäbe des Käfigs, als wolle er ihn krabbeln. Sam blickt hochmütig über diese kindischen Provokationen hinweg.

Dann sieht er seine Mutter und Nina hereinkommen. Er winkt ihnen zu, und sie winken zurück; schüchtern, vielleicht auch etwas beschämt, dass sie bei diesem Spektakel anwesend sein müssen; als hätten sie Angst, bei irgendeinem Fehlverhalten ebenfalls in den Käfig gesteckt zu werden.

Auch Frau Geisendorf sieht er hereinkommen. Sie ist in Gesellschaft eines Mannes. Sam nickt ihr zu, doch sie ignoriert ihn.

Als alle sitzen, werden auch die Fotografen aufgefordert, sich auf ihre Plätze zu begeben.

Am Schreibtisch vor dem Käfig nimmt ein massiver, uniformierter Mann Platz. Er trägt einen Zeigestock bei sich.

Die Brust des Mannes hängt voller Auszeichnungen. »Ich bin Generalleutnant Dahi Khalfan Tamim – der Polizeichef von Dubai«, beginnt er. »Am frühen Abend des 19. Januar dieses Jahres wurde auf Zimmer 230 des Al Bustan Rotana Hotels Mahmoud al-Mabhouh ermordet.«

Das Englisch Dahi Khalfan Tamims ist zwar nicht perfekt, aber es ist nicht unangenehm, ihm zuzuhören. Sam lauscht konzentriert, er hofft, endlich mehr über seinen Fall zu erfahren.

»Wir wissen, dass ein siebenundzwanzigköpfiges Team des Mossad für den Tod al-Mabhouhs verantwortlich ist. Sie reisten mit zwölf britischen, acht irischen, vier australischen und zwei französischen Pässen ein sowie einem deutschen. Das siebenundzwanzigköpfige Team hat Dubai fast unmittelbar nach der Tat wieder verlassen. Das nahmen wir jedenfalls an. Aber seit Kurzem wissen wir, dass wir uns geirrt haben. Es gab einen achtundzwanzigsten Mörder, einen Mann, der mit einem Schweizer Reisepass nach Dubai gekommen war und sich so unantastbar und unsichtbar wähnte, dass er hierher zurückgekehrt ist, um seine Arbeit fortzusetzen.« Der Polizeichef nimmt seinen Stock und zeigt auf den Käfig. »Dort sitzt der Mann, der achtundzwanzigste Verschwörer. Sein Name ist Samarendra Ambani.«

Die Fotografen beginnen, eifrig zu knipsen.

Obwohl Sam weiß, dass es nicht klug ist, in Fällen wie diesem unaufgefordert das Wort zu ergreifen, will er solch absurde Beschuldigungen nicht unwidersprochen auf sich sitzen lassen, schon gar nicht in Anwesenheit seiner Freundin und seiner Mutter.

»Ich bin nicht der achtundzwanzigste Mann!«, ruft er, während er mit beiden Händen die Stäbe des Käfigs ergreift, um seine Worte zu unterstreichen. »Ich bin Samarendra Ambani, ich betreibe ein Architekturbüro in Zürich. Ich bin als Architekt hergekommen, ich habe eine Bibliothek für den Emir entworfen, die größte der Welt. Ich protestiere gegen diese Behandlung.«

»Ruhe!«, fährt der Polizeichef ihn an.

Jemand im Saal pfeift, wie nach einem Auftritt, der das Publikum enttäuscht. Einer der Wächter steckt seinen Knüppel durch die Gitterstäbe, um ihn zur Ordnung zu rufen.

Der Polizeichef steht auf, jetzt sieht er noch imposanter aus. Wieder zeigt er mit dem Stock auf den Käfig.

»Dort steht der achtundzwanzigste Mann«, ruft er. »Der Spion, der glaubte, so unverwundbar zu sein, dass er übermütig wurde. Er begann, an seine eigene Unverwundbarkeit zu glauben.« Ein Lächeln spielt um seine Lippen, er scheint sich auf die Mitteilung zu freuen, die er der Öffentlichkeit nunmehr verkünden darf. »Seine Freunde beim Mossad nannten ihn den ›Mann ohne Krankheiten‹. Das war sein Deckname.«

»Ich habe keine Freunde beim Mossad!«, brüllt Sam. »Ich bin Samarendra Ambani, Schweizer Staatsbürger und neutral, und meine paar Freunde sind Architekten. Fragen Sie den berühmten Max Fehmer. Lassen Sie Fehmer hierherkommen, er kann für mich bürgen. Ich bin nicht der achtundzwanzigste Mann.«

»Ruhe!«, wird wieder gerufen, und wieder wird mit dem Knüppel durch die Gitterstäbe des Käfigs gestochert.

Dann sagt der Polizeichef: »Wir werden diese Pressekonferenzen ab jetzt ohne den Verdächtigen durchführen. ›Der Mann ohne Krankheiten‹ muss erst noch in seiner Zelle genesen.«

Sechs, sieben Wächter heben den Käfig an und tragen ihn aus dem Raum. Obwohl es nicht leicht ist, das Gleichgewicht zu halten, kann Sam seiner Mutter und Nina gerade noch zuwinken.

Zurück in der Zelle, findet er zwanzig Rollen Toilettenpapier und auf dem Stapel die Visitenkarte Frau Geisendorfs. Per Hand hat sie dazu geschrieben: »Mit freundlichen Grüßen, Ursina.«

Der ihm von Frau Geisendorf empfohlene Anwalt ist ein freundlicher Ägypter mittleren Alters, der ein wenig nach Zigarrenrauch riecht. Mit Familiennamen heißt er Khalil, und noch bevor Sam etwas hat fragen oder sagen können, verkündet er, dass Sams Leiden nunmehr ein Ende hätten, denn »Mister Khalil wird sich um dich kümmern«.

Der Anwalt hat, wie Sam schnell bemerkt, die Neigung, in der dritten Person von sich zu sprechen, vorzugsweise als »Mister Khalil«. Auch hat er die Gewohnheit, viel von sich zu erzählen, was Sam nicht unbedingt ein gutes Zeichen findet. Aber die Schweizer Botschaft wird ja wohl wissen, wen sie ihm als Anwalt empfiehlt.

Die ersten anderthalb Stunden des Kennenlerngesprächs verwendet Mister Khalil darauf zu erklären, manchmal bis ins Detail, welche berühmten Mandanten er bereits aus dem Gefängnis freibekommen hat und wie dankbar sie und ihre Angehörigen sich ihm gegenüber gezeigt hätten. Bei manchen sei er zum Dank sogar auf ihrer Jacht eingeladen gewesen.

Als Mister Khalil von all seinen Geschichten einen Moment lang Luft holen muss, fährt Sam dazwischen: »Aber ich habe wirklich nichts getan!«

»Nein, natürlich nicht«, erwidert der Anwalt. Dennoch scheint dieses Leugnen ihn zu irritieren. Vielleicht fragt er ihn darum mit verschlagenem Lächeln: »Und du hast bestimmt auch keine Jacht?«

Sam ignoriert die Frage. »Warum hat die Dubai Engineering Authority nichts von sich hören lassen?«, will er wissen. »Oder wenigstens Rose? Warum lassen sie mich im Stich?«

Der Anwalt hebt die Hände. »Die Dubai Engineering Authority hat viel zu tun. Die Leute da stehen unter Druck. Sie können sich nicht um die Verfehlungen von Einzelnen kümmern. Sie müssen das Ganze im Auge behalten.«

Zurück in der Zelle, beschließt Sam, das Verhalten des Anwalts bei Frau Geisendorf zur Sprache zu bringen.

Seine Mutter nimmt Abschied von ihm. Sie kann nicht länger bleiben, sie muss nach Hause zurück, zu Aida. Sam sagt: »Aida hat unbedingt Vorrang.«

Auch Nina muss zurück in die Schweiz. »Zu Hause kann ich mehr für dich tun«, erklärt sie. »Ich habe Kontakt zu Amnesty International aufgenommen. Wir werden eine Demonstration organisieren. Amnesty wird sich für dich einsetzen.«

»Das ist schön«, antwortet Sam.

Zum Abschied lässt sie ihm eine Tafel Lindt-Schokolade da.

Als Frau Geisendorf ihn wieder besucht, schneidet er das Thema »Mister Khalil« an, natürlich ohne leichtsinnig zu werden oder die Expertise der Schweizer Botschaft in Zweifel zu ziehen.

»Glauben Sie mir, Herr Ambani«, erwidert die Botschaftsmitarbeiterin, »er ist der beste Anwalt, den es gibt hier in Dubai, speziell in Fällen wie diesem.« Sie schweigt einen Moment und fährt dann fort: »Vergessen Sie nicht, wir tun für Sie, was wir können, aber die Emirate sind nun mal ein wichtiger Handelspartner der Schweiz.«

»Das vergesse ich nicht«, antwortet Sam.

»Haben Sie eigentlich noch genug Toilettenpapier?«, fragt die Frau von der Botschaft, bevor sie die Zelle verlässt.

Der Prozess findet in einem stark gesicherten Bunker an einem geheimen Ort statt. Khalil hat ein Team zusammengestellt, das Sam verteidigen soll. Billig sind Mister Khalil und seine Mitstreiter nicht, aber die Schweizer Botschaft hat Sam nochmals versichert, dass Mister Khalil wirklich der Beste ist.

Ein Großteil der Verhandlung findet auf Arabisch statt. Einer der Gehilfen Mister Khalils dolmetscht. Seine Übersetzungen scheinen Sam allerdings nicht immer sehr adäquat. So wird zum Beispiel an den seltsamsten Stellen gelacht, ohne dass Sam richtig klar wäre, was an dem jeweiligen Faktum so lustig sein sollte.

Als er Khalil fragt, was es zu lachen gibt, antwortet der: »Wir lachen, um den Richter günstig zu stimmen. Das solltest du auch tun. Bei diesem Richter hilft das enorm. Ich kenne die meisten Richter in Dubai, und dieser mag Leute, die lachen.«

Aus diesem Grund lächelt Sam während des Kreuzverhörs fast ununterbrochen. Auch nickt er dem Richter ein paarmal freundlich, fast schon unterwürfig zu. Seine Aussage selbst bringt ihn leider wenig voran.

Der Ankläger spricht von drei Zeugen, die unter Eid ausgesagt hätten, dass Samarendra Ambani für den Mossad arbeite. Die Zeugen werden nur mit Initialen benannt. Auch gebe es Geheimdienstberichte, aus denen eindeutig hervorgehe, dass Sam am Mord an al-Mabhouh beteiligt gewesen sei. Auf Sams Frage, ob er die Berichte einsehen dürfe, antwortet der Ankläger, dass die Dokumente Staatsgeheimnisse enthielten und darum weder vom Verdächtigen noch von seinem Anwalt eingesehen werden dürften. »Aber ich kann mich doch nicht gegen anonyme Beschuldigungen verteidigen!«, protestiert Sam.

In dem Moment greift der Richter ein: »Gehen Sie getrost davon aus, dass die Beschuldigungen nicht anonym erfolgt sind. Die Zeugen sind zuverlässig und ihre Argumente unwiderlegbar.«

»Aber ich wüsste doch gern, *wer* mich beschuldigt«, antwortet Sam. »Ich weiß ja nicht einmal, wie die Beschuldigungen lauten. Ich war im Al Bustan Rotana, als die tragischen Ereignisse stattfanden. Der Ankläger sieht darin einen Beweis für meine Mittäterschaft, ich kann darin nur Zufall erkennen. Darum würde ich die Dokumente gern einmal lesen, in denen die Zeugen mich belasten.«

Der Richter ignoriert seine Bitte, und der öffentliche Ankläger setzt das Verhör fort.

»Am Mord an Mahmoud al-Mabhouh waren siebenundzwanzig Agenten beteiligt. Seit Kurzem wissen wir, dass es noch einen gab. Sind Sie der achtundzwanzigste Mann?«, will der Ankläger wissen.

»Nein«, antwortet Sam, »das bin ich nicht.«

»Arbeiten Sie für den Mossad?«

»Ebenfalls nein. Ich habe auch nie für den Mossad gearbeitet.«

»Können Sie das beweisen?«

Sam überlegt. Wie soll man so was beweisen? Er schaut seinen Anwalt an, doch der flüstert gerade einem seiner Gehilfen etwas ins Ohr.

»Nein«, antwortet Sam nach längerem Schweigen. »So etwas lässt sich nicht beweisen. Niemand kann das.«

»Können Sie beweisen«, fragt der Ankläger, »dass der Mann, den Sie als John Brady kennengelernt haben, nicht für den Mossad arbeitet?« Der Staatsanwalt schwenkt das Foto, das Sam und John Brady beim Essen in dem Züricher Restaurant zeigt.

Sam fragt sich, wie viele Fotos sie wohl noch von ihm besitzen, wie lange sie ihn unbemerkt schon beobachteten und wer »sie« eigentlich sind. Das Unbemerkt-Fotografiert-Werden fühlt sich an, als hätte man ihn bei einem Seitensprung erwischt, obwohl er sich fragt, mit wem er überhaupt eine Beziehung hatte, den er hätte betrügen können. Mit der Schweizer Regierung?

»Nein«, antwortet Sam, »das kann ich nicht. Aber ich kann hier jedem versichern: Ich bin Architekt, ich war nie etwas anderes und wollte im Grunde auch nie etwas anderes sein. Mit Herrn Brady habe ich mich in meiner Eigenschaft als Architekt getroffen, weil ich den Irak ein wenig kenne. Er wollte mit mir über den Irak reden.«

»Stimmt es, dass Sie Geld von Brady genommen haben?«

»Ich kann mich nicht daran erinnern. Ich nehme von niemandem Geld an.«

»Bist du der ›Mann ohne Krankheiten‹?«, platzt dem Ankläger plötzlich der Kragen. »Ist das dein Deckname? Nennt man dich so in Tel Aviv?«

Wieder zögert Sam. Es stimmt, er hat keine Krankheiten, hier jedoch ist offenbar etwas anderes gemeint. »Ich hatte nie einen Decknamen. Ich bin nie in Tel Aviv gewesen«, antwortet er.

»Was weißt du über das World Wide Design Consortium?«

»Das kenne ich nur vom Hörensagen«, antwortet er.

Der Ankläger prustet los, und auch der Richter muss über die Antwort herzlich lachen.

Khalil hat das Wort.

Bevor er beginnt, flüstert er Sam ins Ohr: »Wir müssen versuchen, Sympathie zu erwecken.«

Khalils erste Frage lautet: »Hat man Sie verführt? Hat John Brady Sie verführt?«

»Nein«, antwortet Sam.

Die Antwort bringt Mister Khalil sichtlich aus dem Konzept. Er beugt sich zu Sam und flüstert ihm ins Ohr: »Du musst ›Ja‹ sagen. Du musst mitarbeiten.«

»Aber man hat mich nicht verführt«, flüstert Sam zurück. »Und ich arbeite mit. Ich würde außerdem gern über die Bibliothek und die Dubai Engineering Authority reden. Ich bin hier auf Einladung des Emirs. Er muss mir doch helfen können?!«

Nach fünf Tagen endet der Prozess, am sechsten wird Sam wegen Mittäterschaft am Mord an Mahmoud al-Mabhouh und Spionagetätigkeiten zum Tode verurteilt. Sowohl die Strafe als auch die Schnelligkeit des Richterspruchs verblüffen ihn.

Khalil sagt: »In der Berufung bekomme ich meine Mandanten immer frei. Mach dir keine Sorgen, aber ab jetzt musst du mitarbeiten. Sie machen mindestens lebenslang draus. Die Todesstrafe hast du nicht zu befürchten. Lebenslang hast du auf jeden Fall schon im Sack.«

»Ich arbeite mit«, antwortet Sam. »Das tue ich die ganze Zeit schon. Wird die Todesstrafe hier immer so schnell verhängt?«

»Normalerweise nicht«, erläutert Khalil. »Aber in deinem Fall haben sie eine Ausnahme gemacht. Weil du ein Spion bist.«

»Aber ich bin kein Spion«, widerspricht Sam.

»Ich weiß«, antwortet Mister Khalil und klopft Sam auf die Schulter, »ich weiß.«

Obwohl Sam gern sein Leben behalten möchte, graut ihm vor dem Gedanken, für den Rest seiner Tage in einer Zelle in Dubai dahinzuvegetieren. Er hofft, dass der Anwalt, zu dem Frau Geisendorf offenbar solches Zutrauen besitzt, für ihn mehr herausholen wird als nur, die Todesstrafe auf lebenslänglich herunterzuhandeln.

Sam darf seiner Mutter das Urteil telefonisch mitteilen.

Er fügt beruhigend hinzu, dass sich in der höheren Instanz alles einrenken wird. Die Aussage des Anwalts, lebenslang habe er auf jeden Fall schon im Sack, verschweigt er sicherheitshalber.

Er hört seine Mutter weinen.

»Es ist zum Teil meine eigene Schuld«, erklärt er. »Ich hätte besser vorausdenken müssen. Aber Khalil meint, dass er in der höheren Instanz all seine Mandanten freibekommt.«

Seine Mutter weint immer noch. »Warum muss uns das passieren?« fragt sie.

Als ob Sam das beantworten könnte.

Frau Geisendorf sitzt ihm gegenüber. Sie sieht heute verführerisch aus. Vielleicht hat sie einen neuen Freund oder Liebhaber. Sam stellt sich einen ergrauten argentinischen Geschäftsmann vor, der sie leidenschaftlich umarmt. Warum ihm dieser Gedanke gerade jetzt kommt, ist ihm ein Rätsel, normalerweise interessieren solche Dinge ihn nicht. Ob die hitzigen Fantasien mit seiner Verurteilung zusammenhängen?

»Ich habe mich bei den Behörden dafür eingesetzt«, erklärt die Frau von der Botschaft, »dass Sie einen Fernseher bekommen.«

Sam schaut sie an. Er mustert die Farbe ihres Lippenstifts.

»Ich brauche keinen Fernseher«, sagt er. »Ich bin zum Tode verurteilt.«

Obwohl sie das natürlich längst weiß, scheint das Wort »Tod« sie aus der Fassung zu bringen.

Sie wischt sich Stirn und Hände mit einem Taschentuch ab und fährt dann fort: »Es wäre ein Riesenschritt vorwärts, wenn die Behörden Ihnen einen Fernseher genehmigen würden. Die Schweizer Botschaft hat das Gerät schon für Sie besorgt, wir brauchen nur noch die Zustimmung, es installieren zu lassen, aber in der Angelegenheit scheint es Fortschritte zu geben.«

»Ich sehe ein, es klingt eventuell undankbar«, erwidert Sam, »und so ist es auf gar keinen Fall gemeint. Aber man hat mich zum Tode verurteilt, weil ich angeblich ein Spion bin, auf Grundlage von Beweisen, die ich nie zu sehen bekommen habe. Sie wissen, ich bin kein Spion – jedenfalls hoffe ich, dass Sie das wissen. Ein Fernseher in der Zelle gehört nicht zu meinen Prioritäten.«

Frau Geisendorf betrachtet das zerknüllte Taschentuch in ihrer Hand und fragt: »Womit schlagen Sie hier eigentlich den ganzen Tag über die Zeit tot?«

»Ich arbeite an meinem Entwurf für eine Oper in Bagdad«, antwortet Sam.

Seit seiner Inhaftierung hat er nicht mehr die geringsten Konzentrationsschwierigkeiten, nicht beim Lesen und nicht beim Entwerfen. Er kann sich wieder genauso gut konzentrieren wie vor seiner Reise in den Irak.

Frau Geisendorf beginnt, nervös an ihren Augenbrauen zu zupfen.

»Nicht, dass ich denke, die Oper könnte je noch gebaut werden, aber mit irgendwas muss man sich doch beschäftigen«, erläutert Sam. Er will sie nicht stärker beunruhigen als nötig.

»Sie brauchen einen Fernseher«, erklärt die Frau von der Botschaft entschieden. »Wenn die Behörden einen Fernseher in Ihrer Zelle genehmigen, ist das ein Zeichen, dass sie ihre Meinung zu Ihnen auch anderweitig überdenken. Dann hat unsere stille Diplomatie gewirkt.«

Ein paar Tage darauf wird ein gigantischer Plasmabildschirm in Sams Zelle montiert. Einige Sportsender kann er empfangen, die übrigen Kanäle sind blockiert.

Auch in der Berufung wird Sam zum Tode verurteilt. Nach dem definitiven Urteil bekommt er noch eine halbe Stunde, den Prozess mit seinem Anwalt zu evaluieren.

Mister Khalil geht in dem kleinen Raum des unterirdischen Komplexes auf und ab; sie können ziemlich ungestört reden, nur zwei Wächter sind anwesend.

Sam sitzt auf einem Stuhl an einem einfachen Tisch, der am Boden fixiert ist.

Khalil sagt: »Hast du was dagegen, wenn ich mir eine Zigarre anzünde? Offiziell ist das hier verboten, aber ich kenne die Wächter schon lange.«

»Nur zu«, antwortet Sam. Er ist erstaunt über seine äußere Ruhe. Es ist keine Gelassenheit, eher Entgeisterung.

»Möchtest du auch eine?«, fragt Khalil.

Sam schüttelt den Kopf.

Der Anwalt läuft weiter aufgebracht hin und her, rauchend, erregt. Sam weiß nicht, was er sagen soll. Man hat ihn gerade in letzter Instanz zum Tode verurteilt, er findet, er hat ein Recht zu schweigen. Soll doch der Anwalt beginnen.

Zu guter Letzt meint Khalil, immer noch hin und her tigernd: »Das ist mir noch nie passiert, nie! In all meinen vielen Jahren vor Gericht!« Er bleibt vor dem Tisch stehen. Sam sieht, wie der Mann zittert, er scheint sich nicht wohlzufühlen. »Vergib mir«, sagt Khalil. »Vergib mir, Samarendra Ambani. Bitte auch deine Familie um Vergebung für mich.«

Er nimmt einen Stuhl, setzt sich, ergreift Sams Hand und

sagt: »Ich habe keine Vorstellung davon, was du jetzt empfindest, aber ich weiß, was ich fühle, und darum bitte ich dich um Vergebung.«

Von seinen Gefühlen hat auch Sam keine Vorstellung. Er sieht den Anwalt: Zigarre im Mund, Tränen in den Augen. »Du warst mein Lieblingsmandant«, sagt der. »Wenn ich es irgendjemandem gegönnt hätte, dann dir.«

Sam holt tief Luft. Er muss diesen Mann trösten, er hält das Gejammer nicht länger aus. »Aller Wahrscheinlichkeit nach werde ich sterben«, sagt er. »Und Sie werden leben. Aber ich weiß es zu schätzen, dass Sie mir das Leben gönnen, das werde ich Ihnen nicht vergessen. Leider denken die Behörden anders darüber. Das ist mein Schicksal. Ich hatte gehofft, Sie könnten etwas daran ändern.«

Der Anwalt wird wieder lebendiger und beginnt erneut, auf und ab zu gehen. »Du hast recht«, sagt er. »Es ist dein Schicksal. Absolut. Dein Schicksal. Und ich konnte nichts daran ändern. Ich habe es unverändert gelassen.«

Langsam kommt Sam der Verdacht, dass Mister Khalil getrunken hat. Dennoch fragt er, und sei es nur, um sicherzugehen, alles versucht zu haben: »Sind damit wirklich sämtliche Möglichkeiten erschöpft? Lässt sich wirklich gar nichts mehr machen?«

»Es gibt immer noch Gott«, sagt der Anwalt, mit einer plötzlichen Begeisterung, als sei diese Möglichkeit ihm gerade erst aufgegangen. Er schaut zur Decke. »Es gibt immer noch Gott. Wir müssen auf Wunder hoffen. Wer nicht auf Wunder hofft, ist kein Realist. Realismus bedeutet, an Wunder zu glauben, sonst ist alles verloren, Samarendra Ambani. Du glaubst doch an Gott?«

Als Sam endlich in seiner Zelle allein ist, stürzt er sich auf seinen Opernentwurf. Er ist sehr zufrieden mit den Fortschritten.

Sams Mutter, Aida, Nina und Dave sind nach Dubai gekommen, um sich von Sam zu verabschieden. Es gab noch
mehr Leute, die das eigentlich wollten, aber die konnten sich nicht freinehmen. Nina hat einen Stapel Briefe
von Freunden und Bekannten dabei, die nicht nach Dubai
kommen konnten.

Als Erster ist Dave an der Reihe.

»Wie läuft's mit der Bibliothek?«, fragt Sam.

»Mit der läuft es prima«, antwortet Dave. »Auch mit dem
Bunker. Es geht gewaltig voran. Wie schnell die hier bauen,
unglaublich!« Dave seufzt. »Ich habe deinen Namen aus den
Bauplänen entfernen müssen, um keine Probleme zu bekommen, aber das Team weiß, dass es auch dein Entwurf
ist. Ich werde persönlich dafür sorgen, dass niemand das vergisst. Glaub mir, diese Bibliothek ist dein Werk.«

»Ich verstehe dich«, antwortet Sam. »Ich meine, dass du
meinen Namen entfernt hast. Wir müssen Problemen nach
Möglichkeit aus dem Weg gehen.«

Dave zeigt Sam ein Foto von seinem Jüngsten.

»Ein strammer Bursche«, sagt Sam. »Er sieht dir ähnlich.«

»Ich habe ihn Sam genannt. Damit du immer bei uns
bist.« Dave beginnt zu heulen. Als er sich wieder gefasst hat,
sagt er: »Ich werde weitermachen mit unserem Architekturbüro. Du wirst immer bei mir sein, im Büro und zu Hause.«

»Es ist meine eigene Schuld«, sagt Sam.

»Es ist noch ein Scheck von Fehmer gekommen«, erzählt

Dave. »Ich hab ihn deinem Konto gutschreiben lassen. Ein ziemlich großer Betrag. Echt beachtlich.«

Sam nickt.

Sie sitzen sich eine Weile schweigend gegenüber. So still und ernst hat er Dave noch nie gesehen. Dann steht sein Kompagnon auf, zögernd, und flüstert: »Wie hast du das nur gemacht? Wie hast du's fertiggebracht, das so gut verborgen zu halten all die Zeit? Jedem hätt ich es zugetraut, aber nicht dir. Der achtundzwanzigste Mann!«

»Was?«, will Sam fragen, »was hättest du jedem zugetraut, aber nicht mir?« Doch er bekommt die Frage nicht über die Lippen. Er nickt dem ehemaligen Partner zu und hebt zum Abschied die Hand.

Nina verabschiedet sich als Zweite von ihm. Sie erzählt, dass sie nie wieder jemanden so lieben wird wie ihn, und auch ohne ihn zu leben, kann sie sich nicht vorstellen.

»Amnesty International ist immer noch für dich aktiv«, erklärt sie. Es gab eine »Befreit Sam!«-Demo vor der Außenstelle der Botschaft der Vereinigten Arabischen Emirate in Genf. Laut Amnesty waren gut dreihundert Leute gekommen, die Schweizer Polizei sprach von nicht einmal hundert.

»Das sind nicht grade viel«, bemerkt Sam.

Sie wendet den Blick ab. »Es war schlechtes Wetter.«

Nina sagt, dass sie sich an den Gedanken gewöhnen muss, ihn nie mehr wiederzusehen. Denn selbst sollte er im letzten Moment noch begnadigt werden – Gerüchte darüber machen die Runde –, bedeutet das immer noch nicht, dass man ihn freilässt, nur, dass er lebenslänglich bekommt, eine richtige Beziehung könnten sie also doch nicht mehr führen, nie ein Kind zusammen haben. Bei dem Wort »Kind« beginnt sie zu heulen.

Nachdem sie sich wieder beruhigt hat, fragt sie, ob sie etwas mit anderen Männern anfangen dürfe. Darf sie mit einem anderen ein Kind machen? Jetzt kann sie Sam noch selbst fragen.

»In Ordnung«, antwortet Sam. Er muss an ihren Spaziergang durch Rom denken, das Kennenlernen im Flugzeug, den ersten Kuss. Doch mehr Erinnerungen kommen nicht. Er spürt, dass er wieder versagt.

»Mehr hast du mir nicht zu sagen?«, fragt Nina.

»Ich werde wahrscheinlich sterben«, antwortet Sam, »dein Leben geht weiter. Darum: In Ordnung, mach mit einem anderen ein Kind.«

Nicht, dass er vor dem Tod keine Angst hätte, Sorgen macht er sich vor allem wegen der Methode, die die Behörden wählen werden, eine schmerzhafte Methode vermutlich, doch irgendwie empfindet er das Ganze auch als Befreiung, als eine Erlösung, ein Genesen vom Leben womöglich.

»Ist dir denn völlig egal, was ich tue?«, ruft Nina. »Zu allem sagst du immer nur Ja und Amen, willst es allen bloß recht machen, nie meinst du irgendwas ehrlich.«

Wieder beginnt sie zu heulen.

»Es tut mir leid«, antwortet Sam.

»Siehst du«, ruft sie, »jetzt machst du's schon wieder, du sagst was, nur um mir einen Gefallen zu tun!«

Er sei nichts als ein eitler Typ, sagt sie. Der Vorwurf schmerzt ihn, er wäre gern so viel mehr gewesen als einfach bloß eitel. Sam will sie umarmen, doch das ist verboten. Darum flüstert er nur: »Pardon.«

»Du fühlst überhaupt nichts«, sagt Nina. »Vielleicht warst du darum ein so guter Spion.«

»Ich bin kein Spion, ich bin Architekt«, will er sagen, aber er merkt, dass das nichts mehr bringt.

Auch er weint jetzt, teils, weil er wirklich gerührt ist, teils, weil er denkt, dass die Situation es von ihm verlangt, er will Nina zeigen, dass er mehr ist als einfach bloß eitel.

Als die Zeit zum endgültigen Abschied gekommen ist, weiß er nicht, was er ihr als Letztes mit auf den Weg geben soll. »Viel Erfolg bei den Männern«, möchte er sagen, aber das würde sie nur unnötig erzürnen. Die Ewigkeit muss irgendwie dabei ins Spiel kommen. Darum ruft er: »Ich werde dich immer lieben!«

Er schaut zu, wie Nina aus dem Zimmer geführt wird. Sie dreht sich noch einmal um und winkt ihm unbeholfen.

Selbst als zum Tode Verurteilter hat er zu wenig vorausgedacht, ist er gescheitert. Er konnte sich nicht mal angemessen von seiner Liebsten verabschieden.

Sam beschließt, sich nicht mehr mit den Menschen zu beschäftigen, nur noch mit Architektur: Steine und Wände, Konstruktionen, Strukturen, Interpretationen unterschiedlicher Räume.

Seine Mutter und seine Schwester sitzen vor ihm. Die Schwester im Rollstuhl, die Mutter auf einem einfachen Hocker, die Hände gefaltet vor sich auf dem Tisch. Es war nicht leicht für Aida, nach Dubai zu kommen, ein Risiko, doch Sams Mutter fand, er und Aida müssten sich unbedingt noch einmal sehen.

Er wirft Aida einen Blick zu, fängt ihren auf; vor diesem Blick hat er sich immer gefürchtet. Sie schaut gekränkt, wütend und auch ein wenig verbittert. Als wollte sie sagen: Warum du und nicht ich? Warum darf fast jeder in unserer Familie sterben außer mir?

»Macht's dir was aus, wenn wir nicht zu deiner Hinrichtung kommen?«, fragt seine Mutter. Sam sieht, wie schwer es ihr fällt, doch sie versucht, gelassen zu wirken, kontrolliert und zivilisiert.

»Ihr braucht nicht zur Hinrichtung zu kommen«, sagt er. »Behaltet mich in Erinnerung, so wie ich war. Auch ohne Glatze, mit all meinen Haaren.«

Der Kopf seiner Schwester hängt herunter. Er muss an ihr gemeinsames Duschen zu Hause in Küsnacht denken. All die Male, die er sie eingeseift hat.

»Warum wird unsere Familie so bestraft? Was haben wir verbrochen?«, fragt seine Mutter, etwas lauter als zuvor.

Sam beschließt, nichts mehr zu leugnen. Sich damit abzufinden, jemand anders zu sein. Offenbar ist er der ›Mann ohne Krankheiten‹, ohne dass er das je wollte. »Auf meinem

Sparkonto bei der Credit Suisse ist genug Geld für eine Behandlung in den USA, für Aida«, flüstert er.

Noch einmal schaut er auf seine Schwester. Eigentlich ist sie kein voll entwickelter Mensch, eher ein nicht ganz realisierter Entwurf, eine Ahnung von Mensch, eine Baustelle, und er hofft, dass sie jetzt endlich zu Ende gebaut wird.

»Wir dürfen die Hoffnung nicht aufgeben, dass sie gesund wird. Sie kann genesen …«

Vielleicht war das der Deal: Er muss sterben, damit sie gesund wird.

Die Wächter drängen zur Eile.

Seine Mutter steht auf und verlässt den Raum. Sie schiebt den Rollstuhl, dreht sich nicht um. Sie will ihre Erschütterung nicht zeigen, ist Sam fest überzeugt.

»*Wie gefällt Ihnen* Ihr Fernseher?«, fragt Ursina Geisendorf.

Er benutzt ihn nie, er arbeitet ständig. »Gut«, antwortet er.

»Wir setzen uns mit aller Kraft dafür ein, dass die oberste Behörde Sie noch begnadigt. Vielleicht ist das Ihnen ein Trost.« Sie nimmt ein Taschentuch und tupft sich die Lippen. »Sollte das Gesuch wider Erwarten abgelehnt werden – möchten Sie geistlichen Beistand, wenn es so weit ist?«

»Ich brauche keinen geistlichen Beistand«, antwortet Sam.

»Können wir irgendwas für Sie tun? Wenn es so weit ist?« Ihr guter Wille wirkt aufrichtig.

»Nein«, antwortet Sam. »Wenn es so weit ist, können Sie nichts für mich tun.«

Die letzten achtundvierzig Stunden widmet er dem Feilen an seinem Entwurf für die Oper in Bagdad. Wenn er etwas mehr Zeit gehabt hätte und die Umstände im Irak andere wären, hätte er den Pritzker-Preis dafür bekommen. Er denkt öfter an Fehmer als an seine Schwester. Manchmal hält er flüsternde Zwiesprache mit ihm. »Jetzt, Fehmer, hier in der Todeszelle, verstehe ich endlich deine Entwürfe. Du entwirfst aus der Todeszelle deines Herzens heraus. Aber ich durchschaue dich. Du steckst in einer Sackgasse. Du wolltest den Menschen die Hand reichen, um sie durchs Leben zu führen, aber sie wollen die Hand nicht. Sie schlagen sie weg.«

Als ihn die Nachricht erreicht, dass das letzte Gnadengesuch abgelehnt wurde, ist Sam vor allem verärgert, weil er gewisse Änderungen, die er seinem Entwurf hatte hinzufügen wollen, jetzt nicht mehr durchführen kann. Er hat keine Zeit mehr.

Er soll in eine andere Zelle verlegt werden. Seinen Entwurf muss er zurücklassen. Er lässt ihn auf der Matratze, obwohl er noch überlegt hat, ihn einem der Wächter zu schenken, aber was soll der Mann damit?

Auch Fehmers Brief lässt er liegen. Er liest ihn ein letztes Mal – die abschließenden Zeilen sogar zweimal: »Hatte vor, nach Dubai zu kommen, muss aber dringend nach Sydney wegen eines wichtigen Auftrags. Ich denke an Dich. Alles wird gut. Bis bald, mit wärmsten Grüßen, Max Fehmer« – dann stopft er den Brief unter die Matratze.

Zwei seiner ständigen Wärter helfen ihm in eine Art Nachthemd.

Der Frisör kommt. Derselbe. Er ist noch etwas dicker geworden. Er rasiert, ohne zu singen, Sams letzte Stoppeln vom Kopf.

Eine Mahlzeit lehnt Sam ab, der Hunger hat ihn seit Langem verlassen.

Seine Wächter setzen sich zu ihm.

»Warum kommt niemand von deinem Glauben zu dir?«, will der Jüngere wissen.

»Ich bin ein Mann ohne Glauben«, antwortet Sam.

»Wolltest du keine Hilfe?«, fragt der Jüngere.

Sein Kollege sitzt etwas desinteressiert daneben, ein wenig erschöpft, doch insgesamt macht auch er keinen unsympathischen Eindruck.

Sam antwortet nicht.

»Warum hast du spioniert?«, fragt der Wächter.

»Ich bin Architekt, kein Spion«, antwortet Sam. Er hat es lange nicht mehr gesagt, einmal will er es noch gesagt haben. Obwohl ihm klar ist, dass er in diesem Nachthemd eher an eine Vogelscheuche erinnert als an einen Architekten.

»Dieser Raum«, fährt er fort, »ist meine Interpretation. Es gibt eine Tür, die ein anderer für mich entworfen hat. Hinter der Tür lauert Gefahr. Ich darf durch die Tür nicht hindurch, ich müsste durch die Wand gehen.«

Die Wächter schweigen.

»*Mein* Gott war Fehmer. Max Fehmer.« Er lacht auf. »Manchmal frage ich mich, wie seine Tochter eigentlich heißt – die, die nach Kambodscha gegangen ist. Im Büro von Fehmer & Geverelli durften wir ihren Namen nicht nennen. Fehmer stellte einmal die Gleichung auf: ›k=t−n – Die Kraft des Architekten ist die Differenz aus seinem Talent und seiner Naivität.‹ In sein Buch hat er mir eine Widmung geschrieben: ›Die Zukunft gehört denen, die sie gestalten.‹«

»Wo sind deine Freunde?«, fragt der jüngere Wächter nach einigem Schweigen.

Sam starrt ihn an.

»Wo ist der Mossad?«, erläutert der andere.

Sie schauen sich um. Glauben sie am Ende, der Mossad könnte jeden Moment durch die Wand brechen?

»Sie haben mich vergessen«, antwortet Sam. »Wo sind die Juden, wenn man sie mal braucht?«

Die Wächter reagieren nicht, sie starren ihn an.

»Aber ich bin neutral. Schon immer gewesen. Gearbeitet habe ich für Geld. Ich habe keine Ideologie. Schönheit, ja, und Kultur. Ich habe mich mit der Tradition auseinandergesetzt.«

Er reibt sich über die Stirn, sie fühlt sich kalt an. Als habe das Sterben schon begonnen.

»Ich lebte in zwei verschiedenen Welten, aber die hielt ich immer strengstens getrennt«, fährt er fort, den Blick unausgesetzt auf die Wächter gerichtet, um zu kontrollieren, ob sie es begreifen. »Meine Entwürfe haben mit meiner anderen Arbeit absolut nichts zu tun.«

Die Wächter zucken mit den Schultern. Vielleicht hören sie nicht richtig zu.

»Die andere Arbeit«, sagt Sam, »habe ich nebenbei gemacht. Die Aufträge für John Brady waren Lappalien.«

»Es wird Zeit«, erwidert der jüngere Wächter.

Sam möchte flehen: »Lasst mich am Leben, was habe ich euch getan? Lasst mich leben, und wär's in der Todeszelle, aber bringt mich nicht um. Tut mir nicht weh.«

Doch er hat nie gekniffen, und das wird er auch jetzt nicht.

Sam muss an Nina denken und an seine Schwester, die

gesund werden wird, und ihm fällt ein, dass Hunde ein Fell haben, das man kraulen kann. Auch scheint ihm jetzt, dass das wahre Verbrechen, für das man ihn zum Tode verurteilte, seine Lieblosigkeit ist. Er konnte die Schönheit eines Gebäudes erkennen, seiner Konstruktion und Struktur, die Genialität eines Entwurfs, die Nutzer jedoch blieben ihm immer abstrakt. Sein Leben war ein Intelligenztest, den er nicht bestanden hat.

Sam merkt, wie er zittert: seine Hände, die Beine. Es ist stärker als er. Er kann es nicht ändern.

Fehmer, möchte er rufen, schau mich an, wenn du dich traust.

Die Wächter brauchen ihn nicht zu ziehen, Sam geht schneller als sie.

Wenn sie am Abend nach Hause kommen und ihre Frauen sie fragen: »Wie war's?«, können sie sagen: »Wirklich gut. Endlich hat ein Gefangener mal mitgearbeitet. Ein sympathischer Mann.«

Quellen

Die Aussage des Offiziers auf Seite 201 ist eine Paraphrase der Worte von General Aviv Kochavi, zu sehen auf YouTube: http://www.youtube.com/watch?v=vXfV9iWYkDI.

Angaben zum Mord an Mahmoud al-Mabhouh entnahm ich diversen Artikeln in Zeitungen und Zeitschriften, vor allem dem Beitrag im *Spiegel* vom 17.01.2011, Autoren: Ronen Bergman, Christoph Schult, Alexander Smoltczyk, Holger Stark und Bernhard Zand.

Geverellis Abschiedsbrief auf Seite 21 ist eine Paraphrase der letzten Worte George Eastmans, des Gründers von Eastman Kodak, der bei seinem Selbstmord 1932 einen Zettel mit folgendem Text hinterließ: »To my friends: my work is done. Why wait?«

Besonderen Dank schulde ich Sharon Rotbard, der mich auf das Video mit den Ausführungen General Aviv Kochavis hingewiesen hat.

Ich danke ebenfalls Rem Koolhaas, Thomas Dieben und Merijn Poolman für fesselnde Gespräche und diverse Informationen.

Dank zuletzt auch an Eva Pel, Nian Bakal und WvdS für ihre Hilfe bei meinen Reisen in den Irak und nach Dubai.